FRIEDERIKE SCHMÖE

Stille Nacht, grausige Nacht

TÖDLICHER FROST In lausiger Weihnachtsstimmung steuert Reporterin Trisha ihren Wagen durch den Thüringer Wald. Ausgerechnet hier hat sie eine Panne! Sie rettet sich in ein kleines Hotel. Dieses entpuppt sich jedoch als Horrorhaus: Staub, tote Mäuse, keine Heizung. Noch dazu ist Trisha der einzige Gast! Doch am schockierendsten ist das Manuskript, das sie an der Rezeption findet und als Lesestoff mit in ihr Zimmer nimmt; es erzählt Trishas Leben als glücklose Journalistin nach und endet in einer grausamen Drohung: Noch in dieser Nacht wirst du sterben! Bevor Trisha einen klaren Gedanken fassen kann, versucht jemand, in ihr Zimmer einzudringen. Trisha flieht in die frostklirrende Nacht – doch jemand bleibt ihr unbarmherzig auf den Fersen. Hat dieser Albtraum mit Trishas Story über den Politiker zu tun, der unter Verdacht steht, Kinderpornos aus dem Netz heruntergeladen zu haben? Während Trisha um ihr Leben läuft, rekapituliert sie den Fall – und beginnt zu ahnen, dass sie einen schweren Fehler gemacht hat …

Geboren und aufgewachsen in Coburg, wurde Friederike Schmöe früh zur Büchernärrin – eine Leidenschaft, der die Universitätsdozentin heute beruflich frönt. In ihrer Schreibwerkstatt in der Weltkulturerbestadt Bamberg verfasst sie seit 2000 Kriminalromane und Kurzgeschichten; sie gibt Kreativitätskurse für Kinder und Erwachsene und veranstaltet Literaturevents, auf denen sie in Begleitung von Musikern aus ihren Werken liest. Ihr literarisches Universum umfasst u.a. die Krimireihe um die Bamberger Privatdetektivin Katinka Palfy und eine Krimiserie mit der Münchner Ghostwriterin Kea Laverde als Hauptfigur. Ihre Kurzgeschichte »Das geheime Wissen der Zofe« erhielt 2014 den Homer für historische Literatur.

Bisherige Veröffentlichungen im Gmeiner-Verlag:
Kirchweihleichen (2015)
Zuträger (2015)
Ein Toter, der nicht sterben darf (2014)
Wer mordet schon in Franken (2014)
Schaurige Weihnacht überall (2013)
Du bist fort und ich lebe (2013)
Oberfranken, 66 Lieblingsplätze und 11 Brauereien (2012)
Still und starr ruht der Tod (2012)
Rosenfolter (2012)
Wasdunkelbleibt (2011)
Wernievergibt (2011)
Süßer der Punsch nie tötet (2010)
Wieweitdugehst (2010)
Bisduvergisst (2010)
Fliehganzleis (2009)
Schweigfeinstill (2009)
Spinnefeind (2008)
Pfeilgift (2008)
Januskopf (2007)
Schockstarre (2007)
Käfersterben (2006)
Fratzenmond (2006)
Kirchweihmord (2005)
Maskenspiel (2005)

FRIEDERIKE SCHMÖE

Stille Nacht, grausige Nacht

Ein frostiger Winterthriller

GMEINER SPANNUNG

Personen und Handlung sind frei erfunden.
Ähnlichkeiten mit lebenden oder toten Personen
sind rein zufällig und nicht beabsichtigt.

Besuchen Sie uns im Internet:
www.gmeiner-verlag.de

Im Ehnried 5, 88605 Meßkirch
Telefon 07575/2095-0
info@gmeiner-verlag.de

1. Auflage 2015

Lektorat: Claudia Senghaas, Kirchardt
Herstellung: Mirjam Hecht
Umschlaggestaltung: U.O.R.G. Lutz Eberle, Stuttgart
unter Verwendung eines Fotos von: © bit.it / photocase.de
Druck: GGP Media GmbH, Pößneck
Printed in Germany
ISBN 978-3-8392-1804-4

Über allen Gipfeln ist Ruh.
In allen Wipfeln spürest du
Kaum einen Hauch.
Die Vögelein schweigen im Walde.
Warte nur, balde
Ruhest du auch.

J .W. von Goethe

PROLOG

Ich wünschte, ich wäre jemand anders.

Kein unvertrauter Gedanke. Einer, in dem ich mich eingerichtet habe. Es wäre schön, jemand anders zu sein, nicht jemand, der über der Schulter eines Unbekannten hängt und davongetragen wird, während verwaschene Stimmen auf mich einreden; oder reden die gar nicht mit mir, sondern mit wieder anderen? Wer ist da eigentlich? Ich habe den Überblick verloren, die Bilder, die meine Augen liefern, kann ich nicht deuten. Wände wölben sich auf mich zu, Lärm wogt irgendwo, nicht nah, nicht fern, denke ich, aber kann ich meinen Eindrücken trauen?

Meine Position knappe zwei Meter über dem Boden ist unangenehm, aber besser, als mich selbst erneut auf die Füße zu kämpfen, auf Beinen zu balancieren, deren Knochen zu Pudding geworden sind. Mir ist schlecht. In meinem Mund brennt ein widerlicher Geschmack. Mein linker Fuß schmerzt. Dunkelheit umfängt mich, und dann spüre ich etwas Kaltes, das mich umschließt, und mein Körper fängt an zu zittern.

Fragen Sie mich nicht nach meinem Namen, ich kann ihn nicht nennen. Hoffnung keimt in mir auf, dass ich es morgen wieder weiß oder an einem anderen Tag, doch im Moment versagt das Gedächtnis. Ich steige aus.

1

Ich könnte heulen. So etwas passiert nur mir. Der Superstau am Tag vor Heiligabend, und ich stehe mittendrin. Wenigstens gibt's Handys.

»Papa?«

»Trisha, wo steckst du? Warum gehst du nicht ans Telefon?«

»Es war aus. Ich habe es gerade erst angeschaltet. Ich stehe im Stau!«

»Eben deswegen! Ich habe dich x-mal versucht anzurufen! Im Radio sagen sie seit Stunden, dass wegen eines Lkw-Unfalls mit mehreren beteiligten Fahrzeugen auf der A9 bei Eisenberg nichts mehr geht.«

»Danke.« Diese Info kommt definitiv zu spät. Das wäre nicht zum ersten Mal. Ich zeichne mich vor allem dadurch aus, anderen einen Wissensvorsprung zu lassen.

»Hast du kein Radio an?«

»Doch.« Ha! In diesem Moment eingeschaltet.

Ich höre natürlich überdeutlich, was mein Vater mir eigentlich sagt. Du fährst mit deinem Wagen von Leipzig nach Nürnberg, ohne das Radio oder das Handy anzuschalten oder wenigstens vor Abfahrt im Netz zu checken, ob die Straßen frei sind? Einen Tag vor Heiligabend? Beim fiesesten Blizzard des bisherigen Winters?

Er sagt es nicht. Mein Vater ist ein zurückhaltender Mensch. Wie ich auch. Doch wo er zwischen den Worten redet, mir zu verstehen gibt, dass sogar Otto Normalverbraucher vor Abreise die Verkehrslage überprüft und er solche Umsicht bei einer Journalistin noch viel mehr erwartet, schweige zur Abwechslung ich. Bloß keine Rechtfertigungslawine lostreten!

»Ich bin jedenfalls nicht die Einzige, die so doof ist, sich in einen Stau zu stellen.« Das kann ich zugeben, es ist unübersehbar.

Ich höre ihn tief durchatmen. »Wie ist das Wetter?«

»Bescheiden.«

Hat nicht auch gestern Tina Stubnagel, die Redakteurin von *Sachsen heute*, mich vor der Fahrt nach Süden gewarnt? Die Strecke ist tückisch, Trisha, vor allem bei dem Wetter!

Die Scheibenwischer arbeiten nach Kräften, doch der Schnee fällt unaufhörlich, und da hier in der nächsten Stunde wahrscheinlich kein Schneepflug mehr durchkommt, schneien wir alle in einer langen dreispurigen Blechschlange ein. Vor mir springt ein Typ aus seinem Volvo, ein Handy am Ohr, und verteidigt sich ebenfalls.

Wer im Stau steht, gilt als Idiot der Nation. Und alle anderen haben es besser gewusst. Deshalb sitzen sie jetzt im Warmen.

»Hör zu, Trisha: Bleib auf alle Fälle auf der Autobahn, in Ordnung? Bei dem Wetter durch die Berge zu fahren, hat keinen Sinn. Der Thüringer Wald ist tückisch.«

Atmosphärische Geräusche zucken durch die Leitung. Es kracht und knistert. Auf der Autobahn ist es ungewöhnlich still. Viele haben längst den Motor abgestellt, um Benzin zu sparen. Auch auf der Gegenspur ist nicht viel los.

»Alles klar, Papa.«

Ich lege auf. Ich bin eine beschissene Journalistin. So viel ist klar. Und als Mensch nicht viel besser. Ich fühle mich leer und auf eigenartige Weise meiner Identität beraubt. Seit ich Lusya diese Story abgetreten habe, weil ich nicht mehr weiterkam. Gleichzeitig bin ich froh, den ganzen Wahnsinn los zu sein.

»Ihnen fehlt die Chuzpe!« Das hat mein Journalistikprofessor mir vor ein paar Jahren unter die Nase gerieben, im Seminarraum 217, im 2. Stock, vor 53 anderen Studenten, und das habe ich mir gemerkt. »Eine Journalistin darf sich nicht so leicht abwimmeln lassen. Sie müssen erspüren, auf welche Weise Sie bei einem Menschen Vertrauen gewinnen können …«

Da fehlt nicht viel und wir ziehen die Leute, von denen wir Infos wollen, mit Waffengewalt auf unsere Seite. Psychischer Druck ist ohnehin erlaubt. Insofern gebe ich Faber recht.

Verdammt. Faber.

Ich hatte den ganzen Prozess beobachtet, saß täglich im Gerichtssaal, studierte sämtliche Unterlagen zur Kinderpornoaffäre des Landtagsabgeordneten, schaffte es sogar, ein Interview mit seiner Ehefrau zu arrangieren – das, nebenbei gesagt, ziemlich in die Hose ging – und dann konnte ich einfach nicht mehr. Bescheuerte Ausrede. Vielleicht bin ich nach dieser grässlichen Magen-Darm-Grippe immer noch nicht wieder ich selbst. Eine Begründung für meine eigenartige Gefühlslage wird schon zu finden sein, wenn man lange genug sucht.

Du bist eine gute Journalistin, hat Lusya heute früh gesagt. Sie muss es wissen, denn *sie* ist definitiv gut.

Ich drehe das Fenster runter, lasse die frostige Luft ins Auto. Hole tief Atem. Schneeflocken wirbeln umher. Der Himmel ist dunkelgrau, sackt immer tiefer, das Licht schwindet, irgendwohin. In einer halben Stunde wird es stockfinster sein. Ich bin definitiv kein Freund dieser Klimazone.

Der Mann mit dem Handy lehnt an seinem Volvo und rudert mit den Armen. Er fühlt sich wie alle hier. Hilflos, ruhelos, wütend bei der Aussicht, für die nächsten Stunden festzusitzen. Wenn nicht für länger. Und morgen ist Heiligabend!

Fuck. Alle zwei Jahre Weihnachten, das würde reichen! Finde ich. Dann säße ich jetzt nicht im Stau. Ich wäre gar nicht nach Süden gestartet. Hätte mich in meiner Wohnung eingeigelt und Musik gehört. Bessere als die, die im Radio dudelt. Ich schnalle mich ab, lege den Kopf auf die paar Zentimeter Scheibe, die noch emporragen, und atme tief durch. Der Wind wirbelt meine Locken um meine Nase.

Der Mann wirft sein Handy durch das Fahrerfenster ins Auto, beugt sich hinterher. Bringt eine Thermoskanne zum Vorschein. Schraubt den Deckel ab. Guckt zu mir.

»Kaffee?«, ruft er mir zu.

»Das wäre echt klasse.«

Er grinst, Grübchen in den Wangen. Der Schnee hat sich in sein braunes, zu langes Haar gesetzt. Sieht aus, als wäre er in den letzten Minuten ergraut. Er braucht dringend einen Haarschnitt.

»Die Trucker fahren ohne Winterreifen! Diese Hornochsen! Die haben keinen Millimeter Profil mehr im Gummi, können Sie sich das vorstellen?«

»Leider ja!« Es ist nicht mein Vorstellungsvermögen, das Defizite verzeichnet. Die Mankos liegen bei mir woanders.

»Die Vollpfosten nehmen uns alle in Sippenhaft!« Er reicht mir den Becher. Seine Hände sehen aus, als wenn er gewöhnlich lange ohne Handschuhe in Frost und Schnee unterwegs ist. »Schöner, starker Americano. Ihre Kragenweite?«

»Könnte nicht besser sein.« Ich nippe. Der Kaffee ist heiß und gerade richtig geröstet. Das letzte schwarze Dope hatte ich heute Morgen mit Lusya, als wir uns zum Frühstück im *Darling* trafen. »Danke.«

»Gern. Wo soll's denn hingehen?« Er lehnt an meiner Tür. Ich sollte ihn bitten einzusteigen. Mache ich aber nicht. Ich bin ein vorsichtiger Mensch. Ich arbeite meistens bei Gericht. Habe mehr als genug Geschichten mitbekommen von Männern, die eine Situation ausnutzen.

»Nürnberg.«

»Da haben Sie noch was vor sich. Ich muss eigentlich nur zur nächsten Ausfahrt. Ungefähr vier Kilometer. Selbst schuld. Ich habe den Angaben in den Verkehrsmeldungen geglaubt. Eigentlich sollte der Stau erst nach der Ausfahrt Eisenberg beginnen. Aber der Rückstau baut sich natürlich schnell auf. Bei dem Verkehr! Tja. Hoch gepokert. Und verloren.«

Ich nicke. Reiche ihm den Becher. »Danke für den Kaffee.«

»Noch einen Schluck?«

»Nein.« Ehrlich gesagt könnte ich die ganze Kanne leertrinken. Aber höfliche Menschen tun das nicht. Ist ja sein Kaffee. Und ich bin höflich. Zu höflich, um im Ernstfall nachzuhaken. Ich bin so dermaßen sozialverträglich, dass ich mich hinter den Kollegen der Konkurrenz verschanze. Ich schließe ganz kurz die Augen. Die Schmach diverser Situationen steht bis dato zu deutlich vor meinem inneren Auge.

»Okay.« Er gießt sich ein, zeigt mit der Thermoskanne rechts neben die Fahrbahn. »Wobei ich mich frage, ob es nicht funktionieren könnte … vier Kilometer auf der Standspur …«

»Das kostet Sie den Führerschein.« Ich wische den Schnee von meinem Ärmel. Das weiße Zeug wirbelt wirklich überall hin.

»Unsinn. Die paar Euros bezahle ich gern dafür, dass ich heute noch heimkomme.«

Ich luge durch die Windschutzscheibe. Ein schwarzer Wagen, schneeverkrustet, pirscht über die Standspur.

»Unsere Nummernschilder kann sowieso kein Mensch mehr lesen«, gebe ich zum Besten.

»Genau, oder? Wenigstens ein Vorteil!« Er grinst, trinkt aus, schraubt die Thermoskanne zu. »An die Front!« Er winkt, stapft zu seinem Wagen.

Wenn nicht jetzt, wann dann?, frage ich mich, als ich den Zündschlüssel drehe. Wenn es so weiterschneit, ist in einer halben Stunde auch auf dem Seitenstreifen kein Durchkommen mehr.

Während ich hinter dem Volvo auf die Standspur schleiche, der Schnee unter meinen Reifen knarrt, rede ich mir meinen Regelübertritt schön. Ein außergesetzlicher Notfall, oder? Ich mache nämlich normalerweise nichts Verbotenes. Das überlasse ich den Menschen, über die ich nachher schreibe.

2

Ron Faber. Der Stern am Himmel einer großen deutschen Volkspartei. Einer, dem man bisher nicht ans Bein pinkeln konnte. Er hat alles richtig gemacht: keine plagiierte Doktorarbeit im Lebenslauf, im Gegenteil, gar nicht promoviert. Ein Hüne mit blondem Haar, einer ebenso blonden Frau und drei blonden Kindern. Na ja, der Kleinste hat einen rötlichen Einschlag. Die Familie würde dem Merian-Schweden-Heft auf der Titelseite alle Ehre machen. Individuelle Freiheit im Internet, das ist momentan ein Thema, und Faber hat es zu seinem gemacht, mit markigen Worten, gegen den Willen von ein paar wichtigen Nasen in seiner Partei. Schließlich vor einem knappen Jahr der Sturz: Ron Faber hat Kinderpornos auf seinem Dienstrechner in seinem Leipziger Büro. Landtagsmandat: futsch. Karriere: im Eimer. Individuelle Freiheit: in Gefahr. Familie: zerrüttet. Im vergangenen Herbst wurde ihm der Prozess gemacht.

Ron Faber redete sich von Anfang an raus. Gab sich auf Pressekonferenzen als tapferer Soldat Schweijk: Er hat damit nichts zu tun! Jemand will ihm Übles! Die Politik ist ein Vipernnest, leuchtet doch ein! So ein Dienstrechner ist manipulierbar, oder? Steht der nicht oft genug unbeobachtet im Büro, und jeder, der vorbeigeht, kann ran?

Der Volvotyp und ich, wir sitzen in einem McCafé irgendwo in der Pampa. Weihnachtslieder blubbern aus Lautsprechern. Um uns versinkt Thüringen in Dunkelheit. Der 23.12. geht zu Ende. Wenige Kilometer weiter liegt die Autobahn unter Blech und Schnee in tiefer Stille. Ich bin heilfroh, von dort weg zu sein. Dann franze ich mich nachher eben durch die Bergstraßen nach Süden. Das habe ich schon öfter gemacht, immerhin ist die Strecke stauanfällig, zu allen Jahreszeiten, vor allem wegen der vielen Baustellen, zu Ferienzeiten insbesondere, und daher gibt es keine Ausfahrt an der A9, die ich nicht irgendwann zwangsweise ausprobiert habe. Und auf meinen Vater muss ich im Alter von 29 ja wohl nicht mehr hören. Vor lauter Erleichterung über die gelungene Flucht via Standspur erzähle ich dem Volvotypen alles über meine letzte Story.

Der wiegt den Kopf. »Ich habe einiges in der Presse über Ron Faber gelesen. Ich meine, das hat die Runde gemacht, aber hallo! Zumal er sich echt gewieft aus der Affäre gezogen hat. Glauben Sie an den Fensterputzer?«

Ich blicke auf seine Hände. Kein Ring.

»Faber machte geltend, dass er zu den Zeiten, als die Downloads stattfanden, gar nicht in seinem Dienstzimmer war. Mehrmals befand er sich auf einer Sitzung und wurde dort auch gesehen. Das konnte er beweisen. Somit wirkt es plausibel, dass ein anderer sich an dem Rechner zu schaffen gemacht hat. Gemacht haben *könnte*!«

»Schlechtes Alibi. Man kann einen Rechner so programmieren, dass er zu einer bestimmten Zeit Dateien runterlädt.«

»Aber ihm konnte nichts dergleichen nachgewiesen werden, und die haben seinen PC auf Herz und Nieren durchgecheckt.« Es ist müßig, sämtliche Details über Kreditkartenabrechnungen, Logprotokolle, Suchstichworte, die von Fabers Rechner ausgingen, und all den anderen Kram zu beschreiben. »Er ist davongekommen. Ein anderer musste sich vor Gericht verantworten.«

»Ein Fensterputzer! Da lache ich ja.«

»Sieht vorgeschoben aus, gebe ich zu. Glauben Sie mir, ich habe sämtliche Akten, Papiere, Gerüchte daraufhin überprüft, ob es auch nur den kleinsten Hinweis gibt, dass eine politische Intrige im Gange ist. Da war nichts. Aber Faber ist hiermit sowieso ausrangiert. Seine Politikerkarriere kann er vergessen.«

»Tut Ihnen das leid?« Der Volvotyp sieht mich an, den Kopf schief gelegt.

Ich muss lächeln, schaue schnell weg; zurzeit lächle

ich nicht oft, wenn ein Mann in der Nähe ist. Der letzte, der mich zum Lächeln brachte, hieß Joker alias Gregor, und das Lächeln hielt nicht lange an. Ich gucke auf den angebissenen Donut auf meinem Teller. Auf die Kerze, die auf dem Tischchen brennt. »Nein. Tut es nicht. Faber ist tot.«

»*Was?*« Er fährt sich durchs Haar, das nun feucht ist vom geschmolzenen Schnee. Und eindeutig zu lang.

»Haben Sie das nicht mitgekriegt? Es ging durch alle Medien. Vor gut zwei Wochen! Er wurde umgebracht. In seiner eigenen Villa. Von seinem Parteifreund Eriksen. Der hat sich danach selbst gerichtet. Außerdem hat es Fabers Schwester erwischt und eine Kellnerin. Vier Tote!«

Mein Gesprächspartner schüttelt den Kopf. »Ein richtiges Blutbad! Wahnsinn. Ich habe echt nichts davon gehört. Ich bin vor genau drei Wochen nach Finnland zu einem Lehrgang geflogen.«

»Lehrgang? In … wo?«

»Ich will hier was aufziehen. Schlittenhunde für die Ferien. Im Thüringer Wald. Vielleicht gehe ich sogar in die Beskiden, nach Polen oder so …«

»Verstehe.« Deswegen sein athletischer Körperbau, die Muskeln, die sich unter seinem Langarmshirt abzeichnen. Selbstverständlich einem Multifunktionslangarmshirt.

»Ich bin eigentlich Sportlehrer. Englisch und Sport. Aber der Schulalltag hat mich geschafft. Deswegen bin ich ausgestiegen. Habe echt keine Lust mehr, die Schüler zu irgendwas zu zwingen; der Mensch ist frei geboren, oder? In den Weihnachtsferien, also ab übermorgen, gebe ich Skiunterricht in Oberhof. Deswegen wäre ich gern allmählich daheim – nur mal so zum Abhängen!«

Also auch einer, der das Handtuch geworfen hat!

»Ich habe den Fall Faber weitergereicht.« Ich sage das, weil es nicht mehr drauf ankommt. Ich kann ganz entspannt darüber reden. Außerdem werde ich diesen zugegeben gut aussehenden Mann nie mehr wiedersehen. Schade eigentlich. »Ich kam damit nicht zurecht. Es war mir zu viel. All die Akten und Unterlagen, tausend kleine Detailinformationen und danach diese grausige Hinrichtung – dafür reichte mein Ehrgeiz nicht mehr.« Meinem Vater habe ich es anders erklärt. Und Lusya wieder anders. Lusya hatte Verständnis. Ich war eben in den seit Jahren schmutzigsten Politskandal der Bundesrepublik geraten und suchte den Notausgang. Außerdem war ich krank. Diese Magen-Darm-Geschichte hat mich ausgeknockt.

»Ist dieser Parteifreund einfach so bei dem Politiker reinmarschiert und hat um sich geschossen?«

»Es ist auf einer Party passiert.« Ich massiere mir die Schläfen. Noch ein Kaffee und es zerreißt meine Hirnwindungen. »Faber hat kurz nach dem Freispruch eine Party geschmissen, um seine Rehabilitation als ehrbarer Bürger zu feiern. Sein Parteikollege kam mit Pistole und …« Ich schüttle den Kopf. Allein die Vorstellung, wie ein Mensch um sich schießt und Leute mit sich in den Tod reißt, die nichts mit der Sache zu tun haben, bringt mich um den Verstand. Ich drehe meine Tasse in den Händen hin und her.

Überhaupt habe ich diese Festivität nicht in bester Erinnerung.

Was werde ich als Nächstes tun? Bloggen – übers Kochen oder Mode oder Musik? Werden nicht alle wichtigen Medien und Magazine längst wissen, dass ich, Trisha Seling, ausgestiegen bin, eine Story hingeschmissen habe? Werden sie mich noch haben wollen? Besteht nicht immer die Gefahr, dass eine labile Figur wie ich aufs Neue klein beigibt? Für mich war all die Jahre, in denen ich unbedingt Journalistin werden wollte, die Politik das interessanteste Objekt. Kommilitonen, die in ihrer Freizeit Theaterkritiken zu Papier brachten, wurden freundlich grinsend verachtet. Soll ich selbst jetzt zur Kultur wechseln?

»Wie kann ein Politiker wie dieser Eriksen nur so durchdrehen?«, frage ich. Dieselbe Frage, die mich seit dem 4. Dezember beschäftigt. »Was hat ihn dazu getrieben? Die Medien sprechen über nichts anderes mehr, zusätzlich zu Terror und Kriegen und Lügen, die den Erdball wie ein Netz umspannen. Leblosigkeiten, das alles. Inszenierungen, auf die wir alle reinfallen. Wie auf Weihnachten. Irgendwie. Wahrheit oder Lüge – alles ist beides zugleich.«

Er nickt. »Wissen Sie, das werden Sie vielleicht nicht gern hören: Ich habe in den vergangenen drei Wochen kaum Nachrichten geschaut. Ab und zu die Worldnews auf CNN. Das war's. Ansonsten nur Natur. Schnee, Schlitten, Huskys. Polarlicht. Dabei wird man seelisch richtig aufgebaut.«

Für Sekunden lächeln wir uns an.

»Tja. Ich muss los.« Er steht auf, greift nach seinem Parka. Streckt mir die Hand hin. »Verraten Sie mir Ihren Namen? Wenn ich mal was von Ihnen lese …« Die Worte wirbeln durch die Luft.

Die Vorstellung, dass jemand liest, was ich geschrieben habe, möbelt mich auf. Der Traum: sichtbar sein, gehört werden, einen Beitrag leisten.

Du willst gelesen werden?, hat Lusya mich vor Jahren angefahren. Dann schreib!

Klar. Für Lusya ist das Schreiben die einzige Möglichkeit gewesen, um wegzukommen von dort, wo sie nicht mehr sein wollte. Hatte sie mir mal erzählt. Diese Information über ihr Leben gehört zu den wenigen, die sie mir zugestand.

»Trisha Seling.«

»Ich bin Lars Hampstedt. Just in case.« Er kramt eine Visitenkarte aus der Tasche seines Parkas. Ich drehe sie hin und her. Sie ist ziemlich zerknautscht.

Ich will eben meine Karte aus der Handtasche ziehen, da ist er schon weg, mit einem fröhlichen Winken. Aus meinem Leben raus. Oder nie drin gewesen. Ich betrachte die zerknitterte Karte. *Lars Hampstedt. Ski- und Snowboardunterricht. Schlittenhundexkursionen.* In der linken unteren Ecke ist ein Husky zu sehen. Er sieht fast aus wie ein Wolf.

Seufzend schnappe ich mir mein Handy und rufe Lusya an.

»Ich bin raus aus dem Stau.«

»Oh! Warst du in *dem* Superstau?« Sie klingt gehetzt.

»Kannst du gerade nicht sprechen?«

»Doch, klar. Wo steckst du denn?«

»In einem McCafé. Bei Eisenberg. In Thüringen. Verdammtes Wetter. Ich warte noch ein bisschen mit dem Weiterfahren. Vielleicht hört es ja demnächst zu schneien auf.«

»Sieht nicht so aus. Im Netz heißt es, das geht die ganze Nacht so weiter. Vor allem in Sachsen, Thüringen und Nordbayern. Nur ganz im Westen wird es im Laufe der Nacht klar.«

»Die Wettervorhersage stimmt sowieso nie«, tröste ich mich.

Sie lacht. »Nee.« Kurze Pause. »Kommst du zurecht?«

»Was bleibt mir übrig ... Ich habe mich jetzt mit Kaffee versorgt, nehme mir ein paar Donuts mit und fahre anschließend durch die Berge rüber nach Bayern.«

»Durch die Berge? Sind die Straßen da geräumt?«

Wieder eine Frage, auf die ich keine Antwort habe. Ich spule einen von Lusyas Lieblingssprüchen ab: »Ich finde es raus.«

Sie kichert. »Moment, wo bist du noch mal? Ich checke im Netz, was sich auf den Nebenstraßen tut.«

Ich lehne mich zurück. Habe ich nicht auch diese Verkehrsapp auf dem Handy? Gerade während ich überlege, ob ich die bislang je benutzt habe, höre ich Lusyas Stimme: »Alles super. Die Winterdienste sind mit etlichen Freiwilligen ausgestattet. Meldet das Thüringer Infrastrukturministerium auf seiner Webseite. Die Winterdienste arbeiten durchgehend in drei Schichten. Noch läuft der Verkehr abseits der großen Strecken.«

So viel also zum Warnruf meines Vaters: Bleib bloß auf der Autobahn, verstanden? Lusya, du bist ein Schatz!

»Danke, Lusya. Am 28. fahre ich zurück nach Leipzig. Brunch am 29. im *Darling*?«

Ich höre ihr leise glucksendes Lachen. »Unbedingt. Ich nutze die stille Zeit zur Recherche. Kann vielleicht sogar mit ein paar Beteiligten sprechen.«

»Welchen Beteiligten?«

»Den Leuten, die auf Fabers Party eingeladen waren.« Leise Ungeduld schwingt in Lusyas Stimme.

»Aber die Ermittlungen laufen doch noch!«

»Trisha, sei einmal professionell: Bin ich Staatsbeamtin oder was?«

Ich lache schuldbewusst. »Nee, verstehe.«

»Ich möchte mit Mara Faber sprechen. Seiner Frau.«

»Die macht bestimmt die Hölle durch. Alles auf Anfang. Erst der Skandal, jetzt die Morde.«

»Und davon wollen die Leser was erfahren. Immerhin ist sie Zeugin der Hinrichtung. Denn anders kann man diesen Mehrfachmord nicht nennen.«

Lusya schreibt für mehrere Magazine, unter anderem für eine Online-Zeitschrift, die sich hauptsächlich mit Promis beschäftigt. Der Ton der Publikation pendelt zwischen rührselig und aggressiv. Deren Lesern triefen die Lefzen, wenn sie sich Mara Fabers Abgrund ausmalen, in den sie durch die Waffe eines fanatischen Politikers gestürzt wurde. Ein saurer Geschmack steigt in meiner Kehle auf. Zu viel Kaffee. Außerdem melden sich die Kopfschmerzen, die mich seit ein paar Wochen in unregelmäßigen Abständen heimsuchen. Bitte nicht jetzt! Ich hatte nie zuvor Migräne, und plötzlich bin ich eine von diesen Frauen, über deren Schädel sich für Stunden ein Stahlhelm stülpt.

»Im Übrigen«, fügt Lusya hinzu, »der Fall ist im Prinzip klar. Eriksen hat geschossen und sich danach selbst gerichtet. Auf der Waffe befinden sich ausschließlich seine Fingerabdrücke. Es war seine Pistole! Er hat auf Faber gezielt, die Kugel hat Babs Kent, seine Schwester, gestreift, bevor sie Faber niederstreckte. Eine Kellnerin kam ausgerechnet in diesem Moment in den Raum, wollte Getränkenachschub bringen. Eriksen drückte auch auf sie ab. Danach erschoss er sich selbst. Babs Kent starb kurz darauf an dem Blutverlust.«

Ich seufze. Mir kommt das alles schäbig und sinnlos vor.

»Nur Eriksens Fingerabdrücke«, insistiert Lusya. »Was willst du mehr an Beweisen?«

Indizien, denke ich. Ermittlungstechnisch gesehen sind es Indizien. Ich nage an meiner Unterlippe. »Ich verstehe nicht, wieso Eriksen nicht auch Mara erschossen hat. Irgendwie hat er doch Tabula rasa gemacht. Wozu sollte er eine Person überleben lassen?« Ich massiere meinen Nacken. Vielleicht bringt das die Kopfschmerzen zum Verschwinden.

»Warum würde er Mara umbringen wollen? Eriksen hatte die Absicht, Faber zu erledigen. Seinen Parteifreund, dem er den ganzen Herbst lang die Stange gehalten hat, während in seiner Partei eine Schlammschlacht im Gang war. Wäre Faber untergegangen, hätte es Eriksen mitgerissen. Das ist das Schrägste dabei! Babs anzuschießen, war wahrscheinlich ein Fehler, möglicherweise hat sie sich ihm in den Weg gestellt, um ihren Bruder zu schützen.«

Ich rekapituliere, was ich über Hanno Eriksen weiß. Ein 50-jähriger Vollblutpolitiker, der in seiner Partei schon etliche wichtige Knotenpunkte belebt hat und beste Chancen gehabt hätte, in wenigen Jahren Minister in Sachsen zu werden. Oder auf Bundesebene ganz groß abzuräumen. Meine Gedanken verlieren sich im Schneetreiben vor dem Fenster. Die Flocken jagen waagerecht durch die gelblichen Lichtkegel der Laternen, die den Parkplatz in schmutziges Licht tauchen. Unversehens sehne ich mich danach, mit Lusya im *Darling* zu sitzen und wie so oft alle Fakten durchzudiskutieren. Wie wir das immer gemacht haben. Vor dem 4. Dezember.

»Eriksen muss Angst davor gehabt haben, dass Faber etwas auspackt«, grüble ich laut. »Etwas, womit er, Faber, während des Prozesses hinter dem Berg hielt, etwas, das Eriksen hätte schädigen können.«

»Schätzchen, willst du deine Story zurück?« Lusya klingt amüsiert.

»Nein, wirklich nicht.« Es schneit und schneit.

»Kuriere dich erst mal richtig aus. Mit so einer Grippe ist nicht zu spaßen!«

Sie hat recht. Wenngleich ich bereits einen Tag nach dem Ausbruch dieser Magen-Darm-Geschichte wieder relativ stabil war. Ich schlucke. Wenn ich allein an diese grässliche Übelkeit denke, stiehlt sich ein saurer Geschmack in meinen Mund.

»Ja, es ist Weihnachten. Zeit der Ruhe und Besinnung, nicht wahr?«, uze ich.

Sie lacht. »Sieh es als Freizeit. Lass dich von deinem Vater nicht unterkriegen. Er ist kein Unsterblicher.«

Als Mensch nicht, denke ich. Als Journalist schon.

Ein Räumfahrzeug schiebt den Schnee auf dem Parkplatz vor dem Café zusammen. Das gelbe Blinklicht erhellt die düstere Winterszene nur bruchstückhaft. In der gemütlichen Wärme des Cafés scheint alles, was da draußen geschieht, unwirklich.

»Ich muss allmählich weiter, Lusya.« Mir graut vor der Fahrt. Vor allem davor, allein im Wagen zu sitzen, die Finger um das Lenkrad gekrampft, hoch konzentriert, mit brennenden Augen. Aber ich weiß, ich schaffe das. Solche Sachen kriege ich immer irgendwie gebacken. Zusammenreißen und los.

Irgendwo am anderen Ende der Leitung höre ich Lusyas Zweithandy piepen.

»Mach's gut, Trisha!«, ruft sie mir zu.

»Mach's besser.«

Sie hat schon aufgelegt.

Irgendwo blitzt etwas. Zwei Jugendliche kichern sich halb tot über das Selfie, das sie geschossen haben.

Mein Handy meldet einen Anruf von meinem Vater. Ich starre eine Weile auf das Display, dann drücke ich ihn weg.

3

Weihnachten in Russland. Ich bin sechs Jahre alt. Es ist der 23.12.1995. Ein ganz normaler Tag in Russland, wo Weihnachten erst in der Nacht zwischen dem 6. und 7. Januar gefeiert wird. In unserer deutschen Familie ist es der Tag vor Heiligabend.

Ich bin aufgeregt. Ich habe eine lange Wunschliste geschrieben, was ich gerne vom Christkind haben möchte, und nun kann ich es kaum erwarten, heimzukommen, nach Moskau, in unsere Wohnung. Aber wir sind in Petersburg. Mein Vater hat hier einen Termin, er, der aus Funk und Fernsehen bekannte Auslandskorrespondent, und er hat uns mitgenommen, meine Mutter und mich, und morgen ganz früh, das hat er versprochen, fahren wir zum Flughafen und fliegen nach Moskau, und dort feiern wir Weihnachten.

Ich bin sechs Jahre alt, in der ersten Klasse. Ich gehe in die deutsche Schule. Einen Jungen in meiner Klasse mag ich besonders, er heißt Vinzent und spielt sich meistens als Held auf. Vinzent will die Battle Station von *Masters of the Universe*, die finde ich auch toll, obwohl ich keine einzige He-Man-Figur habe, meine Eltern halten die für albern, insbesondere für ein Mädchen. Doch dieses Jahr habe ich mir ernsthaft He-Man gewünscht. Ich weiß nicht, ob ich ihn kriege. Ich kann es fast nicht mehr aushalten vor Spannung! Vinzent würde durchdrehen, wenn ich einen He-Man hätte. Bloß glaubt er nicht, dass ich ihn geschenkt bekomme. Da ist er mehr Realist als ich.

Er spielt gern mit mir, und er lässt mich alle seine Figuren benutzen. Er besteht nicht darauf, dass ich nur die Frauenfiguren bewege. Ich darf alle ausprobieren! Deswegen bin ich gern bei Vinzent, und ich bin neugierig und frage mich die ganze Zeit, ob Vinzent die Battle Station bekommt oder nicht, denn die muss aus Deutschland bestellt werden. Wahrscheinlich kommt eine von Vinzents Tanten zu Besuch und bringt alles im Koffer mit. Per Flugzeug.

Am Abend des 23.12. sind meine Eltern in ein Restaurant zu einem Fest eingeladen, wahrscheinlich irgendwelche Medienleute, mit denen sich mein Vater oft abends trifft. Ich muss im Hotel bleiben, ich habe ein Buch zum Lesen, also bin ich nicht vollkommen allein.

Meine Mutter liegt meinem Vater den ganzen Nachmittag in den Ohren, dass wir keinesfalls den Flug verpassen dürfen, morgen früh um sieben schon müssen wir das Hotel verlassen. Morgen ist immerhin Heiligabend, und sie hat dermaßen viel vorzubereiten. Das sagt sie mehrmals, zuletzt, als sie sich beide für das Fest im Restaurant umziehen. Mein Vater bindet seine Krawatte und explodiert, das höre ich an der Art, wie er die Antwort herauspresst. Er brüllt nicht, stattdessen klingt er so metallisch wie Vinzent, wenn er seinen Man-E-Faces in den Kampf schickt. Mein Vater sagt: »Ja-ha, wir kommen nicht zu spät zurück.«

Ich lege mein Buch weg und beobachte meine Eltern. Meine Mutter stellt sich neben meinen Vater und macht ein vorwurfsvolles Gesicht. Lautlos bewegt sie die Lippen. Es ist doch für Trisha!, sagt sie, ich kann es hören, der Satz dröhnt in meinen Ohren, obwohl sie ihn gar nicht laut ausgesprochen hat. Aber diese Sätze aus der Zwischenwelt kann ich immer hören: Wir machen das jetzt extra für dich, Trisha, also sei gefälligst dankbar.

Ich sitze auf dem Bett und schaue meinen Vater an, während er seinen Krawattenknoten mustert; er sieht meinen Blick im Spiegel. Er lächelt nicht, er sagt nur: »Und du schläfst, verstanden? Wir sind rechtzeitig zurück.«

Ich nicke, weil es immer besser ist, so zu tun, als ob man alles unter Kontrolle hat. Klar. Ich werde schlafen.

»Um neun ist Schluss mit Lesen!« Meine Mutter knipst alle Lichter aus, nur das kleine an meinem Bett lässt sie an. Meine Eltern verlassen das Zimmer um acht und schließen mich ein. Es ist eine Hotelzimmertür, die man absperren muss, mit einem richtigen Schlüssel, von außen. Ich bin gefangen. Zuerst lese ich, wie versprochen, in dem Abenteuerbuch, dann kann ich plötzlich nicht mehr, es ist, als wolle die Geschichte mich ausspucken, von sich wegstoßen, also klappe ich das Buch zu.

Ich stehe auf und kontrolliere die gepackten Koffer, die für morgen bereitgelegte Kleidung, die Schuhe, und ich denke, wir dürfen nicht verschlafen. Gehe ins Bad und trinke Wasser aus dem Hahn, obwohl meine Mutter mir das streng verboten hat, doch ich habe mit einem Mal schrecklichen Durst. Wieder im Zimmer, sehe ich die Tür an, die auf den Korridor führt und verschlossen ist. Ich lege meine Handflächen auf das Holz. Es fühlt sich kühl an. Ich kann mir einbilden, dass ich einfach die Klinke drücken muss, und schon geht die Tür auf. Jetzt denke ich mir genau das aus. Wie ich die Klinke drücke und auf den Gang gehe. So. Ich kann mir alles Mögliche ausdenken, und es ist so wirklich wie der Stuhl, wie der Tisch. Jetzt aber weg von der Tür und nicht mehr grübeln! Sonst stelle ich fest, dass ich die Tür nicht mit meinen Gedanken öffnen kann. Und dann kriege ich Panik.

Ich sehe auf meine Armbanduhr. Die Zeiger schleichen über das Zifferblatt. Mein Großvater hat mir die Uhr geschenkt und mir eingeschärft, dass ich sie jeden Abend aufziehen muss, es wäre eine alte, richtig gute Uhr mit einer Mechanik, die ohne Batterie läuft, nicht wie dieses neumodische Zeug, und meine Mutter hat gelächelt und gesagt: »Bedanke dich bei deinem Großvater.«

Mein Großvater ist weit weg. Er ist in Deutschland und kommt nicht zu Weihnachten. Aber ich habe ja die Uhr. Obwohl ich sie vorhin aufgezogen habe, drehe ich pro forma noch einmal am Rädchen. Das stockt nach einer halben Umdrehung.

Überdrehe nicht die Feder!

Erschrocken halte ich mein Handgelenk ans Ohr, die Warnung meines Großvaters im Gedächtnis. Die Uhr tickt. Okay.

Ich weiß nicht, wann meine Eltern zurückkommen, und ich weiß nicht, in welchem Restaurant sie sind. Ich würde sie gern dran erinnern, dass wir das Flugzeug nicht verpassen dürfen. Was, wenn wir es verpassen?

Fliegt später noch eines nach Moskau? Oder müssen wir in Petersburg bleiben, wo es noch kälter ist als in Moskau, noch windiger, und was passiert überhaupt, falls der Flughafen gesperrt ist wegen des Wetters?

Ich sehe Weihnachten vor meinem inneren Auge zerfließen, sich selbst zerstören, stelle mir vor, wie wir Tage später nach Hause kommen und ich die Geschenke auspacke und sich alles gar nicht mehr richtig anfühlt.

Die Tränen kommen so schnell, ich kann sie nicht zurückhalten. Schon schießen sie aus meinen Augen und rinnen mir übers Gesicht. Wütend wische ich sie weg.

Sie ist eben doch ein Mädchen, sagt mein Großvater, wenn er sieht, dass ich weine. Als Antwort zieht mein Vater kurz die Augenbrauen hoch, und meine Mutter lächelt schief.

Ich muss meine Eltern anrufen. Vielleicht weiß der Mann unten an der Rezeption, wo sie hingegangen sind. Vielleicht hat er ein Taxi für sie gerufen und kennt den Namen des Restaurants!

Ich tappe zum Telefon. Es steht auf einem Beistelltischchen neben der Heizung, die wie wild bullert. Mir ist heiß. Ich nehme die Liste mit den Nummern, die das Hotel hingelegt hat. Alles steht nur auf Russisch da. Ich kann kyrillische Buchstaben lesen, das habe ich mir selbst beigebracht, bevor wir in der Schule damit angefangen haben. Doch ich kann kaum Russisch sprechen, und was soll ich sagen, wenn ich die Rezeption an der Strippe habe? Ich unterhalte mich nicht gern mit Fremden, weder auf Deutsch noch auf Russisch. Mein Vater schickt mich manchmal los, in ein Geschäft, und sagt, los, kauf das! Frag jenes! Ich gehe gehorsam, weil ich nicht als kleines Kind dastehen will, das Angst hat. Obwohl ich Angst habe.

So wie jetzt. Ganz schlecht ist mir vor Angst! Was, wenn meine Eltern nicht rechtzeitig aus dem Restaurant zurückkommen? Was, wenn wir morgen verschlafen und den Flug nicht kriegen? Ich gehe zur Tür, aber die ist ja verschlossen. Trotzdem drücke ich versuchsweise die Klinke.

Zu.

Zurück zum Telefon. Schon halte ich den Hörer in der Hand, es tutet, ganz schnell, ich will die Nummer wählen, die neben dem Wort *Rezepzija* steht. Ich mache es nicht. Ganz vorsichtig, als könnte er kaputtgehen, lege ich den Hörer auf. Ich setze mich aufs Bett und schimpfe mit den Tränen, die in Sturzbächen über meine Wangen fließen. Als das nichts hilft, wische ich sie ins Kissen und gehe ins Bad und suche mir Klopapier.

Da sehe ich mein Gesicht im Spiegel. Ein Kind mit geröteten Wangen und einem verzweifelten Blick in den Augen. Der Anblick meiner selbst treibt mich noch tiefer in den Abgrund. Zum ersten Mal in meinem Leben bemerke ich, dass es einen Unterschied zwischen meinem funktionierenden Ich und meinem Ich in Not gibt und dass beide zu mir gehören. Natürlich analysiere ich die innere Spaltung nicht. Sie mir bewusst zu machen, dafür bin ich zu jung. Aber ich nehme sie wahr, wie ich es wahrnehmen würde, wenn plötzlich zwei Personen statt einer vor mir stehen würden.

Ich heule auf und renne aus dem Bad. Ich werfe

mich aufs Bett. Stehe auf, wandere durch das kleine Zimmer. Ich renne gegen die Tür, laufe zurück, trete gegen den Sessel. Ich drücke mein Gesicht in den Pullover, den meine Mutter für morgen für mich rausgelegt hat. Der Pulli ist kratzig und fühlt sich widerlich an, und ich heule auf vor Wut, ich jaule wie ein Hund, ich schluchze, ich bekomme kaum Luft. Ich sitze auf dem Boden, presse mein Kissen an mich.

Ein Schlüssel dreht sich im Schloss. Ich erstarre. Ich will nichts mehr, als dass meine Eltern zurückkommen, wenigstens meine Mutter, aber ich fürchte sie auch. Sie sollen nicht sehen, dass ich weine. Ich weine lieber allein.

Eine Frau kommt herein. Sie ist klein, mollig, hat Strickzeug unter dem Arm.

»Djebuschka!«, sagt sie, und danach folgt ein Wortschwall auf Russisch, der weichsten aller Sprachen, den ich nicht verstehe.

Schluchzend hebe ich an zu erklären. In meiner Sprache. Die sie nicht versteht.

»Wir müssen morgen zum Flugzeug. Das fliegt ganz früh, und wir dürfen es auf keinen Fall verpassen!«

Die Frau trägt das graue Kleid, das alle Zimmerfrauen hier anhaben. Sie nickt, redet, schaltet alle Lichter im Zimmer ein, nimmt sich einen Stuhl, stellt ihn neben mein Bett, setzt sich. Entwirrt ihr Strickzeug.

Ich bin nicht mehr eingeschlossen, das ist mein erster Gedanke. Ich bin nicht mehr allein: mein zweiter. Ich muss mich nicht erklären: mein dritter.

Ich lege mich aufs Bett. Die Frau strickt, ich liege nur da. Versuche einzuschlafen. Jetzt bin ich ganz ruhig.

Vielleicht bin ich eingenickt. Ich weiß es nicht.

Der Schlüssel dreht sich in der Zimmertür. Ich fahre hoch. Die Frau packt ihr Strickzeug zusammen. Mein Vater kommt rein. Sieht mich, sieht die Frau. Es folgen ein paar Sätze auf Russisch. Meine Mutter, die kaum Russisch kann, fragt mich: »Was war denn los?«

Das Elend von vorhin fällt mich an. Ich muss etwas erläutern, was ich selbst nicht verstehe. Eine Sache, von der ich weiß, dass zumindest mein Vater sie für lächerlich halten wird.

Er gibt der Frau ein paar Scheine. Als Trinkgeld.

Wir haben das Flugzeug nicht verpasst.

He-Man habe ich auch nicht bekommen.

4

Ich ignoriere das Klappern im Motor. Mein blecherner Franzose, dessen Fahrgestell mich durch die Lande trägt, ist recht betagt. Alt heißt solide, tröste ich mich. Das Tomtom lotst mich, alles wird gut. Wen stört es schon, dass die Scheibenwischer kaum für freie Sicht sorgen können und im Lichtkegel der Scheinwerfer nicht viel mehr zu erkennen ist als wirbelnde Flocken. Wenigstens sind die Kopfschmerzen abgeklungen. Eine Zeitlang krieche ich im Windschatten eines Schneepfluges dahin.

Als der abbiegt, bin ich allein. Nur das Schnurren des Motors, der von Zeit zu Zeit rachitisch aufkeucht, leistet mir Gesellschaft. Sobald ich eine Hügelkuppe überquere, fällt mich ein Windstoß von der Seite an. Ich scheine das einzige lebende Wesen auf der Strecke zu sein. Eigentlich habe ich mir den Plan so zurechtgelegt, dass ich eine der nächsten Autobahnauffahrten anpeile – hinter dem Stau – und dann ohne Hindernisse in einem einigermaßen flotten Tempo nach Nürnberg fahre. Doch trotz umständlicher Programmierung scheint mir das Tomtom eine andere Route aufzudrücken. Ich bin komplett auf die Straße konzentriert. Um zusätzlich die Karte zu lesen, habe ich keinen Nerv. Minute für Minute rutsche ich tiefer in meinen durchgesessenen Sitz.

Fuck. Ich hätte in Leipzig bleiben sollen.

Ich hätte mir in Eisenberg ein Hotel suchen sollen.

Falls es dort so etwas gibt.

Ich hätte den Volvo-Typen um Hilfe bitten können. Lars. Lars Hampstedt.

He, ich habe seine Karte.

Aber mittlerweile bin ich zu weit weg. Umzukehren wäre wahrscheinlich ein größerer Fehler, als weiterzufahren. Die Straße verschwimmt vor meinen Augen. Rechts im Wald sehe ich etwas blinken. Die Augen eines Rehs? Der Moment ist vorbei.

Gefahren. Überall Gefahren. Untermalt vom Heulen des Windes und dem wilden Tanz der Äste, die sich in den Böen biegen und ab und zu ein paar Zweige abschütteln, die auf meiner Windschutzscheibe landen, mit einem trockenen Knacksen.

Wie im Job. Wenn du nicht anständig Fuß vor Fuß setzt, stets die Balance hältst, stürmt von irgendwo jemand herbei und bringt dich aus dem Gleichgewicht. Irre tauchen vorzugsweise von hinten oder von der Seite auf und attackieren. Und machen dich nachträglich für deinen Sturz selbst verantwortlich.

Atmen, Trisha!

Lusya hat mir im Oktober eine Schnupperstunde bei einem Atemtherapeuten geschenkt. Genutzt hat sie nichts. Ich halte immer noch die Luft an, wenn die Anspannung mich packt.

Kurve.

Der Wagen bricht hinten aus. Verdammt. Dazu das Klappern unter der Motorhaube, das allmählich zu einem bedrohlichen Poltern wird.

Hanno Eriksen ist der Mörder. Hanno Eriksen, der mich aus seinem Büro geschmissen hat. Was bilden Sie sich ein, sich unter Vorspiegelung falscher Tatsachen Zutritt zu verschaffen?

Ich zog davon, den Kopf zwischen den Schultern, ohne den Mann darauf hinzuweisen, dass meinesgleichen, also die Journalisten dieser Welt, sowieso nur auf Umwegen zum Ziel kommen. Durch Absprachen, dadurch, dass sie andere anzapfen und sich Freunde unter Leuten verschaffen, die sie sich nicht einmal als Feinde wünschen. Lusya findet, ich sehe das Medienbusiness zu negativ; miese Typen gibt es überall, sagt sie. Kann sein. Mit dem Studium habe ich meine ersten Illusionen verloren; und die letzten paar Hoffnungen, einem Berufsstand anzugehören, auf den man stolz sein kann, dann in meinen wenigen Berufsjahren. Die Welt wird von Lügen überzogen, und wir machen mit.

Lusya würde widersprechen. Sie würde mir aufzählen, wie viele ehrenhafte Journalisten und Reporter es gibt, würde von der vierten Gewalt im Staat sprechen, den investigativen Erfolgen der schreibenden Zunft. Würde eine Welt skizzieren, in der es keine Presse gibt, überhaupt niemanden, der Informationen abwägt und ausgewogen an die Öffentlichkeit weiterreicht. Mit ordentlich recherchierten Hintergründen, um all diese Sätze und Wörter einzuordnen. Ich finde, sie hat recht. Und auch wieder nicht.

Anders als Lusya, die sich aus dem Nichts hochgeschuftet hat, komme ich aus einer Journalistendynastie. Mein Vater war viele Jahre Korrespondent in Osteuropa, die Politik sein Tagesgeschäft. Meine Mutter arbeitete als freischaffende Journalistin und brachte es bis kurz vor ihrem Tod noch zu einem Preis aufgrund ihrer sensiblen Berichterstattung über eine Gruppe libanesischer Songschreiberinnen. Ich selbst fühlte mich schon im Studium thematisch immer mehr von der Politik angezogen. Vor allem der Innenpolitik. Irgendwie musste ich mich von meinem Vater abgrenzen, der stets in anderen Ländern herumkurvte, denke ich, während ich im Schneckentempo um eine Kurve biege. Aber muss ich das?

Oft habe ich in langen schlaflosen Nächten meine Chancen überschlagen, in einem anderen Beruf Fuß zu fassen. Logopädin wäre ich gern. Denke ich mir so. In einer hellen, gut geheizten Praxis arbeiten. Keine Anfeindungen, kein endloses Herumstehen in der Kälte, um doch noch den Halbsatz eines nach nächtelanger Verhandlung ausgepowerten Politikers ins Aufnahmegerät diktiert zu bekommen; keine Gewissensbisse, jemandes Privatleben in die Medien gezerrt zu haben. Keine Verzweiflung angesichts eines gerade neu geöffneten Word-Dokuments, das mit 2.000 Zeichen gefüllt werden will, wo ich schlicht nichts habe. Nichts.

Der Wagen rutscht ein Stück, vor Schreck trete ich auf die Bremse. Dümmer als dumm. Die Reifen verlieren den Halt, ich schleudere, umklammere das Lenkrad. Knapp hinter einem liegen gebliebenen Auto komme ich zum Stehen. Ich habe den Wagen nicht gesehen, verdammt! Kann der Idiot, wenn er schon hängen bleibt, nicht die Warnblinkanlage einschalten?

Ich drehe das Steuer, taste mich an dem dunklen Kombi vorbei, der in spätestens einer Stunde zugeweht sein wird. Sitzt jemand drin? Ich rolle im Schritttempo, als ich auf Höhe der Fahrertür bin. Kurble das Beifahrerfenster ein paar Zentimeter herunter. Schnee wirbelt herein, in kleinen eisigen Strudeln.

»Hallo?« Im Wind verhallt meine Stimme.

Da sitzt niemand, Trisha. Fahr weiter. Dem Typen ist vielleicht der Sprit ausgegangen. Der tappt jetzt mit dem Reservekanister in der Faust zur nächsten Tanke.

Ich schließe das Fenster. Neben mir eine Bewegung, direkt an der Fahrertür. Ich gebe Gas. Mein Heck tippt kurz gegen die Schnauze des Kombis. Nicht heftig. Nur eine Berührung. Nur touchiert. Wenn überhaupt! Da muss doch zentimeterdick Schnee zwischen meinem Wagen und dem Kombi sein!

Panisch starre ich in den Rückspiegel. Da steht jemand. Mitten auf der Straße, neben dem Kombi.

Gas!

Meine Rücklichter ziehen eine rote Schneise in den Schnee. Unterlassene Hilfeleistung. Fahrerflucht. Kann man mein Kennzeichen lesen? Mir wird schlecht. Ein galliger Geschmack steigt in mir auf. Ich lecke meine Lippen. Totaler Irrsinn, in so einem Fall anzuhalten, als Frau allein. Soll ich die Polizei …? Ich denke an den sanften Ruck, als mein Heck gegen den anderen Wagen stieß. Schließe das Beifahrerfenster.

Nein. Ich rufe niemanden an. Ich fahre. Drücke auf die Tube. Irgendwann ist dieser Wald zu Ende, irgendwann wird die Landschaft wieder flach, irgendwann.

Ich weiß allerdings, dass sie erst kurz vor Nürnberg richtig flach wird, und bis dahin sind es fürs Erste zu viele Kilometer, um wirklich zuversichtlich zu sein. Dabei will ich morgen unbedingt in die Fußgängerzone, ein Weihnachtsgeschenk für meinen Vater kaufen. Ich kam einfach bisher nicht dazu. Und außerdem will ich ein Stündchen auf den Christkindlesmarkt. Unter Menschen sein. Mich irgendwo bewegen, ohne Hintergedanken, ohne Angst.

Okay, ich hätte längst ein Geschenk kaufen können. Wenn ich wüsste, was. Er wird eines für mich haben. Irgendeine publizistische Fachliteratur.

Ich schlittere einen steilen Hang hinab und auf der anderen Seite kämpfe ich mich nach oben. Versuche, meinen Anlauf zu nutzen, bloß nicht zu langsam zu werden.

Dann knallt es unter der Motorhaube. Der Motor

läuft, hat aber keinen Zug mehr. Egal wie sehr ich aufs Gas trete, ich werde langsamer.

Hinter mir tasten sich Scheinwerfer in mein Blickfeld.

Scheiße! Verdammte Scheiße! Mein Auto rollt noch eine Weile, das Schlagen unter der Motorhaube hört sich an wie Kettenrasseln in einer Geisterbahn. Der Wagen hinter mir blinkt auf. Einer von diesen Angeber-BMWs mit Testosteron unter der Motorhaube. Ob der bei dem liegen gebliebenen Kombi angehalten hat? Nie im Leben, in dem Fall könnte er mir nicht so schnell auf den Fersen sein.

Rechts öffnet sich die Zufahrt zu einem Wanderparkplatz. Das blau-weiße Schild leuchtet grell, als meine Scheinwerfer es streifen. Ironie des Schicksals. Ein Parkplatz, wenn man ihn am dringendsten braucht. Ich biege ein, während der BMW vorbeiröhrt. Ich nutze die letzten Schubreserven, um durch den Tiefschnee zu rollen. Dann steht mein Franzose.

Ich drehe den Zündschlüssel. Nur pro forma. Presse die Stirn ans Lenkrad. Tiefe Stille deckt mich zu.

Ich weiß, ich stehe im Thüringer Wald auf einem Parkplatz. An einem Sträßchen, über das sich in den nächsten acht Stunden kein Schneepflug mehr quälen wird. Ich habe zwei Donuts und eine Flasche Coke im Wagen. Keinen Schlafsack, keine Decke. Hat nicht Lusya gesagt, sie hätte im Winter immer einen Schlafsack dabei, nur für den Fall?

Just in case. Sie ist eben patent.

Für ein paar Augenblicke will ich mich der Illusion hingeben, ich wäre in meiner Wohnung in Leipzig, gleich mache ich mir eine YumYum-Suppe aus der Tüte mit viel Geschmacksverstärker, dazu trinke ich einen Schluck Rotwein.

Meine Zehen werden kalt. Was sonst. Ich blicke auf und sehe eine dicke weiße Schicht auf der Windschutzscheibe. In meinem Kopf pocht Schmerz.

Zeit aufzubrechen.

Ich schnappe meinen Rucksack, steige aus. Versinke bis zu den Waden im Schnee. Wenigstens war ich so schlau, heute Morgen Stiefel anzuziehen. Ich werfe die Wagentür zu. Schließe nicht mal ab. Mit dem alten Franzosen ist nicht mehr viel los. Vielleicht finde ich eine Mitfahrgelegenheit mit einem Bayern, mindestens X5, versuche ich mich aufzumuntern, was nicht gut funktioniert.

Betrübt stapfe ich die finstere Straße entlang. Nur nicht nachdenken! Vorhin habe ich Panik geschoben, es heute nicht mehr bis Nürnberg zu schaffen. Jetzt, da diese Möglichkeit ohnehin gestrichen ist, finde ich meine momentane Lage gar nicht so schlimm. Irgendwann wird schon jemand vorbeikommen und mich mitnehmen. Man muss positiv denken, oder? Atmen, Trisha!

Der liegen gebliebene Wagen von vorhin fällt mir ein. Habe ich Anstalten gemacht, nachzufragen, ob der Mann – die Frau? – Hilfe brauchte? Habe ich. Ich habe rübergerufen. Der Mensch hat sich nicht zu erkennen gegeben. Hätte ich doch halten sollen? Schuldgefühle überfluten mich. Würde mir recht geschehen, wenn man mich jetzt genauso stehen ließe. Ich fühle mich mickrig und kleinmütig. Was hätte schon passieren sollen: eine Vergewaltigung im Auto, mitten auf der Straße? Ein Überfall? Ich muss lachen angesichts der bescheidenen Summe, die ich in meinem Portemonnaie mit mir herumtrage. Dafür lohnt sich nicht mal ein Taschendiebstahl. Ich suche nach meinem Handy und aktiviere die Taschenlampen-App. Sie schneidet ein winziges Stück Licht in die Farblosigkeit um mich herum.

Eine halbe Stunde kämpfe ich mich durch Dunkelheit und Schneetreiben, ohne dass ein Wagen vorbeikommt. Die Flocken beißen in mein Gesicht, kleben auf meinen Wimpern. Ich stülpe die Kapuze über meine Mütze, stopfe die Jeans in die Stiefel. Ignoriere knackende Zweige, das Singen des Windes in den Baumwipfeln, die ansonsten unendliche Stille. Kein Wagen. Kein Motor. Keine Reifen, die auf Schnee knarren. Keine Menschenseele. Der Hang ist steil. Ich fange an zu schwitzen. Nicht aufgeben, Trisha!, befehle ich mir. Das Mantra meines bisherigen Lebens. Nicht aufgeben! Auch in diesem Wald mehr als passend. Ich denke an den Atemtherapeuten. Einatmen, bis vier zählen. Ausatmen, bis acht zählen.

Verdammt! Das funktioniert nur in einem apricotfarben gestrichenen Therapieraum auf einer Yogamatte.

Nach einer weiteren halben Stunde bin ich durchgeschwitzt, fröstle zugleich, habe ein Loch im Magen. Ein paar Meter weiter sehe ich ein zugewehtes Schild. Hoffnungsvoll arbeite ich mich darauf zu. Warum eigentlich? Was kann ein Schild für mich tun? Verrät es mir, wie viele Kilometer ich noch bis in die nächste Ortschaft stiefeln muss? Und wird mir dort jemand die Tür öffnen und mich mit heißer Suppe versorgen?

Noch ein paar Schritte. Ich stehe vor dem Schild und kratze den Schnee weg.

›Café am See. Nach 100 Metern rechts.‹

Café am See?

Die 100 Meter ziehen sich hin, aber dann sehe ich tatsächlich eine Art Einfahrt. Vor nicht allzu langer Zeit scheint jemand hier entlanggefahren zu sein. Ich kann Reifenspuren erkennen, obwohl der Schnee die Furchen bereits wieder auffüllt. Weiter weg sehe ich Licht. Stutzig geworden, bleibe ich stehen. Am 23.12. abends? Wer geht in diesem abgeschiedenen Winkel des Thüringer Waldes Kaffee trinken? Ein Goethe-Fanatiker, der während seiner Winterwanderungen *Über allen Gipfeln ist Ruh* deklamiert? Wie weit weg bin ich eigentlich von Ilmenau? Hat der Meister nicht dort persönlich *Wandrers Nachtlied* auf die Bretter der Kickelhahnhütte geschrieben? Nur ein irrer Literaturliebhaber würde hier und jetzt auf Spurensuche gehen!

Nichtsdestotrotz: Ich stapfe weiter. Das Licht zieht mich magisch an. Ein Café am See, ein frischgebackener Apfelkuchen mit Sahne, gern auch eine Tagessuppe – ich wäre nicht wählerisch. Unter Umständen findet hier gerade eine Geburtstagsfeier statt oder eine Weihnachtsfeier. Nicht komplett abwegig, oder?

Ein Motor heult auf. Mist! Kaum bin ich von der Straße weg, naht Rettung. Bevor ich in Selbstbeschimpfung abgleite, melden meine Ohren Gefahr. Ich sehe keine Scheinwerfer, höre nur einen Wagen, der näher kommt. Von vorn. Aus Richtung des Cafés. Und flott!

Mit einem Hechtsprung rette ich mich von dem schmalen Fahrweg auf die Böschung, liege der Länge nach in einer Schneewehe, Schnee in Mund und Nase. Hustend und spuckend wälze ich mich herum. Der Testosteron-BMW! Aus Richtung des Cafés kommend, rast er mit ausgeschalteten Scheinwerfern herbei und ist schon auf und davon. An der Einfahrt zur Straße flammen die Scheinwerfer auf. Ich sehe ihn abbiegen; das Motorengeräusch verklingt.

Wie betäubt suche ich nach meinem Handy. Es ist im Schnee gelandet, wo sonst. Zum Glück läuft die Taschenlampen-App noch, sonst hätte ich es nie wiedergefunden. Gereizt rapple ich mich auf. Wanke weiter auf das Café zu. Sofern sich das warme, anheimelnde Licht nicht als Trugbild erweist.

5

Das Café ist keine Illusion. Es ist eine alte, nicht besonders gut gepflegte, aber noch recht stabile Angelegenheit, ein einfaches Sommerhaus, das durchaus bereits zu Goethes Zeiten hier gestanden haben könnte. Ein gläserner Anbau erstreckt sich auf der Seite links vom Fahrweg wie eine übergroße Veranda; hinter den Scheiben sehe ich Clubsessel, Stühle und Tische. Die Gardinen wirken ausgebleicht, matt und porös. Im gesamten Erdgeschoss brennt Licht, doch Gäste sind nicht zu erkennen. Wie auch! Der Parkplatz ist leer, geradezu leblos, bis auf die Reifenspuren, die ich ohne große Schwierigkeiten dem mörderischen BMW-Fahrer andichte. Der erste Stock des Hauses liegt dunkel da. Ich meine, den Schatten eines Vogels vom First her über den Parkplatz gleiten zu sehen, der Schnee glänzt unter dem Licht, das aus dem Anbau strömt und die Szenerie in ein tiefes Orange taucht.

Boccherini, denke ich. Jetzt das Cellokonzert Nr. 9. Ein Glas Rotwein. Von mir aus ein Goethe-Gedicht dazu. Bloß vorher die Suppe!

Ich gehe um das Café herum, finde den Eingang, eine verzogene Tür, die ich mit Mühe aufstemme. Der Wind weht mich hinein und mit mir ein wenig Schnee.

»Hallo?«

Es ist still. Hier ist niemand, fürchte ich, das Licht trügt. Noch eine Tür. Ein schwerer Vorhang davor bauscht sich im Windstoß, bis hinter mir die Tür ins Schloss fällt. Ich schiebe den dicken Stoff beiseite, trete ein.

Holzdielen, abgetreten, Tapeten, kleinblütig gemustert. Eine Uhr tickt. Laut und aufdringlich. Es riecht nach Staub, nach Putzmittel, nach Leere. Alles ein wenig abgeschabt, aber gemütlich, eine Messinglampe brennt auf einem Tresen. Ein Adventskranz steht dort, ganz frische Kerzen, nadelnde Zweige. Daneben eine Handklingel. Ich schlage drauf.

Ein heiseres Geräusch entsteht.

»Hallo?« Meine Stimme kehrt aus den Ecken zu mir zurück. Eine Milchglastür führt zum Anbau, ein Schild mit verschnörkelter Schrift erleichtert die Orientierung. *Café* steht darauf. Eine weitere Tür scheint in die Tiefe des Hauses zu führen, ohne Glasscheibe, und schließlich gibt es eine Pendeltür, durch die sich ein Typ im Anorak bequemt. Marke Schluffi, mit XL-Kopfhörern in Rot auf den Ohren, einer Wollmütze darunter.

»Hallo«, murmelt er, während die Türflügel hinter ihm flattern.

»Ist«, ich räuspere mich, hebe die Stimme, »ist das Café geöffnet?«

»Nur das Hotel«, erwidert er. »Das Café ist bloß im Sommer offen.«

»Hotel?« Von einem Hotel habe ich nichts auf dem Schild gelesen.

Der Schluffi verzieht keine Miene.

»Ich hatte einen Unfall.«

Er starrt mich tumb an. Ich bedeute ihm, die Kopfhörer abzunehmen, was er endlich tut.

»Gibt es hier in der Nähe eine Werkstatt, wo ich anrufen könnte, damit die sich um meinen Wagen kümmern?«

Der Schluffi zuckt die Achseln. »Glaub ich nicht. Die arbeiten um die Zeit nicht mehr.« Er macht eine schwächliche Armbewegung zur Wand. Dort tickt die Uhr, ein schweres Teil in einem schwarzen Kasten. Kurz vor acht.

Ich ziehe die Mütze vom Kopf. Mein widerspenstiges Haar kräuselt sich in alle Richtungen. Ich versuche zu glätten, was zu glätten ist.

»Haben Sie ein Zimmer?«, frage ich. Bescheuerte Frage. Außer mir gibt es hier keine Gäste.

»Macht 50 Euro die Nacht mit Frühstück.«

»Geht klar.«

Er reicht mir einen Schlüssel. »Erster Stock. Erstes Zimmer links. Blick auf den See.«

»Danke.«

Er zeigt auf die Tür, die wegführt von der hell erleuchteten Veranda und ihm selbst, einem klassischen Schlappsack, der sich eben wieder die Kopfhörer überstülpt, weil er ohne Dauerberieselung nichts mit sich anzufangen weiß. Die Tür quietscht in den Angeln, als ich sie aufstoße und hinter mir zufallen lasse. Unter meinen Füßen knarren in die Jahre gekommene Holzdielen. Ich taste nach einem Lichtschalter. Finde ihn schließlich. Es ist ein alter. Einer zum Drehen. Mattes Licht ergießt sich aus einer fahlen Deckenleuchte, in der sich der Staub einer Dekade und eine Handvoll tote Fliegen eingenistet haben. Eine schmale Treppe ragt vor mir auf, belegt mit einem einstmals roten Läufer. Mittlerweile ist er grau vor Staub und Alter. Kalte Pracht. Könnte sogar charmant sein. Ich steige hinauf. Stufe für Stufe. Es ist eisig kalt hier und riecht nach Kälte. Nach ungelüftet. Nach … Verwesung.

Ich schüttle den Kopf, als könnte ich auf diese Weise meine Gedanken unschädlich machen. Verwesung! Trisha!, schelte ich mich. Siehst du hier irgendwo eine Leiche in der Ecke?

In meinem Kopf bildet sich ein explosiver Schmerz, wie ein Kugelblitz, der hindurchrast.

Selma Waldmann. Erschossen. Arbeitete für die Cateringfirma, die Ron Fabers Party belieferte. An jenem Abend, als Eriksen schoss.

Babs Kent. Am Blutverlust aus dem Streifschuss am Hals gestorben.

Ron Faber. Tot.

Ich keuche auf. Von einem Moment auf den anderen getötet! Wie leicht das passieren kann, so scheint es jedenfalls. Manche kommen einzig und allein deswegen davon, weil sie Glück haben. Für Sekunden verblasst meine Umgebung, bis der Schmerz meinen Schädel verlässt. Blinzelnd warte ich ab, dass die Wirklichkeit sich als Einbildung erweist.

Leider ein unerfüllbarer Wunsch.

Instinktiv habe ich die Stufen gezählt. 23. Ich stehe im ersten Stock in einem Flur, auch hier ist der Boden mit einem vergilbten Teppich belegt. An den Wänden hängen Geweihe. Spinnweben wehen von den Spitzen der Hörner herab, die einstmals das stolze Gepränge kapitaler Tiere waren. Als ich vorbeigehe, schwingen die staubigen Spinnennetzreste im Luftzug. Ein paar streifen mein Gesicht.

Das Licht geht aus.

Atemlos bleibe ich stehen. Lausche meinem Atem. Höre ein Knarren. Verdammte Dielen!

Ich haue ab! Jetzt! Mein Hirn brüllt den Fluchtbefehl, aber ich selbst bleibe stehen. Misstraue der Alarmabteilung meines Kopfes. Will nicht hinaus in die Kälte und den Schnee.

Hier ist niemand. Ich habe eben keinen Menschen in diesem Flur gesehen. Also ist auch jetzt keiner da.

Woher kommt aber das Knarren?

Ich strecke die Arme aus, berühre die Wand. Taste mich weiter, bis ich einen Türrahmen spüre, daneben einen archaischen Lichtschalter.

»Klick.«

Es wird wieder hell. Ich bin allein im Flur. Allein mit den Geweihen, einem Eberkopf, der sein vom Staub ergrautes zotteliges Fell vorstreckt. Von einem seiner Stoßzähne hängt ein bunter Fetzen. Neugierig geworden, tappe ich auf das tote Tier zu. Der arme Kerl wurde mit einer Faschingsgirlande garniert! Muss schon eine Weile her sein.

Der Geruch nach Verwesung ist hier besonders stark.

Ich sehe mich im Flur um. Fünf Türen. Meine ist die erste nach der Treppe. Ich zücke den Schlüssel. Das Zimmer hat keine Nummer. Es ist nicht abgeschlossen. Ich drücke die Klinke.

Lusya würde das hier spannend finden. Sie würde sagen: die ideale Ausgangsposition für einen neugierigen Journalisten, was? Sie würde lachen und sich eine Geschichte ausdenken. Nach der Vergangenheit des Cafés am See forschen. Vielleicht eine ruchlose Stasi-Story spinnen, in der das altersschwache Holzhaus eine konspirative Funktion ausfüllt. Vor Schmutzgeschichten mit fantastischen Beimischungen hat sie keine Angst. Wenn du aus dem Dreck gekommen bist so wie ich, weißt du einfach, wie du überlebst!, sagte sie mal.

Lusya ist Russlanddeutsche und als 14-Jährige, ohne

ein Wort Deutsch zu können, mit ihrer Großfamilie in Berlin angeschwemmt worden. Jetzt spricht sie ohne Akzent, schlicht perfekt, während ihre Eltern nach wie vor nur Russisch sprechen und ihre Brüder in zweifelhaften Jobs unterwegs sind.

Mir allerdings ist die Lust am Fantasieren vergangen. Alles, was ich in dieser Umgebung ausbrüten würde, wäre vermutlich eine Horrorsaga im Stil von Stephen King.

Auch hier ein Drehschalter. Grüner Teppichboden, von Alter, Feuchtigkeit oder Kälte gewellt, eine Kommode, ein Doppelbett. Solide Schreinerarbeit. Ein Schrank vom Format eines senkrecht aufgestellten Doppelsarges. Ich reiße die Tür auf. Der Geruch nach Mottenkugeln weht mich an. Angewidert weiche ich zurück. Der Schrank ist vollkommen leer, bis auf Papierbahnen, mit denen man das Ungetüm einst innen ausgelegt hat und die sich jetzt ablösen und wie papierene Eiszapfen herabhängen. Ich werfe die Tür zu. Es ist eisig im Zimmer. Ich fasse auf den Heizkörper. Kalt. Danke.

Das Bett sieht schwer aus; ein massiges Kopfteil aus dunklem Holz, ein beinahe ebenso imposantes Fußteil. Eine rosa Tagesdecke. Staub auch hier. Ich ziehe die Decke weg. Darunter kommen Federbetten zum Vorschein, erneut ein zarter Geruch nach Naphtalin. Motten werden sich definitiv nicht über die großkarierte Bettwäsche hermachen. Ich sinke auf die Bettkante. Mein Magen knurrt. Ich denke dankbar an die beiden Donuts in meinem Rucksack. Ziehe die Tüte raus, beiße hungrig in den ersten, der ist verputzt, bevor ich es selbst merke. Ich verspeise den zweiten. Ich dürfte der erste Mensch seit Jahren sein, der in diesem Zimmer Krümel hinterlässt.

Ich zücke mein Handy.

Kein Empfang.

Das ist jetzt nicht wahr. Ich springe auf. Versuche es am Fenster. Ein einziger Balken baut sich auf. Verschwindet sofort wieder. Ich renne vor und zurück wie ein Hamster im Käfig. Nichts. Also raus auf den Gang.

Im Flur, unter dem Eber, steht ein Tischchen mit einem Telefon drauf. Ein Apparat von anno Tunichtgut. Ein Aufkleber obendrauf ist mit Kuli beschriftet: *Volkspolizei 110.*

Volkspolizei?

War ein Vierteljahrhundert lang niemand mehr hier?

Von selbst streckt sich meine Hand nach dem Telefonhörer aus. Nimmt ihn ab, ein schweres Teil, an dem eine mit Stoff umwickelte Schnur hängt. Ein gleichmäßiges Tuten erklingt.

Ich wähle die Nummer meines Vaters. Ziehe meinen Schal über die Nase, um den Gestank nach Tod auszublenden, der jede Sekunde stärker zu werden scheint.

»Seling?«, schnarrt seine Stimme durch die Leitung. So nah, als würde er neben mir stehen.

»Ich bin's. Trisha.«

»Wo steckst du?«

»Leider war kein Durchkommen mehr. Ich bin in einem Hotel.« Mein verzweifelter Blick irrt durch den Flur. Vom Eber zu den Geweihen. Und zurück. Was, verdammt noch eins, stinkt hier so?

»Das habe ich mir gleich gedacht. Gut gemacht. Morgen sieht hoffentlich alles besser aus. Wo bist du genau?«

Ich habe keine Ahnung. *Café am See*. Da, wo über allen Gipfeln Ruh ist. »In der Nähe von Ilmenau«, antworte ich, denn der alte Goethe ist immer eine gute Adresse.

»Ilmenau?«

»Ja, nicht ganz. Ich musste ein Stück weg von der Autobahn, da waren etliche, die ein Zimmer suchten.« Ich denke an Lars Hampstedt in seinem Volvo, der ab übermorgen Kindern das Skilaufen beibringt und keine Zeit hat, Zeitung zu lesen. Der sich nicht vom Geblubber der Nachrichten verrückt machen lässt. Stattdessen Pläne schmiedet, wie man mit Schlittenhunden Geld verdienen kann. Ein glückliches Leben!

»Hm.« Mein Vater ist in Geografie ganz eindeutig besser aufgestellt als ich. »Ist das Hotel ordentlich?«

»Absolut. Ein Wintersporthotel.« Ich berühre die Faschingsgirlande am Stoßzahn des Ebers.

»Dann also bis morgen?«

Das hoffe ich. Ich hoffe, dass ich, sobald es hell wird, eine Werkstatt finde, eine Mitfahrgelegenheit oder irgendein Raumschiff, das das panische SOS in meinem Inneren ortet und zu Hilfe eilt.

»Klar. Cheerio!« Ich lege auf.

Ziehe den Schal zurecht. Bücke mich. Unter dem Tischchen liegt die Ursache des himmelschreienden Gestanks. Eine Maus. Eine tote. Das arme Tier muss seit Wochen da vor sich hinstinken. Meine Hand streckt sich nach dem Kadaver aus, bevor ich sie zur Ordnung rufe, mich aufrichte und in mein Zimmer flüchte.

6

Natürlich fragt man immer zuerst nach dem Geld, wenn ein Skandal die Politik aufmischt. Wenn ein Politiker einer richtig gemeinen Sache beschuldigt wird und ein anderer an seiner Stelle in die Schusslinie gerät. Der Gedankengang, der mich im Zusammenhang mit dem Skandal beschäftigte, war, ob jemand Ron Faber erpresst hatte. Und als der Superpolitiker mit der großen Zukunft nicht darauf eingegangen war, hatte man einen Vollidioten gefunden, der im Auftrag des Erpressers die Pornos auf den Dienst-PC des Abgeordneten zog. Einen Fensterputzer, der sowieso im Bürohaus arbeitete. Letzte Aufforderung zu zahlen? Vorgeschmack auf noch Schlimmeres? Oder die ultimative Zerstörung?

Ich stülpte alle politischen Beziehungen Fabers um. Klar gab es innerparteiliche Rivalen. Klar gab es Grabenkämpfe. Was mir jedoch fehlte, war ein Hinweis, um welche Sache es bei einer angeblichen Erpressung gehen könnte.

Ich kam zu dem Schluss, es könnte etwas Privates sein. Etwas zwischen seiner Frau Mara und ihm. Lusya steckte mir die Information, dass Babs Kent, Fabers Schwester, und Mara Faber nie besonders gut aufeinander zu sprechen gewesen wären. Das schien mir nichts Besonderes. Zwist dieser Art gibt es in allen Familien. Dennoch recherchierte ich über Babs Kent. Ich forschte mir den Wolf in diversen Medienarchiven. Babs Kent hatte als sehr junge Frau geheiratet, mit 19, Jura studiert, und arbeitete nun beim UNHCR. Flüchtlinge waren ihr großes Thema. Sie reiste unermüdlich durch Deutschland und Europa, um an entscheidenden Stellen Geld für die Flüchtlingshilfe der Vereinten Nationen einzuwerben. Da Stiftungen ein wichtiger Geldgeber des Flüchtlingshilfswerks waren, nutzte sie ihre mit den Jahren aufgebaute Reputation, um bestimmte Stiftungen um Finanzmittel anzugehen. Außerdem reiste sie in die Länder, aus denen die großen Flüchtlingsströme kamen, und brachte eindrucksvolles Bild- und Tonmaterial mit, das die Spendenbereitschaft ankurbelte. Den Verlautbarungen gemäß, die ich aufstöberte, war Babs Kent eine geschätzte Ansprechpartnerin, der man vertraute und deren Argumente man ernst nahm, vor allem, als spätestens Ende 2014 auch in Deutschland jeder kapierte, welch ein Fanal die Gewalttaten in Syrien darstellten, und die Bundesrepublik sich durchrang, mehr Flüchtlinge als zuvor geplant aufzunehmen. Babs Kent unternahm keine medienwirksamen Aktionen. Sie wirkte da, wo die Öffentlichkeit nicht mehr mitkam. Fundraising im großen Stil, aber vertraulich. Wenn es nicht so niederträchtig klänge, würde man sagen, sie verhandelte in den Hinterzimmern.

Lusya fand heraus, dass Babs Kent längst von ihrem Mann geschieden war, ihren neuen Singlestatus jedoch nicht an die große Glocke hängte. Angeblich war ihr Exmann ein reicher Südamerikaner britischer Abstammung, sodass sie nach der Scheidung eine nicht unerhebliche Summe einstreichen konnte – die beiden hatten in Zugewinngemeinschaft gelebt.

In den Tagen, in denen ich nach dem Geld suchte, das im Fall Faber eine Rolle spielen könnte, zerbrach ich mir den Kopf, ob womöglich Babs hinter den Kinderpornos stecken konnte. Allein, es passte nicht. Sie schien ein gutes Verhältnis zu ihrem Bruder zu haben. Merkwürdige Geldsummen fand ich keine. Als ich Lusya die Idee auseinandersetzte, Babs könnte sich wegen Mara mit ihrem Bruder überworfen haben, winkte Lusya ab. Sie hatte ebenfalls in diese Richtung geschnüffelt, aber nichts von Bedeutung gefunden. Sobald ich im Radio hörte, Babs Kent sei eines der Opfer der Partynacht, und später, als die ersten exakteren Meldungen über die Morde kamen, dachte ich sofort an ihr Engagement für die Flüchtlinge. Und für einen kurzen Moment überlegte ich, ob Babs Kent diejenige gewesen war, die von Eriksen als Opfer auserkoren worden war, während er Faber nur aus Versehen erschossen hatte. Sofern es möglich war, jemanden versehentlich zu töten.

Logo, würde Lusya sagen. Natürlich sterben ständig Leute aus Versehen.

Ich hatte schon immer den Eindruck, sie hätte genau so einen Mord in ihrer Jugend mitbekommen, irgendwo in einem Gebiet sozialer Brennpunkte. Ich hatte sie nie danach gefragt.

7

Mein Gepäck liegt im Auto, und da liegt es gut. Wenigstens habe ich das Ladekabel für mein Handy dabei. Ich stöpsle den Adapter in eine Steckdose, wie sie kurz nach der Elektrifizierung Deutschlands installiert worden sein muss. Immerhin: Das Handy zeigt an, dass es Strom auflädt. Man muss dem Universum bereits für die kleinsten Wohltaten danken.

Hungrig bin ich immer noch. Und ein Glas heißer Tee wäre nicht schlecht. Alles, alles ist besser, als sich dem Wahnsinn dieses verlotterten, eiskalten Zimmers weiter auszusetzen. Ich denke an die beleuchtete Glasveranda. Bin schon an der Tür. 23 Stufen nach unten. Stoße die Tür zur Diele auf. Schlage auf die Tischklingel. »Krächz.«

Der Knabe kann das rachitische Geräusch unmöglich hören, wenn er sich gleichzeitig mit Hip-Hop zudröhnt. Oder mit sonst was. Mit knapp 30 hat man den Zugang zum Musikgeschmack der Jüngeren längst verloren.

»Hallo?« Kurz überfällt mich die Angst, der Schluffi habe sich davongemacht, mich allein zurückgelassen in der eisigen Hölle dieses – Hotels.

Aber er kommt angeschlurft. Ich bin ihm tatsächlich dankbar. Er trägt nach wie vor Anorak und Wollmütze, und erst jetzt fällt mir auf, dass ich meinen Mantel auch nicht ausgezogen habe.

»Zwei Dinge«, sage ich leichthin. »Die Heizung im Zimmer läuft nicht. Außerdem hätte ich gern was zu essen. Und einen heißen Tee. Geht das?«

Er nimmt die Kopfhörer ab, legt sie sich um den Nacken. »Ich geh mal schauen. Aber das mit der Heizung ist im Winter echt ein Problem.«

»Klar. Im Sommer kann es ja kein Problem sein.« Das rutscht mir so raus, wobei ich doch gut Wetter machen will beim Schluffi. Wie es aussieht, sind wir die einzigen Menschen in dieser Einöde. Robinson wollte es sich auch nicht mit Freitag verderben.

Er starrt mich an. Ob er den Witz kapiert hat? Genaugenommen war es kein Witz. Es war nur eine Bemerkung, die die Komik der Situation kommentierte.

»Also. Ich gehe mal schauen.« Damit zieht er ab. Ich höre ihn mit Geschirr klappern. Wenig später bringt er mir einen Teller, auf dem ein Schinkensandwich liegt, dazu eine Papierserviette. In der anderen Hand balanciert er einen Becher mit heißem Wasser. Ein Teebeutel treibt darin.

»Danke.«

Er nickt, während er mir umständlich Teller und Becher überreicht.

»Schreiben Sie es aufs Zimmer. Kann ich mich ins Café setzen?«

»Von mir aus.«

Mit der Schulter stoße ich die Tür auf, trage meine Sachen in den hell erleuchteten Raum. Ich setze mich an einen Tisch. Die Heizung im Anbau scheint zu laufen, wenn auch längst nicht auf vollen Touren. Dennoch ziehe ich meinen Mantel aus. Genießerisch trinke ich den Tee. Beiße ins Sandwich. Schinken, Salami, Gurke, Salatblatt. Gar nicht schlecht. Ein zarter Geschmack von Curry legt sich auf meine Zunge, ein Hauch Chili. Ich kaue jeden Bissen mindestens 20-mal. Wer weiß, ob die Küche ein weiteres belegtes Brötchen rausrückt. Trotz aller Behutsamkeit ist das wertvolle Sandwich schnell verspeist. Ich blicke hinaus in die Dunkelheit. Da ist nichts. Kein Lichtkegel von der Straße dringt bis zum Café am See vor. Wie wohl der Schluffi von hier wegkommt? Schläft er hier? Gibt es irgendwo eine Garage? Oder hat er Ski dabei? Die Vorstellung kommt mir gar nicht so abwegig vor. Es schneit immer noch. Irgendwo bellt ein Hund.

Ich trinke den Tee aus. Stelle das Geschirr zusammen, wische mit der Serviette die Krümel auf. ›Guten Appetit, Ihre Bäckerei Edelmann‹, steht auf der Serviette.

Ich stehe auf, trage Teller und Becher zum Rezeptionstresen, rufe »Danke!« in Richtung Küche. Keine Reaktion. Der einzige Mensch, der außer mir in dieser Einöde aushält, überlebt nur mithilfe von Musik.

Neben dem Tresen stapeln sich Zeitschriften, Nadeln vom Adventskranz liegen darauf. Alles angestaubte Exemplare von Geo, Bild der Frau und Landlust. Ein paar Ausgaben der Leipziger Volkszeitung von der letzten Woche. Nichts Tagesaktuelles.

Die Bedrückung, die eben während meiner wenn auch einsamen Mahlzeit in dem Café einigermaßen wich, hat mich wieder in ihren Fängen. Das Gefühl, abgehängt zu sein, ausgesetzt, bohrt sich in meine Eingeweide. Noch ein Tee wäre jetzt recht. Mit einem Schuss Rum drin. Oder gleich ein Irish Whiskey. Ganz unten im Stapel liegt ein dünnes Booklet mit Spiralbindung. So wie die Seminararbeiten, die man an der Uni zu meiner Zeit noch nicht digital, sondern kopiert und gebunden einreichen musste. Die Seiten sind in Courier New beschrieben. Sehen an den Kanten gestaucht aus. Der Titel lautet: ›Journalistisches Leben‹. Klingt ganz interessant. Ich habe nichts zum Lesen dabei, Internet oder Fernsehen kann ich knicken. Ich klemme das Manuskript unter den Arm und trete den Rückweg in mein Zimmer an.

Die Tür neben meinem führt in ein vorsintflutliches Bad mit tiefvioletten Kacheln. Eine Badewanne auf Tatzen, ein winziges Waschbecken, rostiges Wasser rinnt dünn aus dem Hahn. Ich lasse es minutenlang laufen, endlich wird es klar, leider nicht warm. Die Toilette hat Rostflecken. Das Toilettenpapier ist feucht und grau. Nach einer Katzenwäsche bin ich gleich wieder in meinem Zimmer, schließe zweimal hinter mir ab. Die Aussicht auf Lesestoff möbelt mich auf, wenigstens kann ich den vernichtenden Gedanken, die mich in diesem Hotel aus allen Winkeln anfallen, für eine Weile entfliehen. Ich trete zum Fenster. Weit weg blinken die roten Lichter einer Gruppe Windkrafträder im Schwarz der Nacht. Der See, auf den ich angeblich von meinem Zimmer aus blicken kann, ist mit der Finsternis verschmolzen. Um die Hausecke schleicht das aprikosenfarbene Licht aus dem Café, zeichnet einen Keil in den Schnee. Ich ziehe die Vorhänge zu. Lege mich aufs Bett und fange an zu lesen.

8

Glücklos. So nennt man sie. Sie lebt für einen Traum. Den Traum, einem Berufsstand anzugehören, der relevant ist. Öffentlichkeit herstellen, Fakten auffädeln, Hintergründe hinzufügen, Relevanz aufzeigen. Der berühmte Vater – ein Stachel im Fleisch. Sie studiert dennoch eifrig und lernt, was man in der Journalistik eben so lernt. Sie weiß alles über Medienrecht und journalistische Darstellungsformen. Den Einfluss des Web 2.0 und die Anforderungen an einen investigativen Journalisten. Sie kennt die Zahlen der pro Jahr während ihrer Berufsausübung ermordeten Reporter. Sie kann die Namen jener Länder nennen, in denen die Rechte der Öffentlichkeit auf Information und Fakten am schlimmsten eingeschränkt sind. Sie stuckt alles zur Kommunikations- und Mediennutzungsforschung. Kann nachts um drei alkoholisiert die Schweige-Spirale oder den Third-Person-Effekt erklären.
Aber sie ist keine Journalistin. Und das weiß sie.

Trisha Seling, 29, geboren am 27. Juni 1986. Drei Jahre später sollte Ungarn den Grenzzaun zu Österreich durchtrennen. Mithin ist sie das Kind einer neuen Zeitrechnung.

Vater: Walter Seling, 60, geboren am 2.3.1955 als Sohn des bekannten scharfzüngigen Fernsehkorrespondenten Hans-Martin Seling. Wie sein Vater politischer Journalist, bald nach dem Studium Leitartikler in der *Welt*, ab 1982 Korrespondent in Warschau, Zeitzeuge der sogenannten Wende. Ab 1992 Korrespondent in Russland. Nach einer Verletzung kurz vor Ende des ersten Tschetschenienkrieges im Sommer 1996, die er sich bei einer Reportagereise nach Grosny zuzog, kehrte er nach Deutschland zurück. Arbeitete vier Jahre als politischer Analyst für verschiedene Medien, seit 2000 erst Korrespondent in Rumänien, später wieder in Polen. 2014 wegen der Krebserkrankung seiner Frau nach Deutschland zurückgekehrt.

Mutter: Sandra Seling. Geboren am 1. Weihnachtsfeiertag 1959. Studierte Journalistik wie ihr Mann. Die beiden heirateten noch im Studium. Sie führte ihre Ausbildung mithilfe einer Fernakademie fort, um ihren Mann ins Ausland begleiten zu können. Hausfrau. Schrieb eine regelmäßige Kolumne für ein Online-Musikmagazin. Starb im Sommer 2014, kurz vor Trishas 28. Geburtstag, an Bauchspeicheldrüsenkrebs.

Mal ehrlich: Wie soll sich ein Mensch mit einem solch berühmten Erbe beruflich entfalten? Wird nicht alles, was Trisha anpackt, im Licht von Vater und Großvater gemessen werden?

Ich schlage das Manuskript zu, dessen letzte Zeilen ich fassungslos überflogen habe. Mir ist schlecht. Richtig schlecht.

Wer hat das geschrieben? Und warum liegt das Konvolut in diesem Hotel? Ich blättere hektisch durch die Seiten. Nirgendwo ein Verfassername.

Schwindelig vor Schreck und völlig überrumpelt, taumle ich ans Fenster. Reiße es auf. Atme tief die frostige Luft ein. Es schneit noch, doch die Flocken sind nun winzig, hauchfeine Stacheln, die lautlos aus der Dunkelheit segeln. Ich strecke die Hand aus. Binnen Sekunden schmelzen die Kristalle auf meiner warmen Handfläche. Ich glühe. Zwinge mich dazu, ruhig Luft zu holen und doppelt so lange auszuatmen. Bis vier zählen. Bis acht zählen. Mein Herz jagt, und ich habe vergessen, wie man zählt. Stoßweise ringt sich mein Atem aus meinem Hals.

Wer? Wer???

Der Schluffi scheint das Licht im Café ausgeschaltet zu haben. Das Hotel liegt nun stockdunkel da, nur aus meinem Zimmer fällt Licht hinunter in den Schnee. Ich fühle mich ausgesetzt, beobachtet. Knipse die Deckenlampe aus. Taste mich zum Fenster zurück und lehne mich weit hinaus. Die kalte Luft belebt mich. Mein Herzschlag beruhigt sich.

Unten geht eine Tür. Ein leises Klappern. Die Stimme des Schluffis.

»Hier ist kaum Empfang, Mann. – Ja. Ja, habe ich verstanden. – Nein. Ein Sandwich und Tee. – Sicher, reicht auf alle Fälle bis morgen. – Hmm. – Geht klar. –

Scheiße, Mann. – Ja, Mann, die paar Stunden halte ich schon noch durch. Aber morgen bin ich weg.«

Na warte, Freundchen! Ein Hotelangestellter, der genauso wie der einzige Gast nur eins will: weg?

So leise wie möglich schließe ich das Fenster. Ziehe die Vorhänge zu. Schalte die verstaubte Nachttischlampe an. Krieche unter die muffelige Decke.

Von irgendwo auf diesem Flur dringt ein ersticktes Geräusch zu mir vor. Als versuchte jemand unter großer Kraftanstrengung, ein Möbelstück über den Teppich zu zerren. Ich hebe den Kopf, lausche. In meinen Ohren rauschen die Stimmen, Fetzen aus dem Konvolut, das auf meinem Schoß liegt. Koste es, was es wolle, meine ganze Kraft, meine seelische Gesundheit: Ich muss wissen, was da steht.

Das Geräusch verklingt, kommt nicht wieder. Ich höre lediglich die Schläge meines Herzens in meinen Ohren.

9

Hier präsentieren wir unsere Protagonisten in Trishas bislang letztem Trauerspiel. Einem Kabinettsstück ohne Ende. Weder happy noch unhappy. Sie hat versagt. Mal wieder. Kommt bei ihr häufiger vor. Aber zu den Aktanten:

Da wäre Ron Faber. Politiker, selbstbewusst, karrieresüchtig, mischt eine große Volkspartei auf, bis auf seinem Dienstrechner Kinderpornos gefunden werden. Er bezeichnet sich als unschuldig, kämpft für Ehre und Karriere. Was sich herausstellt: Ein Fensterputzer hat die fraglichen Filme auf Fabers Rechner geladen. Nachdem er mit den Logdateien und Ermittlungsergebnissen konfrontiert wurde, gestand der Mann. Ähnliches Material wurde auf seinem Handy gefunden.

Faber wird von allen Vorwürfen freigesprochen. Er ist ein neuer Saubermann – und geht konfrontativ auf Presse und Politik los: Ihr habt mich kaputtgemacht. Nichts war an den Anwürfen dran. Aber ich lasse mich nicht unterkriegen. Ich komme zurück.

Dann allerdings kommt alles anders: Ron Faber gibt eine Party, mit Familie, Journalisten und Politikern. Will seinen Neuanfang zelebrieren. Hanno Eriksen, ein Wegbegleiter aus Fabers Partei, der Ron die Stange gehalten hat, seit die Pornovorwürfe laut wurden, schießt um sich, tötet Faber, dessen Schwester, eine Kellnerin und dann sich selbst. Es ist eine Bluttat, die das ganze Land seither in Atem hält, und nur die Weihnachtspause wird uns im Getöse der täglich neu vorgebrachten Theorien eine Art Waffenstillstand bringen!

Spannende Story für Journalisten. Was steckt dahinter? Wie sieht es privat aus? Wie geht seine Frau mit den Vorwürfen und dem tiefen Fall des Mannes – und damit der ganzen Familie – um? Und natürlich zerbricht sich die Öffentlichkeit den Kopf: Ist der Fensterputzer ein Bauernopfer? Hat vielleicht ein innerparteilicher Konkurrent den smarten Ron Faber in die Scheiße geritten? Ist Eriksens Mehrfachmord ein Schuldeingeständnis? Wenn ja, wofür? Warum mussten vier Menschen sterben?
Hier betritt Trisha die Bühne. Trisha will was schreiben. Besser: Sie will gelesen werden. Doch will sie auch schreiben? Das bedeutet mehr, als Worte aufs Papier zu tippen. Sie muss recherchieren, nachbohren, aufwühlen, Leute mit Unangenehmem konfrontieren. Und da scheitert sie jedes Mal! Zu schüchtern, zu zurückhaltend, zu viele Bedenken. Ob man denn die arme Witwe nun behelligen könnte mit Fragen? Rücksichtnahme ist für Profis fehl am Platz.
Schätze, da hat jemand seinen Beruf verfehlt.

Weitere Beteiligte:
Mara Faber, Rons Ehefrau, stand bisher stur an seiner Seite. Eine Hillary Clinton vom Format her, leider durch die drei Kinder an Haus und Heim gebunden. Sie hielt ihrem Mann immer den Rücken frei und glaubte an seine Unschuld. Sie trat in Talkshows auf und wurde, schon als der

Prozess in Vorbereitung war, etlichen Nachrichtensendungen (seriösen wie sensationsheischenden) zugeschaltet, in denen sie nichts anderes tat, als ihren Mann zu verteidigen. Sie schilderte ihn als integren, altruistischen Politiker, dessen Tun der Gesellschaft nur Gutes angedeihen lassen würde. Unablässig betonte sie, dass gerade ihr Mann garantiert kein Kunde für Pornoseiten sei, schon gar nicht für Kinderpornos. Sie startete eine rhetorische Kampagne gegen Missbrauch von Kindern und betonte dabei, dass die Gesetze immer noch nicht ausreichen, um denjenigen, die mit dem Leid der Kinder Geld scheffeln, effektiv das Handwerk zu legen. Mit Mutmaßungen darüber, wie die Downloads auf Ron Fabers Rechner gekommen waren, hielt sie sich zurück, ließ nur sehr vorsichtig durchblicken, dass die Politik eine gemeine Welt sei, in der man mit allem rechnen müsste, am meisten aber damit, hintergangen und vernichtet zu werden. Man legte ihr in den Mund, sie erachte eine Verschwörung immerhin für möglich. Gefragt, ob sie den Fensterputzer für ein Bauernopfer hielt, entgegnete sie stets, sie wollte den Richterspruch abwarten, sei aber der Meinung, die Familie könne gar nicht anders, als in Berufung zu gehen, sollte Ron schuldig gesprochen werden. Sie hielt ihr Gesicht in jede Kamera, schirmte jedoch die drei gemeinsamen Kinder komplett von der Öffentlichkeit ab. Gerüchten zufolge hatte sie sie längst mit ihren Eltern in die USA geschickt.

Zu den Mordopfern gehört weiterhin Babs Kent, Ron Fabers Schwester. Sie stand – wie Mara – die ganze Zeit über auf der Seite ihres Bruders. An die Öffentlichkeit drang allerdings wenig. Babs gab wenige Interviews zu dem Skandal, und falls doch, dann nicht spontan vor dem Gerichtsgebäude, wie Mara es gerne machte. Eingeweihte behaupten, Babs habe ein sehr inniges Verhältnis zu ihrem Bruder, was Mara missfalle.

Wenn wir uns fragen, ob der Fensterputzer nichts als ein Bauernopfer ist, dem man anhand von Logdateien und anderen schwer verständlichen Beweisstücken die Tat (also Kinderpornos heruntergeladen und konsumiert zu haben) in die Schuhe schob, kommt Hanno Eriksen, 50 Jahre, ins Spiel. Als Fabers Parteifreund und Mentor hat er den Jüngeren immer gestützt, ins Rampenlicht von Ausschüssen und Presseauftritten geholt. Versprach er sich von Fabers kometenhaftem Aufstieg als einem, der sagt, was Sache ist, Vorteile? Einen Posten? Spielte Faber Eriksens Sprachrohr? Wer nachforscht, entlarvt Eriksen schnell als eine schillernde Figur, die niemanden in ihre Karten schauen ließ. Er war einer, der sich noch weniger festlegte als sonst ein Politiker, einer, der auf allen Parketts bril-

lieren konnte und Kontakte ins Ausland hegte und pflegte: zu russischen Oligarchen und chinesischen Businesstypen. Sprachen Journalisten (natürlich nicht Trisha!) ihn darauf an, spielte er seine Beziehungen runter. Normale Kontakte zwischen Politikern seien das. Vernetzungen auf Parteienebene. In Wirklichkeit unterhielt er Verbindungen zu hochrangigen und millionenschweren Gesichtern in den jeweiligen Ländern.
Ein Journalistenkollege, Julius Deuerling, von Beginn der Affäre an von Fabers Unschuld überzeugt, warf sogar die Frage auf, ob Eriksen den Fensterputzer oder sonst eine Figur aus der Schattenwelt dazu angestiftet habe, die Pornos auf Fabers Rechner zu ziehen. Eriksen wäre zuzutrauen, dass er in der Causa Faber ein Ass im Ärmel hatte, das selbstverständlich ihm selbst diente. Zwar spielte Eriksen über Jahre hinweg Ron Fabers Mentor. Doch letztlich war Faber für ihn ein Konkurrent! Ein Rivale! Beide hätten Generalsekretäre ihrer Partei werden können, wenn es wieder Posten zu verteilen gegeben hätte. Für Faber wäre nach dem Skandal keine derartige Position mehr infrage gekommen! Etwas bleibt immer hängen, wie man so schön sagt, und den Kehricht kann selbst ein Freispruch nicht rückstandsfrei entfernen. In dem ganzen Morast wäre gewiss auch Eriksen stecken geblieben.
Die beiden hoffnungsfrohen Karrieren sind nun ohnehin zerschmettert. Ein Verlust für Staat

und Gesellschaft oder eher ein Gewinn? Man mag sich nicht entscheiden.

Auf dem Gang knarren die Holzdielen. Ich schlage das Buch zu. Lösche das Licht. Liege atemlos. Lausche.

Stille. Ich habe mich getäuscht. Da ist niemand. Ich hätte doch unten die Tür gehen hören, wenn der Schluffi hier in den ersten Stock heraufkäme? Mein Herz will sich nicht beruhigen.

Keine Geräusche mehr.

Ich taste nach meinem Handy. Ladestand: 82%. Das kleine Gerät gibt mir die Illusion, mit der Außenwelt verbunden zu sein, selbst wenn es hier in der Einsamkeit so gut wie keine Signale empfängt. Ein Balken leuchtet. Nur einer.

Die Häme des Textes schmerzt mich mehr als die Frage, wer ihn geschrieben hat. Über mich, meine Familie. Es ist *meine* Geschichte! Letzten Endes kann sie jeder verfasst haben, der clever genug ist, meinen Namen zu googeln. Er wird auf meinen Vater stoßen, und über den sind im Netz mehr als genug Informationen zu finden. Leider auch über meine Mutter. Mein Vater schreibt mittlerweile ein Buch über sie. Insbesondere über ihre letzten Lebensmonate und ihren Kampf gegen den Krebs. Ich hasse die Vorstellung, dass ihre Gefühle, ihr Leiden, ihr ganzes Inneres der Öffentlichkeit vorgeführt werden wird, während mein Vater geradezu zwanghaft an der Vorstellung festhält, schreibend und publizierend seinen Schmerz heilen zu können. Anfangs habe ich versucht, ihm die Sache auszureden. Allein der Gedanke, dass meine Mutter eines seiner Projekte sein sollte, hat mich fast umgebracht vor Wut und Traurigkeit. Doch meinen Vater von einem einmal gefassten Plan abzubringen, ist vollkommen aussichtslos.

Erneut knarren die Dielen, diesmal direkt vor meiner Zimmertür. Das Handy fest umklammert, halte ich den Atem an. Es ist stockdunkel im Zimmer. Stockdunkel auf dem Gang. Auch von draußen dringt kein Licht herein. Ich versuche, mir die roten Lichtpunkte der Windräder weit weg auf der Bergkette vorzustellen. Eine Orientierungsmarke, eine Selbstvergewisserung. Es gibt eine Welt, irgendwo, eine normale, harmlose. Nur nicht hier.

Ich warte. Minutenlang. Eine Ewigkeit. Keine weiteren Geräusche.

Gibt es jemanden, der mich hasst? Wer hätte einen Grund? Ist nicht gerade meine angebliche Glücklosigkeit der Garant dafür, dass ich niemandem je in die Quere gekommen bin und mir deshalb niemanden zum Feind gemacht habe?

Während die Furcht nachlässt, mein Atem zum Gleichmaß findet, denke ich an meinen Vater und seine Skepsis, ob Journalistik das Richtige für mich wäre. Ein Frühstück, vor Jahren, in Warschau. Ich war ungefähr 13 Jahre alt. Mein Großvater war zu Besuch, damals längst Witwer. Er hatte diesen Spleen, jeden Morgen zwei hartgekochte Eier zu verspeisen. Beim Frühstück sprachen die Erwachsenen über mich, obwohl ich dabeisaß; sie redeten, als sei ich nicht vorhanden.

Meine Mutter: »Trisha würde bestimmt eine gute Journalistin. Sie kann hervorragend mit Sprache umgehen. Hat ein Gefühl für Worte und Grammatik.«

Mein Vater wirft meiner Mutter einen skeptischen Blick zu, sagt jedoch nichts. Zu jener Zeit waren sie bereits zu nonverbaler Kommunikation übergegangen.

Mein Großvater schlägt mit dem Löffel auf die Kappe seines ersten Eies und verkündet: »Für Journalistin ist sie zu lahm.«

Der Satz schlägt sofort seine Klauen in meine Brust. Die Wunden sind nie zugeheilt.

Niemand nahm mich in Schutz. Mein Vater wiegte den Kopf, als müsse er die Aussage seines Vaters genau durchdenken. Schwieg. Meine Mutter verschwand in der Küche. Irgendwann an jenem Tag muss ich in die Schule gegangen sein, in einem fremden Land, entwurzelt, weil wir so viel umherzogen, dass ich niemals irgendwo heimisch wurde. Ich erinnere mich an eine Schulkantine, in der ich alleine saß und Tee trank. Ich erinnere mich sogar an die Tasse und dass sie einen abgeschlagenen Henkel hatte und ich mich ärgerte, wie die in der Kantine eine kaputte Tasse an die Teeausgabe stellen konnten. Manchmal ist das Gedächtnis ein Feind.

Mein Großvater ist schon lange tot. Ich habe ihn geliebt und gehasst. Er war der erste Mensch, der mich in eine Redaktion mitnahm – *er* tat das, nicht mein Vater! – und der Erste, der mir die Erfahrung der Minderwertigkeit bescherte.

Ich liege lange so da, lausche in die Schwärze des einsamen Hotels, bis die Neugier zu groß wird.

Ich schalte das Licht an.

10

Kannst du nicht einsehen, Trisha, dass es für eine Journalistin egal ist, ob Ron Faber schuldig im Sinne der Anklage ist oder nicht? Eine Story hat er sowieso zu bieten. Und seine Frau genauso. Ganz zu schweigen von dem weiträumigen Gebiet ›Missbrauch von Kindern‹. Mitunter hast du ja Probleme mit deinem Erinnerungsvermögen. Oblivion – dein Schutz vor Verantwortung?
Aber das ist für dich alles Vergangenheit. Du bist weggelaufen, wie du viele Male weggelaufen bist. Getürmt, geflüchtet. Ab durch die Mitte, unsichtbar werden, keine Zielscheibe abgeben für den übermächtigen Vater, der dich ausschließlich unter dem Blickwinkel der Professionalität sieht. Der dich einem beständigen Vergleich unterzieht. Du und er. Seine Genialität und deine Durchschnittlichkeit. Nicht, dass du dumm wärest oder faul oder gleichgültig. Dir fehlt die Kaltschnäuzigkeit. Die Coolness, da einzuhaken, wo es wirklich schmerzt. Du willst niemanden verletzen, weil du den Schmerz des Verletztseins kennst, nicht wahr? Du weißt, was Kränkung bedeutet. Wie Abwertung sich anfühlt. Das Gefühl, einen Stempel aufgedrückt zu bekommen. Das alles ist grausam, ist Seelenfolter,

und die willst du keinem anderen antun, aber das musst du tun, wenn du den Geschichten auf den Grund gehen willst. Gib doch zu: Du bist eine Niete und solltest besser auf Gärtnerin umsatteln. Einen Beruf wählen, wo dein Vater sich nicht auskennt. Keine bohrenden Fragen stellen, keine Verbesserungsvorschläge machen, sich nicht einmischen kann. Es wäre eine Befreiung für dich. Nur leider, leider, Trisha, wird es damit nichts mehr werden. Denn diese Nacht, genau diese, in der du diese Seiten liest, wird deine letzte sein. Du wirst sterben, in den frühen Morgenstunden des 24. Dezember 2015. Gute Nacht, Trisha.

Ich blättere um. Die letzten Seiten des Konvoluts sind leer.

Du wirst sterben.

Ich möchte lachen und schreien: Klar, jeder Mensch muss sterben, und ich weiß das besser als du, Schreiberling! Schmierfink!

Aber es ist ein hysterisches Lachen, das ich unterdrücke, bevor es mir entschlüpfen kann, um keinen Lärm zu machen, kein Geräusch aus dem Zimmer dringen zu lassen.

Wer sollte mich hier schon umbringen?

Und warum?

Ich presse die Hände an meine Schläfen, plötzlich habe ich das Gefühl, sie wollen bersten, höre drei Schläge in meinem Kopf, laut, brutal, als wenn etwas platzt. Mir wird schlecht, als müsste ich mich übergeben. Ich beiße die Zähne zusammen, zwinge mich, den galligen Geschmack zu schlucken.

Dieses Booklet ist ein schlechter Scherz. Ein Kassiber, eine Gemeinheit!

Ich rufe jetzt gleich Lusya an. Erzähle ihr alles. Sie wird sofort eine Theorie entwerfen, einen Plot kreieren. Sie wird mich beruhigen, damit ich die Nacht überstehe, bis es hell wird und ich von hier wegkomme. Ich versuche mir vorzustellen, wie ich im Café ein flottes Frühstück einnehme und kurz darauf über den verschneiten Zufahrtsweg stapfe. Nur weg von hier. Vielleicht wird die Sonne scheinen und den Schnee zum Glitzern bringen. Echte Weihnachtsstimmung könnte entstehen. Ein Wagen wird mich mitnehmen, in die nächstbeste Stadt, da werde ich einen Zug finden oder einen Bus, irgendein Verkehrsmittel jedenfalls, das mich zurück nach Leipzig bringt. Oder nach Nürnberg, zu meinem Vater.

Draußen auf dem Gang klingelt das Telefon.

Für ein paar Sekunden setzt mein Atem aus.

Hat mit mir nichts zu tun. Ich zähle die Klingeltöne. In quälender Unendlichkeit schrillen sie durch das dunkle Hotel. Ich richte mich auf, schleiche zur Tür. Lehne meinen Kopf dagegen.

Stille. Noch schwerer zu ertragen als das Klingeln zuvor. Wieso sollte ich den Anruf annehmen? Hat mein Vater eventuell die hiesige Nummer vorhin auf seinem Telefon gesehen und ruft jetzt zurück?

Irgendwo wieder dieses schabende Geräusch. Ein schweres Möbel auf einem Teppich.

Es klingelt erneut. Meine Hand berührt den Schlüssel, dreht ihn. Drückt die Klinke. Ich taste mich auf den dunklen Gang, der Gestank nach Verwesung fällt mich an. Ich finde einen Lichtschalter. Ein lautes »Klack«. Das gelbe Licht blendet mich kurz. Die Klingeltöne zerschneiden die Nacht. Hektisch sehe ich mich um. Hier ist niemand. Nichts und niemand.

Ich gehe die paar Schritte zu dem Tischchen unter dem Eberkopf. Die Dielen knarren unter meinen Füßen, gedämpft von dem staubigen Teppich.

»Hallo?« Es muss meine Stimme sein, die in den Hörer krächzt. Sie ist mir vollkommen fremd.

Stille. Nur atmosphärisches Knistern.

»Hallo? Wer ist da?« Hektisch sehe ich mich um. Das Flurlicht kommt mir jetzt düster vor, die Schatten in den Nischen verhöhnen mich.

Diese Nacht wird deine letzte sein.

Ich höre ein leises Lachen – und eine Melodie. *Stille Nacht*. Ganz leise.

»Hallo?«, keuche ich in den Hörer.

Da bricht die Melodie mit einem Mal ab. Es klickt in der Leitung. Die nachfolgende Stille schlägt in mein Ohr. Ich kann kaum atmen. Zitternd lege ich den schweren Hörer auf.

Die Hinterhältigkeit, mit der jemand mich foppt, geht mir an die Nieren. Ich glaube an einen Scherz. Doch. Das tue ich. Klar. Was soll das Ganze sonst sein? Ein Mordplan? Wer bringt schließlich eine glücklose Journalistin um? Ist das nicht ein Widerspruch in sich? Es sterben immer nur die, die zu nahe an die Wahrheit herangerückt sind.

Ich stutze. Meine eigenen Gedanken tun mir weh.

Bin ich zu nahe an die Wahrheit herangerückt? An welche?

An Ron Fabers Wahrheit? An die Hanno Eriksens? Des Mörders?

Ich überschlage, wer von meinem Engagement in die Story wusste. Natürlich jeder, der während des Prozesses die Zeitungen las. Jeder, der heute zur Affäre Faber im Netz auf Spurensuche geht, wird meine Artikel finden. Aber nicht nur meine. Was konnte ich schon berichten, was sich nicht in sämtlichen Medien ähnlich fand? Es ist doch meistens so, dass man voneinander abschreibt. Selbst wenn einer etwas wirklich Neues bringt, wird diese Information sofort von anderen zerhackstückt und in die eigenen Artikel eingebaut.

Und warum diese Häme? Findet es jemand komisch, dass ich in meinem Beruf bisher weder Fuß gefasst noch mein Glück gefunden habe? Aber wäre ich dann so viel Mühe wert?

Mich schaudert, beinahe packt mich Schüttelfrost. Ich renne zurück in mein Zimmer. Schlage die Tür zu, drehe den Schlüssel. Schalte das Licht nicht an. Krieche tief unter die Decke.

Du wirst sterben.

Werde ich nicht. Nicht jetzt. Ich lasse mich nicht fertigmachen!

Joker, der ein paar Monate mein Freund war, hat mich oft damit aufgezogen, dass ich gerne betone, was ich nicht mit mir machen lassen werde. »Du sagst nie, du tust jetzt dies oder das und es macht dir Freude«, meckerte er. »Du kämpfst immer *gegen* was. Warum lernst du nicht Kung-Fu?«

Ich habe keinen Freund mehr, und der Gedanke an Joker ist nichts außer ein kurzer Moment, in dem es mir leidtut, dass ich allein bin. Ohne Partner. Ohne Mann. Ohne Schutz.

Altmodisch gedacht?

Talentlos. Glücklos. Manchmal stelle ich mich dumm an, zugegeben. Aber ich probiere was. Als Journalistin ist man immer mit der Gehässigkeit der Leute konfrontiert, die einen ausnutzen, um die eigenen Intentionen in die Öffentlichkeit zu kriegen, aber stinksauer werden, wenn die Berichterstattung nicht in ihrem Sinne ist.

Eriksen! Ich erinnere mich allzu gut an diesen Schnösel im italienischen Anzug, den ich an Lusyas Stelle aufsuchte, weil sie nicht konnte; besser, weil sie einen interessanteren Termin klargemacht hatte. Dass eine andere Journalistin als verabredet bei ihm aufschlug, brachte Eriksen dermaßen in Rage, dass er mich hochkant rauswarf, während Schweiß seine ergrauenden rotblonden Schläfen durchtränkte. Ein Choleriker. Reicht es, Choleriker zu sein, um drei Menschen zu erschießen?

Jemand klopft an die Tür. Ich höre es überdeutlich. Dreimal. Pause. Dann noch dreimal.

Mein Schädel will zerspringen.

Das ist nicht wahr!

Ist es aber. Ich kann mich nicht getäuscht haben. Oder war ich an der Schwelle zum Einschlafen? Da wird man häufig Opfer von Einbildungen. Geht mir in meiner

Wohnung oft so. Ich kippe beinahe in Morpheus' Arme, plötzlich höre ich die Wohnungstür gehen. Natürlich eine Täuschung, eine harmlose Halluzination.

Atme, Trisha!

Still ist es jetzt.

Nach einer Weile klopft es erneut. Ich beuge mich über den Bettrand. Das Licht im Flur brennt. Ich sehe zwei Schatten unter meiner Tür, die den gelben Spalt auf Bodenhöhe unterbrechen. Zwei Füße.

Ich räuspere mich, als wollte ich tatsächlich etwas sagen. So etwas Harmloses wie: »Kommen Sie rein!« oder »Wer ist da?«

Diese Nacht wird deine letzte sein.

Wer hat Spaß daran, mich fertigzumachen? Wem bin ich ein solcher Stachel im Fleisch? Warum verbindet dieses hundsgemeine Geschreibsel aus dem Booklet meine lausigen beruflichen Leistungen mit Ron Fabers Affäre? Wie kommt das Manuskript an die Rezeption in diesem versifften Hotel?

Die Erkenntnis schlägt ein wie ein Blitz. Meine Artikel zum Skandal Faber werden das Letzte sein, was ich je geschrieben habe.

Wieder klopft es.

Ich drehe durch. Ich springe aus dem Bett, schnappe meinen Rucksack, reiße das Ladekabel aus der Steckdose, werfe es mitsamt Handy in den Rucksack, taste nach meinen Stiefeln, schlüpfe hinein.

Durch die Tür kann ich nicht weg. Es bleibt nur ein Weg: Ich reiße das Fenster auf, während ich in meinen Mantel schlüpfe. Die Dunkelheit umarmt das Haus.

Rechts, höchstens einen halben Meter neben meinem Fenster, führt eine Dachrinne herab. Ich stehe schon auf dem Sims, strecke die Arme danach aus. Setze einen Fuß auf den Halter des Rohres. Greife mit den Händen das Rohr. Das Metall ist eiskalt. Egal. Ich rutsche bereits nach unten, meine Hände reißen an den Schellen auf. Der Schmerz schießt in meine Schultern. Mein Griff lockert sich, meine Füße verlieren den Halt, ich presse die Knie an die Rinne. Rutsche weiter. Jetzt können die schmerzenden Finger nicht mehr fest genug zugreifen. Ich falle.

11

Ich hatte sie angerufen. Am vierten Prozesstag. Wahrscheinlich klingelte ihr Telefon am laufenden Band. Zuerst wollte ich mich nicht einreihen in den Massenansturm der Medienvertreter auf die Ehefrau des Angeklagten. Lusya allerdings meinte, Mara Faber wäre die interessanteste Figur in dem Spiel.

»Wie geht sie damit um? Das interessiert die Leute! Du musst den Prozess auf eine persönliche Ebene kriegen, Trisha! Lediglich die Fakten abzuspulen, macht keinen Sinn.« Sie fuhr sich durchs Haar. Irgendwas hatte sie damit machen lassen. Es saß perfekt, die Farbe glänzte wie Kupfer, in einem Ton zwischen aufgebrezelt und natürlich. Vermutlich ein teurer Friseurbesuch.

»Aber ich bin Journalistin.«

»Eben deswegen! Informiere die Leser, aber gönne ihnen zusätzlich ein bisschen Fleisch, nicht nur Knochen.«

»Ich weiß nicht, Lusya …«

»Hör mal. Wenn du über einen Seitensprung schreibst, würdest du einen Lexikoneintrag zitieren?«

»Nein, aber …«

»Klug geantwortet, schönes Kind! Du würdest schreiben, wer es mit wem wann im Aufzug getrieben hat.«

»Im Aufzug?«

Lusya warf mir ihren Bleistift an den Kopf. »Du bist echt 'ne harte Nuss.«

Ich grinste. Natürlich verstand ich, was Lusya meinte. Sie vertrat die Ansicht, die Seriosität der Berichterstattung erlitte keinen Abbruch, wenn man ein wenig Gefühl mitvermittelte. Also rief ich Mara Faber an.

»Mein Name ist Trisha Seling, ich schreibe unter anderem für die Leipziger Volkszeitung. Ich möchte ein Interview mit Ihnen.«

Seltsam kam es mir vor, dass sie sofort zusagte. »Natürlich. Morgen im Gericht?«

Überrumpelt, dass ich so wenig Überzeugungsarbeit zu leisten hatte, sagte ich zu. Wir verabredeten uns am vierten Fenster des großen Korridors im zweiten Stock des Gerichtsgebäudes.

»Und wann?«, hakte ich nach.

»Nach Ende der morgigen Verhandlung.«

»In Ordnung, bis morgen!«

Mara Faber hatte schon aufgelegt. Ich stellte mir vor, wie wir beide dort konspirativ in die Tiefen ihrer Emotionen hinabsteigen würden. Wie kam man zurecht als Gattin eines Mannes, der wegen des Besitzes und Konsums von Kinderpornos angeklagt war? Immerhin hatte das Ehepaar selbst drei Kinder. Wir würden an diesem Fenster stehen, weitab vom Trubel, und sie würde mir Einblick geben in ihr Gefühlsleben. Ich würde meinen Artikel zur ersten Prozesswoche mit Mara Fabers Gemütsregungen würzen und es allen zeigen: Lusya, dass ich sehr wohl verstanden hatte, was sie meinte. Meinem Vater, der bislang zu keinem meiner Artikel, die ich zur Causa Faber geschrieben hatte, eine Bemerkung gemacht hatte. Und mir selbst. Ich kann es. Ich bin gut. Die Chuzpe habe ich, die Ehefrau des Angeklagten anzurufen!

Bis um drei Uhr am Morgen bereitete ich meine Fragen vor. Las in einer Publikation zur Interviewtechnik nach. Machte Stichpunkte, entwarf Fragen, strich alles durch. Was konnte ich Mara Faber fragen, das nicht banal war? Wie geht es Ihnen? Wie gehen Ihre Kinder damit um? Schließlich schrieb ich *›Wie schützen Sie Ihre Kinder?‹* auf ein Blatt. Es kam mir wie eine sehr kluge Einlassung vor. Ich würde sie über ihre Kinder packen. Jede Mutter dachte doch zuerst an die Kinder. Nicht an den Mann. Stellte ich mir so vor. Und dann noch der Hohn, dass Faber sich ausgerechnet Kinderpornos heruntergeladen hatte! Sich bei den Schwächsten bedient hatte!

Bis fünf Uhr morgens konnte ich nicht einschlafen, und als mein Wecker zwei Stunden später klingelte, fühlte ich mich komplett zerschlagen.

Ich zappelte mich mit Bechern von Kaffee durch den Prozesstag. Hielt mich wach bis zum späten Nachmittag. Faber verließ das Gerichtsgebäude unter Polizeischutz.

Wie auf Eiern stakte ich aus dem Gerichtssaal und stieg in den zweiten Stock hinunter. Mit schweißfeuchten Händen umklammerte ich meinen Notizblock.

In dem Korridor, wo Mara Faber mich treffen wollte, empfingen mich Stimmensummen und eine ungeheure Geschäftigkeit. Die Medienleute drängten sich vor dem vierten Fenster. Kameras wurden in Stellung gebracht, helles Licht behauptete sich gegen das Novembergrau draußen. Ich brauchte gar nicht näher hinzuschauen. Mara Faber stand dort und deklamierte. Die bunten Mikrofone türmten sich vor ihr auf, einer kleinen blonden Frau auf hochhackigen Schuhen mit Knopfaugen und ernstem Gesichtsausdruck. Sie trug ein schwarzes Kostüm, keinen Schmuck außer einem Paar Perlenohrstecker. Ich wankte auf die Reportermenge zu. Ihre Fragen flatterten in Fetzen an mir vorbei. Ich konnte nichts wahrnehmen, auch nicht Mara Fabers Antworten, die sie mit klarer, entschlossener Stimme den Journalisten diktierte. Sie sprach in einfachen Sätzen, ohne sich zu unterbrechen, ohne Füllwörter.

Sie war, was ich nicht war: Herrin der Lage. Sie hatte Chuzpe. Sie war sich im Klaren darüber, wie sie vorgehen wollte.

Ich quetschte mich in die Menge und bekam ein paar Ellenbogen in die Rippen. Egal. Ich hielt meinen Notizblock fest und rief über die Köpfe der vor mir Stehenden hinweg:

»Wie schützen Sie Ihre Kinder, Frau Faber?«

Sie blickte suchend in die Meute. Ich winkte mit meinem Notizblock. Ich würde schlicht so tun, als hätte ich genau diese Situation erwartet.

Ihre Augen trafen auf meine. Sie öffnete den Mund. Ihre Worte troffen vor Spott:

»Wie ich schon sagte: Meine Kinder kommen in der Berichterstattung nicht vor.«

Ich war abgeblitzt.

Still blieb ich stehen, zu kraftlos, um mich aus dem Rudel der Fragesteller herauszukämpfen. Draußen vor dem Fenster sah ich bunte Blätter durch die Dämmerung segeln.

Viel später verschwanden die letzten Journalisten aus dem Korridor. Mara Faber war längst weg. Ich setzte mich auf den Boden unter dem Fenster.

Fiasko.

Ich hatte mich total dumm angestellt. Hätte ich die vergangene Nacht gesoffen, es wäre das Gleiche gewesen. Der Tücke meines Berufes war ich nicht gewachsen.

12

Ich höre nur den Schnee unter meinen Stiefeln knirschen und mein Keuchen, stoßweise, hart. Die eiskalte Luft schneidet in meine Kehle. Der Rucksack wippt auf meinem Rücken. Ich habe die Taschenlampen-App ausgeschaltet, orientiere mich an der Markierung des Fahrweges. Alle paar Meter ragt eine Schneemesslatte aus den Verwehungen. Ich muss zur Straße.

Wenn ich es schaffe, zum Auto zu kommen …

Mein Kopf produziert irrwitzige Gedanken. Mein Wagen liegt leblos am Straßenrand, was soll ich dort? Ich würde nur ein super Ziel für meinen Verfolger abgeben.

Verfolgt mich überhaupt jemand? Ich werfe einen gehetzten Blick zurück. In der Schwärze der Nacht sehe ich kaum etwas. Ab und zu reißen die Wolken auf, dann sickert Mondlicht auf die weiße Fläche und bringt sie zum Glitzern. Es hat aufgehört zu schneien, dennoch treiben feinste Eiskristalle durch die Luft. Der Wind fegt über die eisige Fläche.

Ich will erst mal die Straße erreichen.

Vielleicht ist die Straße keine gute Lösung. Ich keuche. Man wird annehmen, dass ich genau dorthin unterwegs bin.

Man. Wer ist man? Der Schluffi? Kann er mir hinterherkommen? Ist er clever genug? War er derjenige, der an meine Tür klopfte?

Es hat doch geklopft? Ich habe das doch gehört? Ich habe die Schatten der Füße vor meiner Tür gesehen, verdammt!

Ich werde langsamer. Mich im Laufschritt durch den Schnee zu kämpfen, ist so gut wie unmöglich. Jedenfalls auf Dauer. Die Angst ist ein effektiver Motor, aber die Natur hält dagegen und mithin meine nicht übermäßig sportliche Konstitution. Mein Herz rast. Ich taumle, und ich weiß, wenn ich in den Schnee stürze, bin ich das ideale Opfer. Und nicht nur das: Auch die Kälte hat mich fest in den Klauen. Jeans sind keine gute Ausrüstung für eine Expedition wie diese. Ich sehe mich um. Der Fahrweg liegt vor mir, verliert sich nach wenigen Metern in der Dunkelheit. Die hellen Lichter des Cafés, die mich hergelockt haben, sind ausgeschaltet. Geblieben ist Finsternis. Eine Winternacht, die alles verhüllt. Auch mich. Immerhin.

Der Schluffi ist nicht gerade fit. Dem entkomme ich mit Sicherheit. Aber es könnte noch jemand anderes dort gewesen sein. Im ersten Stock, auf dem Flur vor meinem Zimmer. Ich habe Dielen knarren hören, und schon vorher, als ich das erste Mal die Treppe hochstieg, hatte ich so das Gefühl, ich könnte jemanden … spüren.

Verdammt!

Ich laufe weiter, langsamer jetzt, versuche, gleichmäßig zu atmen. Da ist die Einmündung zur Straße.

Motorengeräusch. Ich renne wieder los. Bloß nicht das rettende Auto verpassen! Das wäre typisch, wirklich typisch, wenn ausgerechnet jetzt ein Wagen hier vorbeiführe und ich nicht rechtzeitig an der Straße wäre.

Tatsächlich kommt das Motorengeräusch näher. Scheinwerfer schneiden Lichtschneisen in das Tintenschwarz um mich. Ich bleibe stehen. Der Wagen biegt in den Fahrweg ein.

Der Reflex ist stark. Eine archaische Reaktion. Ich lasse mich fallen und rolle durch die Schneeverwehungen, rutsche einen Meter in die Tiefe, vielleicht mehr,

Schnee fällt mir ins Gesicht. Unsanft komme ich auf meinem Rucksack zu liegen. Ich halte den Atem an. Der Wagen fährt vorbei. Mit abgeblendeten Scheinwerfern.

Ich muss nicht nachsehen, ob es das Bonzenauto ist. Ich weiß auch so: Ich habe wenige wertvolle Minuten, in denen der große Unbekannte im Café nach mir sieht. Oder den Schluffi fertigmacht.

Diese Nacht wird deine letzte sein!

Ich kämpfe mich aus der Schneewehe und lege einen Spurt zur Straße hin. Biege dort ab, laufe ein paar Meter bergab, dorthin, von wo ich herkam. Halt, Trisha! Bis zum nächsten Dorf ist es weit, wenn ich mich recht erinnere. Mit etwas Glück erreiche ich in der anderen Richtung schneller eine Siedlung.

Ich mache kehrt.

Der Schluffi ist nur meinetwegen da. In dem Café am See.

Auch die Zeitungen haben sie extra für mich hingelegt. Schnell ein paar alte Ausgaben zusammengekratzt. Ich sehe das rostige Wasser aus dem Hahn rinnen. Dort hat lange Zeit keine Menschenseele übernachtet, nicht in den letzten Jahren. Ich hetze die Straße hinauf, kann nicht mehr als zwei, drei Meter sehen, bis ich Mut genug habe, die Taschenlampen-App zu aktivieren. Wertvolle Zeit vergeht, während meine eiskalten Finger auf dem Display herumtippen. Meine Jeans sind durchweicht, kleben an meinen Beinen.

Ich kann darüber nicht nachdenken. Nicht jetzt. Auch nicht über das Manuskript, das jemand mir hingelegt hat. Wer kennt mich so gut und will mir so viel

Böses? Warum soll ich sterben, heute Nacht noch? Weiß ich etwas? Wem bin ich gefährlich? Ich, die glück- und talentlose Journalistin? Das alles ist ein einziger Widerspruch – wie ich selbst.

Die eisige Luft schneidet in meine Kehle. Ich ziehe mir den Schal über Mund und Nase.

Ich muss irgendeinen Ort finden, wo mich keiner aufstöbert. Und dann rufe ich meinen Vater an. Oder Lusya. Besser Lusya. Die soll mich abholen. Sie fängt ihre Sätze wenigstens nicht mit ›Ich habe dir ja gleich gesagt, dass …‹ an. Irgendwie wird das schon werden.

13

Die Presse stürzte sich nach dem Bekanntwerden der Kinderpornovorwürfe natürlich mit Klauen und Zähnen auf das Familienleben der Fabers. Da waren Kinder, drei sogar! Kann ein Familienvater es übers Herz bringen, Kinderpornos zu konsumieren, wenn er selbst drei Sprösslinge zu Hause hat und weiß, was sexueller Missbrauch für Kinder bedeutet – und für die Erwachsenen, die sie einmal werden? Es wurde wild spekuliert: War Ron Faber womöglich selbst ein Missbrauchsopfer? War ihm in seiner Kindheit Gewalt angetan worden? In TV-Talkrunden warfen sich selbsternannte Experten in die Brust und debattierten über frühe und späte Missbrauchsfolgen. Fabers Verhalten seit Bekanntwerden der Vorwürfe wurde genauestens daraufhin unter die Lupe genommen, ob er als Kind missbraucht worden sein könnte. Andere Gesprächsteilnehmer palaverten über die psychologischen Folgen der Affäre für Fabers Kinder. Eine Tochter, zwei Söhne: Melanie, Martin und Carl. Der Kleinste erst sechs Jahre alt.

Die Pornos waren über russische Server auf Fabers Rechner gelandet. In der ersten Pressekonferenz wurde der Name der Internetplattform, über die die Filme heruntergeladen worden waren, bekannt gegeben. Salataja. Als ich später den Namen in eine Suchmaschine tippte, war der Server vorübergehend nicht erreichbar. Einige Tage später gab es ihn nicht mehr. Anbieter solcher ›Dienstleistungen‹ verwischten im Internet höchst wirksam ihre Spuren und verschwanden, um an anderer Stelle unter neuem Namen erneut ihr Unwesen zu treiben. Aus ermittlungstaktischen Gründen ließ die Polizei nicht viel mehr durchklingen. Lusya stürzte sich trotzdem auf die wenigen Informationen und recherchierte innerhalb kürzester Zeit das Wichtigste über Kinderpornografie im Netz. Sie schrieb einen Artikel über die technischen Möglichkeiten, die eigenen Spuren zu verwischen. Quintessenz: Wer wollte und sich ein bisschen Informatikwissen aneignete, konnte sich anonymisieren. Kunden der diversen Pornoanbieter taten gut daran, dies auch zu tun.

Hatte nicht gerade Faber für mehr Anonymität im Netz plädiert?

Die Kreditkartenabrechnungen des Fensterputzers, der schnell als mutmaßlicher Täter aus dem Hut gezaubert wurde, zeigten keine Abbuchungen von Salataja, sondern von einer Firma namens Blending Ltd., ansässig in Kasachstan, die extrem teure Vitaminpräparate und andere Gesundheitsprodukte vermarktete. Der Fensterputzer war bislang nicht als besonders gesundheitsbewusst aufgefallen.

Lusya heftete sich an Verantwortliche des Kinderschutzbundes, um von ihnen Einlassungen zu Missbrauch und Pornos zu bekommen. Allerdings konnte sie wegen anderer Themen, die neben der Affäre Faber die Runde machten und die sie abarbeiten wollte, die Unterlagen nicht mehr nutzen und mailte sie mir zu. Mit der vielsagenden Bemerkung, dass ihr Konsumenten solcher missbräuchlichen Videos und Bilder nicht ganz unvertraut wären. Ich nahm an, sie spielte auf ihre Jugend in einer Umgebung an, in der Gewalt zum Alltag gehörte.

Ich las alles über Kinderrechte, Gewaltprävention in Familien und das Kinderbundesschutzgesetz. Ich telefonierte mit dem Ortsverband des Kinderschutzbundes in Leipzig. Die zuständige Dame berichtete, sie habe seit Bekanntwerden der Vorwürfe gegen Faber unzählige Anrufe bekommen, aber selten ausführlich etwas in den Medien darüber erfahren, was die Journalisten aus ihren Informationen machten. Mehr Spenden als sonst seien sowieso nicht eingegangen. Ihr sei klar geworden, meinte sie frustriert, dass wieder einmal nicht die missbrauchten Kinder im Zentrum des Interesses standen, sondern die Tat eines Politikers, die Sensationslust, der Kitzel, einen in der Öffentlichkeit stehenden Mann niederzuringen. Ich bedankte mich bei ihr und startete ein paar Anfragen bei Magazinen und Online-Zeitungen. Gern hätte ich mein neu erarbeitetes Wissen zu einem Artikel gemacht.

Leider hatte niemand Interesse an den Rechten von Kindern. Keine Zeitung wollte Einlassungen zu den mangelhaften Kinderschutzgesetzen machen, die es Konsumenten von Kinderpornos allzu häufig erlaubten, bequem mit einem Bußgeld davonzukommen. Viele überführte Täter bekamen lediglich die Auflage, dem Kinderschutzbund einen bestimmten Betrag zu überweisen. Verglichen mit den Eigentumsverhältnissen in den Fällen, die ich recherchierte, war die Spendensumme lächerlich.

Statt solide über die unbefriedigende Rechtslage zu schreiben, machten einige Medienkollegen ernsthafte Versuche, an Fabers Nachwuchs heranzukommen. Paparazzi hockten vor den Schulen der Kinder und lichteten sie ab. Große erschrockene Augen blickten am folgenden Tag von der ersten Seite der Skandalblätter. Die Sensationspresse formulierte Titel wie *Wir sind schockiert, Herr Abgeordneter!* oder *Hätte er es seinen eigenen Kindern angetan?*

Die übliche Hetzjagd begann. Vor Fabers Leipziger Büro fanden improvisierte Mahnwachen statt. Da die Polizei relativ bald einschritt und die Menschenansammlungen auflöste, die größtenteils aus empörten Gutmenschen mit Plüschteddys im Arm und Kerzen in den Fäusten daherkamen, gingen einige Engagierte dazu über, sich still vor das Bürohaus von Fabers Partei zu stellen. Mit zwei, drei Metern Abstand zum nächsten Protestierer. Ich ging einige Male dort vorbei. Die Polizei beobachtete, ohne irgendjemanden zu vertreiben. Es gab keine Kerzen und Sprechchöre mehr. Als das Wetter schlechter wurde und Dauerregen einsetzte, trollten sich die Proteststeher. Meiner Meinung nach waren es dieselben Leute, die gegen Stuttgart 21 aktiv geworden waren oder gegen neue Startbahnen von Flughäfen, gegen asbestverseuchte Kindergärten und Ähnliches: Irgendwie hatten sie recht. Und irgendwie waren sie albern. Ich interviewte ein paar von ihnen, bevor der Regen sie verscheuchte, aber das Material gab nichts her. Die Causa Faber war im Kontrast mit neuen grausigen Nachrichten aus der Welt Stück für Stück ins Hintertreffen gerutscht, und solange bei den Ermittlungen nichts Neues herauskam, versiegte das öffentliche Interesse bereits. Deswegen warteten die Medienvertreter, die sich eingearbeitet hatten, ungeduldig auf den Beginn des Prozesses – die nächste und letzte Gelegenheit, die vielen Stunden Arbeit, die mit Nachforschungen verbracht worden waren, zu Geld zu machen.

14

Ich kämpfe mich durch den Wald. Die Dunkelheit ist vollkommen. Nur das schwach leuchtende Display meines Handys verhindert, dass ich gegen Baumstämme und tief hängende Äste renne. Mein Kopf hämmert. Die Panik ist nichts gegen die Kopfschmerzen. Nichts gegen die Kälte, die mit brutaler Zielstrebigkeit meine wenigen Kleidungsschichten durchdringt. Ich stülpe die Kapuze über die Mütze. Meine Handschuhe habe ich verloren.

Ich hinterlasse Spuren, aber man wird Glück benötigen, um meine Fußabdrücke auszumachen. Vor allem, wenn man im Auto hinter mir her ist. Ich bin einfach irgendwo von der Straße weg und in den Wald. Hier gibt es Stellen, an denen kaum Schnee liegt und es leichter ist, keine Spuren zu hinterlassen.

Außer Atem halte ich inne, schiebe das Handy in die Manteltasche. Werfe den Rucksack auf den Boden, hocke mich darauf. Über mir reiben die Baumwipfel im Wind aneinander. Ab und zu fällt Schnee von einem Ast. *In allen Wipfeln spürest du kaum einen Hauch* – von wegen! Der alte Goethe muss zu einer gastlicheren Jahreszeit hier gewesen sein. Von Zeit zu Zeit wage ich einen Blick auf mein Handy, um die Uhrzeit zu checken. 23.11 Uhr.

Diese Nacht wird deine letzte sein.

Wie viele Stunden bleiben mir?

Ich will Lusya anrufen. Doch ich habe keinen Empfang. Ich muss weiter, durch den Wald und an eine Stelle auf einem Berg, wo mein Handy sich mit der Welt verbindet. Ein Schnauben ertönt irgendwo. Ich hebe den Kopf, wage kaum zu atmen. Was …?

Nichts, beruhige ich mich. Es gibt keine Wölfe in Thüringen. Selbst wenn – sie wären vermutlich weniger tückisch als die Verrückten, die hinter mir her sind. Mit zitternden Knien stehe ich auf, hieve den Rucksack hoch. Schmerz schießt mir in den Rücken. Ich laufe los, ignoriere das Hämmern im Kopf und das Stechen in der Wirbelsäule. Schiebe die Hände in die Manteltaschen. Das funktioniert nicht gut, auf dem unebenen Boden gerate ich aus dem Gleichgewicht. Ich brauche Licht, ohne bin ich verloren. Selbst wenn ab und zu der Mond durch die Wolkendecke lugt – die Bäume stehen hier viel zu dicht, um sein fahles Licht durchzulassen. In welche Richtung laufe ich eigentlich?

Ich bleibe stehen, lausche in die Nacht. Ein Vogel ruft. Zweige knacken. Irgendwo scharrt etwas. Wie war das mit der Wildschweinplage in Deutschland, von der ich neulich gelesen habe? Würden die Schwarzkittel mich aufs Korn nehmen oder mich schützen? Unmut kommt in mir hoch. Schiebt die Furcht ein wenig beiseite. Scheiße, verfluchte, dass ich in diese Situation geraten bin. Immer noch kann ich mir keinen Reim auf die Geschichte machen. Warum bin ich ins Visier von jemandem geraten? Von wem? Wer konnte wissen, dass ich in dieser Nacht im Thüringer Wald hängen bleiben würde? Ich wusste es doch selber nicht. Nur Lusya weiß von meiner Reise, mein Vater, Tina Stubnagel. Aber Tina kennt meine Vergangenheit kaum. Ich bin mir nicht einmal sicher, ob sie von meinem Vater weiß.

Ich versuche, mir die hämischen Sätze aus dem Manuskript ins Gedächtnis zu rufen. Joker hätte das schreiben können, denn Joker kennt meine Abgründe. Ich habe den Fehler gemacht, ihm alles von mir zu erzählen. Aber welchen Grund hätte er, mir auf diese Art die Luft abzuschnüren? Wir haben uns einvernehmlich getrennt. Es war traurig, wenngleich akzeptabel.

Ich stelle mir Joker als den Autor des Manuskripts vor. Eine miserable Idee: Joker kann nicht schreiben. Seinen Stil hätte ich sofort erkannt. Genauso wie Lusyas. Außerdem ist Lusya meine beste Freundin und profitiert von meiner beruflichen Glücklosigkeit. Und mein Vater … ausgeschlossen! Er könnte meine Situation nie so beschreiben. Er kennt mich nicht. Er kennt nur den Teil von mir, von dem er meint, dass er ich ist. Und Tina: Sie ist einfach eine Redakteurin, mit der ich öfter zusammenarbeite. Sie braucht mir nicht an die Kehle zu gehen. Sie hat mich sowieso in der Hand, mich, eine Freiberuflerin, die sich die Finger nach jedem Auftrag leckt und bereit ist, zu allen Konditionen zu arbeiten. Hauptsache, ich darf schreiben.

Keiner der vier würde mir an die Kehle gehen.

Ich krame das Handy hervor, leuchte in das Tintenschwarz vor mir. Da liegen nur wenige Schneereste, ansonsten stolpere ich über altes Laub, abgerissene Äste, Rindenfetzen, Erde. Von weit her höre ich ein Auto. Ich stehe kurz ganz still, lausche. Scheint vorbeigefahren zu sein. Dabei bilde ich mir ein, dass ich schon weit von jeder Straße weg bin. Laufe ich im Kreis?

Neben mir schnaubt etwas. Ich fahre herum, aber da ist nichts, allenfalls ein seltsam modriger Geruch. Und Schwärze, die alles verschlingt, selbst mein Körper wird zu Dunkelheit, vielleicht ist das gut so, dass man mich nicht sieht. Ich muss meinen eigenen hektischen Atem gehört haben.

Ich bilde mir ein, ich muss nach Osten laufen. Immer nach Osten. Da werde ich auf eine andere Bundesstraße stoßen und hoffentlich auf ein Dorf. Ich habe das bisher nie gemacht, nachts irgendwo angeklopft und um Hilfe gebeten. Werde ich wahrscheinlich gar nicht machen. Wenn ich Lusya erreiche oder meinen Vater, sobald ich Kontakt nach draußen habe …

Wo ist Osten? Kann ich wissen, wo Osten ist?

Stimmen!

Ich drehe mich um.

Tatsächlich. Ich höre Leute und dann sehe ich auch schon Lichtkegel im Wald.

Der Wagen von eben! Das waren – sie? Ich ziehe die Dunkelheit über mich wie einen Mantel. Los!

Ich laufe, schnell, die Arme nach vorne gestreckt, um nicht gegen die Bäume zu rennen. Ein Plan reift in meinem Kopf: einen Bogen laufen, zurück zum Ausgangspunkt, dahin, wo die Verfolger mich nicht vermuten.

Wer?, hämmert die Frage in meinem Kopf. Warum? Was weiß ich, dass jemand mir dafür ans Leder will?

Das Ziehen im Kreuz ist vergessen. Ich laufe. Umschiffe die Hindernisse, so gut ich kann. Stämme, Äste, Gestrüpp, Dornen. Ich habe kein Licht. Aber ich habe Angst, deshalb bin ich im Vorteil. Der Motor der Furcht läuft wie geschmiert!

Mein Stiefel tritt auf Eis. Ich gerate ins Schlittern. Kurz verliere ich das Gleichgewicht. Fange mich. Weiter! Nach wenigen Schritten ist der Boden unter mir wieder griffig. Neben mir blitzt etwas Helles auf, gleich darauf raschelt das Unterholz. Ein Tier? Ich kann nicht darüber nachdenken. Ich kann an gar nichts denken. Ich bin nur noch Körper. Beine, die ausschreiten, Lunge, die Sauerstoff saugt, Blut, das rauscht.

Ich will hier nicht sein.

Sei ruhig, Trisha. Reiß dich zusammen.

Die Stimme meiner Mutter!

Danke, Mom, das ist ein Rat, den ich wahrhaftig gut brauchen kann. Etwas Heißes netzt mein Gesicht, das sofort kalt wird, so kalt wie Eis. Tränen? Toll, die habe ich jetzt nötig. Ganz dringend.

»Hast du das gehört?«

Eine gedämpfte Stimme, drängend, jemand, der sich anstrengt, nicht zu laut zu werden. Wahrscheinlich nicht mehr als ein Flüstern, für meine überreizten Ohren umso barbarischer. Nicht allzu weit entfernt. Die Stimme eines Menschen, mit dem sich niemand anlegen will. Der Kerl mit dem X5? Im Laufen drehe ich mich um. Die Lichtkegel kommen näher. Noch sind sie weit genug entfernt, können mich nicht erreichen. Hinterlasse ich Spuren, denen sie folgen?

Ich mache eine Kehre. Gebe Hackengas. Ein Zweig schlägt in mein Gesicht, knapp unter dem linken Auge. Der Schmerz ist heiß und brutal, aber er kommt nur verschwommen bei mir an. Ich laufe und laufe, beschleunige, sause zurück in die Richtung, in der ich die Straße vermute. In einem knapp bemessenen Bogen. Ich spüre meine Füße kaum; das spielt keine Rolle. Man kann auch auf Füßen unterwegs sein, die gefühllos sind. Man kann überhaupt vieles. Da ist irgendwo dieser unverwüstliche Kern in einem. Du funktionierst, wenn es drauf ankommt, Trisha!

Ich sprinte. Mache Riesenschritte. Mein Herz will aussetzen, tut es jedoch nicht. Dafür ist die Not zu groß. Etwas Warmes rinnt über mein Gesicht.

»Hast du das gehört?«, keucht jemand gedämpft.

Sollte der zweite Kerl der Schluffi sein, kriege ich seine Antwort nicht mit. Der Schluffi hat keine kräftige Stimme. Der Schluffi ist ein Nichtsnutz, der sich in diesem Wald, in der Nacht, in der Kälte nicht lange auf den Beinen wird halten können. Er wird den anderen bremsen, behindern, und das ist meine Chance. Ich habe nur einen wirklichen Gegner. Wer er ist, weiß ich nicht. Noch nicht, echot mein Kopf.

Eiskalte Analyse. Vielleicht hat die klirrend kalte Luft endlich mein Hirn freigefegt. Der Kopfschmerz ist wie weggeblasen. Meine Füße schreiten schneller aus. Als wenn sie die Unebenheiten des Bodens vorausahnen. Meine Hände sind nach vorn gestreckt, berühren borkige, bemooste Baumstämme. Finden den Weg hindurch. Ich bleibe an einem dornigen Gebüsch hängen, mache mich mit einem einzigen Ruck frei. Hinter mir höre ich einen Schmerzensschrei.

»Mein Fuß!«

Der Schluffi.

Ich sehe ihn vor mir, wie er das Sandwich und den Tee vor sich herträgt, wacklig wie Pudding, und ich frage mich, wohin er gehört, wenn er nicht im Café am See den Hotelier spielt. Journalistenkrankheit. Hinter allem die Story sehen. Aber nicht jetzt.

Unversehens enden die Bäume, ich rutsche in einen Graben, wieder der Schmerz im Kreuz, ganz kurz, als wüsste er schon, dass er im Augenblick keine Chance hat, beachtet zu werden. Ich krabble aus dem Graben heraus und stehe auf Asphalt.

15

Du bist faul und phlegmatisch!

Ob ich das wirklich bin, weiß ich nicht, aber der Satz aus dem Mund meiner Mutter klingt in meinen Ohren. Da ist dieses Gefühl, nicht richtig von der Stelle zu kommen. Etwas bremst mich, etwas, das von außen kam und nun in mir ist.

Ich konnte – und kann – mit niemandem darüber sprechen. Mit Joker versuchte ich es. Joker, der in sich ruhte und sich im Leben so gut aufgehoben fühlte wie auf einem kuscheligen Sofa. Er hatte wenig Verständnis für diese ausgekühlte Leere in mir, wenngleich er sich bemühte. Doch meine Erfahrungen und seine, die waren Kontinente voneinander entfernt. Seine Reise zu mir, die wäre nie geendet. Kein Wunder, dass er irgendwann die Lust verlor.

Joker fand meine Ladehemmung gar nicht so schlimm. Für ihn war es normal, dass man sich erst einmal freischwimmen musste in einem neuen Job. Und ganz besonders als Freiberuflerin. Ohne Protektion, ohne regelmäßiges Gehalt. Alles aus eigener Kraft zu stemmen – das war etwas, was Joker bewunderte, und das hatte er mir mehr als einmal zu verstehen gegeben. Dennoch waren wir auseinandergegangen. Ich war ihm zu negativ. Deswegen fand er bald eine Frau, die sich lebenslustig und draufgängerisch gab. Ende.

Lusya war verständnisvoller. Sie kannte die Anstrengung, sich durchbeißen zu müssen.

»Wie willst du aus einer überfüllten Zweizimmerwohnung rauskommen, ohne zu kämpfen?«

Üblicherweise sprach sie kaum von sich, von ihrer Herkunft oder ihren Problemen mit ihren Brüdern, die sie permanent anpumpten, weil sie der Meinung waren, nicht arbeiten zu müssen, da sie eine Schwester mit einem anständigen Einkommen hatten. Sie war die Erste in ihrer Familie und »in der ganzen verdammten Platte«, die studierte und sich das Studium mit Jobs in Kneipen und Kinos hart erarbeitete. Journalistik sollte es sein. Raus mit den Wörtern, an die Öffentlichkeit! Erzählen, »wie es wirklich ist, dort aufzuwachsen, wo nichts stimmt und nichts zusammenpasst«. In den prekären Vororten, Siedlungen und Wohngebieten, in die sich selbst der Postbote nicht mehr traut.

Während Lusya für ihre Befreiung aus fragilen und gewalttätigen Umständen kämpfte, die sie mir selten beschrieb und dabei so stereotyp, dass ich bisweilen an ihnen zweifelte, hatte ich doch selbst damit zu tun, allen zu beweisen, dass ich die Protektion meines berühmten Vaters und meines noch berühmteren Großvaters nicht in Anspruch zu nehmen brauchte. Dass ich alles allein schaffte. Auf meine Weise wollte auch ich aus meinem angestammten Umfeld raus.

Lusya verstand meine Zurückhaltung nicht; warum konnte ich nicht die eine oder andere Bekanntschaft der zwei vorherigen Seling-Generationen nutzen? Schon zu Studienzeiten baute sie eifrig Kontakte auf. Ein Informationsnetz sei das Wichtigste für eine Journalistin. Ich habe nach wie vor den Verdacht, Lusya hat sich mit ihrem Charme ein Netz gewebt. Sie ist bezaubernd, lächelt viel, kann ganz reizend plaudern und alles Mögliche vorspielen. Ihr rotes Haar und die eisblauen Augen, ihre Vintageklamotten unterstreichen das Freche, Ungebärdige, Unberechenbare ihres Charakters. Gerade ältere Männer sind von Lusya fasziniert. Persönlich habe ich keine Probleme mit ihrer Herangehensweise. Sie schafft sich Wege. Das ist legitim.

Lusya hatte meine Eltern mal als schroffe, distanzierte Typen bezeichnet. »Die geben sich fortschrittlich, tun so, als wollten sie dir keine Steine in den Weg legen. Letztendlich sind sie trotzdem davon überzeugt, dass nur sie wissen, was richtig und was falsch ist. Du warst vermutlich gar nicht faul und phlegmatisch! Wahrscheinlich warst du einfach traurig und einsam. Funktionierend depressiv, Süße.«

Funktionierend depressiv? Ihr Statement ging mir nicht mehr aus dem Kopf.

Lusya war fair. Sie nahm mich oft mit. Zu Partys, Abendessen, Treffen mit Medienleuten. Auf einem dieser Meetings lernte ich Anfang Oktober Julius Deuerling kennen. Wir waren in Halle, in einer Bar namens *Seven Sisters*. Hielten bunte Drinks in den Händen. Die Musik, Bossa nova, war laut, aber so, dass man reden konnte, ohne zu schreien.

Ein jovialer Typ mit Halbglatze, der Rest Wallehaar hing ihm fast bis auf die Schultern, küsste Lusya zur Begrüßung auf die Wange. Er trug eine Ray-Ban-Brille und spielte den Jugendlichen, der niemals alt wird. Seine Körperfülle gab ihm etwas Leutseliges; er hatte etwas von einem angeheiterten Braunbären, wirkte agil, munter, immer unter Dampf.

Lusya stellte uns einander vor.

»Trisha Seling, Journalistin. Freelancerin. Vielversprechend, schreibt stilsicher und durchdacht.«

Ich verdrehte die Augen. Wann immer man mich vor anderen lobt, glaube ich an einen schlechten Witz.

»Julius Deuerling, Journalist. Schreibt für eine große deutsche Tageszeitung.« Dabei lächelte Lusya und zeigte ihre ebenmäßigen weißen Zähne.

»Aber, aber, Frau Griebler.« Deuerling grinste. Während er seinen Blick von Lusyas blauen Augen löste, streckte er mir die Hand entgegen, ich wollte sie schütteln, er gab mir einen Handkuss. Einen echten. Angedeuteten. Formvollendeten.

»Sie schreiben auch über die Causa Faber?«, fragte er mich.

»Ja.«

»Schreibt eigentlich jemand momentan über was anderes? Außer Terror und Faber bleibt nicht viel, wie?« Er lachte, und dabei bebte sein runder Körper.

Ich fand das nicht lustig. Ich lachte aus Höflichkeit. Und verabscheute mich dafür.

Lusya lächelte strahlend. »Kollege Deuerling sieht ein Komplott hinter den Vorwürfen gegen Ron Faber.«

»Ach?«

»Wie ist Ihre Meinung?« Deuerling betrachtete mich interessiert.

Es war einer dieser Momente, wo man Fehler machen konnte. Ein Augenblick der Beurteilung; das Resultat würde nie wieder zu bereinigen sein.

»Ich warte den Richterspruch ab.«

Er lachte. Lusya rollte die Augen.

»Das ist natürlich auch eine Möglichkeit.« Er beugte sich zu mir. »Mal ehrlich: Die Presse zeigt sich hier einmal mehr politikhörig. Je näher ein Blatt Fabers Partei steht, desto harmloser fallen die Bewertungen aus.«

»Ich bin nicht politisch.« Es gibt wenig, was ich definitiv über mich sagen kann. Aber dass ich vor jeder

Wahl neu entscheide, welcher Partei ich meine Stimme gebe, entspricht zu 100 Prozent der Wahrheit.

»Der Punkt geht an Sie.« Deuerling nippte an seinem Drink. »Trotzdem ist der Fall dramatisch, wenn man bedenkt, dass die gesamte Partei zum Misthaufen degradiert wird.«

»Warum?«, fragte Lusya. »Ist was dran an der Idee, dass Eriksen den Fensterputzer gekauft hat?«

Wohlwollend landete Deuerlings Blick auf Lusyas Busen. Sie trug ein neues Kleid mit einem Riesenausschnitt. Sah schick aus. Das Oberteil sehr körperbetont, der Rock glockig ausgestellt und kurz. Lusya zeigte gern Bein. Und sie kaufte gern Klamotten. Teure. Deswegen gingen wir seit geraumer Zeit nicht mehr miteinander shoppen. Die Boutiquen, die sie aufsuchte, lagen jenseits meiner Möglichkeiten.

Deuerling legte seine Hand auf Lusyas Arm. »Irgendjemand wird den armen Trottel wohl gekauft haben! Wieso sollte ein simpel gestrickter Mensch einen Dienstrechner benutzen, um Pornos runterzuladen? Woher hatte er überhaupt das Passwort? Wann sollte er sich die Filme anschauen? Auf seiner nächsten Putztour?«

»Das Passwort stand auf einem Post-it. Der klebte am Bildschirm.« Lusya lachte laut, Deuerling stimmte ein.

»Soll es geben, Lu… Frau Griebler.«

Ich kaute am Trinkhalm. »Sie denken, es ist eine innerparteiliche Angelegenheit?«

In Deuerlings Blick auf mich lag etwas Mitleidiges. »Ich gehe nach der Logik. Und der Wahrscheinlichkeit.«

»Aber Hanno Eriksen ist eine Art Schutzpatron für

Faber«, wandte ich ein. »Warum sollte er eine krumme Tour fahren?«

»Nun ja. Der Schutzpatron fühlt sich wohl, wenn er der Überlegene bleibt. Doch was, wenn der Beschützte den Patron überholt? Auf der Beliebtheitsskala bei den Wählern? Im Rennen um eine spektakuläre Position?«

Den Gedanken hatten Lusya und ich bereits mehrmals durchgekaut.

»Dennoch kann nicht ein einzelner Politiker einen solchen Skandal vom Zaun brechen«, widersprach ich. »Er muss schließlich damit rechnen, dass der Fensterputzer beim erstbesten Druck einknickt und alles auffliegen lässt. Also braucht der Initiator, wenn es einen solchen gibt, ein Konstrukt, das auf keinen Fall zu ihm zurückzuverfolgen ist.«

Deuerlings braune Augen ruhten auf mir. »Machen Sie weiter.«

»Wer immer hier mit Dreck wirft, er ist auf Verbündete angewiesen, die ihm was schulden. Und ich nehme an, das werden diverse Parteifreunde sein. Wenn nicht auf Landesebene, dann eben im Bund. In Berlin!«

»Er könnte Verbündete in den Medien haben«, entgegnete Lusya.

»Exakt.« Deuerling nickte frenetisch.

Das Gespräch klang, als hätten sie es schon oft geführt. Wie ein Rollenspiel, wo jeder auf das Stichwort des anderen hin in einen Refrain einfiel.

»Fabers Fall ist eine Schmierenkomödie. Eine Endlosschleife, in der die Sender und Zeitungen von hohen Einschaltquoten und Auflagenzahlen profitieren«, dozierte Deuerling. »Der sogenannte Skandal ist ein Geschäft: Man muss ihn am Köcheln halten, damit man viel schreiben kann.«

Ich kriegte diese Aussage nicht so recht in meinen Kopf. Natürlich suchten die Medien stets den eigenen Vorteil. Aber damals, im Oktober, glaubte ich mit einem gewissen Trotz noch an einen Berufsstand, der investigativ arbeitete, indem er der freiheitlichen Grundordnung Widersprechendes enthüllte und auf der Suche nach der Wahrheit war. Dabei war mir klar, was Deuerling signalisierte: Die ganze Affäre um den smarten Politiker konnte theoretisch von ein, zwei cleveren Reportern losgetreten worden sein, die auf diese Weise einen Mann ausbooten wollten, auf den etliche weitere Kanonenrohre gerichtet waren. Und Karriere machen wollten, weil auf ihrer Stirn das Etikett »Ich habe Ron Faber, den miesen Kinderpornoheini, zu Fall gebracht« prangte. Ich dachte an den Fensterputzer, den Unglücksraben, der vor Gericht sofort eingeknickt war. Wenn einer den Schwanz einzog – warum dann nur so weit, wie er sich selbst beschuldigte? Wenn er angeheuert war, warum hatte er nicht gleich die Hintermänner angeschwärzt? Oder schauspielerte er einfach gut?

»… bereits an Fabers Biografie«, erläuterte Deuerling gerade. »Als sein Ghostwriter werde ich seine Ehre als Mann und als Politiker wiederherstellen. Ich bin absolut von seiner Unschuld überzeugt.« Er zwinkerte Lusya zu.

»Stehen Sie Fabers Partei nahe?«, fragte ich.

Er schien mich nicht gehört zu haben. Das Licht

in der Bar wurde schummriger. Die Musik lauter. Ich erlaubte Deuerling, mir noch einen Drink zu organisieren. In der Geräuschkulisse des *Seven Sisters* tauchte ich ab, während Deuerling Lusya zu einer Gruppe älterer Herren schleppte und vorstellte.

Abermals eine verpasste Chance, Kontakte zu knüpfen. Im Geiste hörte ich meinen Vater aufseufzen.

16

Ich hetze die dunkle Straße hinauf. Ist es dieselbe wie vorhin? Ich glaube nicht. Alles scheint mir hier fremd. Ich kann kaum etwas sehen. Nur ab und zu wirft der Mond seine Lichtflecken in die Nacht. Gut für mich, sie machen mich so schnell nicht ausfindig. Aber wie lange kann ich darauf zählen?

Die Wunde unter meinem Auge pocht. Nicht dran denken! Wenn ich nicht dran denke, wird der Schmerz sich allmählich auflösen. Die Kälte wird ihren Teil beitragen, den Schmerzrezeptoren ihre Aufnahmequalitäten nehmen. Ich schiebe die Hände in die Manteltaschen. Meine Finger kann ich kaum noch spüren. Mein Atem geht keuchend, die eisige Luft kratzt im Hals. Ich lehne mich leicht nach vorn, will schneller vorankommen, weiß dabei nicht, wohin.

Ein Wagen nähert sich. Der X5? Wo sind eigentlich der Schluffi und der andere Typ hergekommen? Ihr Auto habe ich nicht an der Straße gesehen. Kamen sie von einer anderen Straße?

Ich habe vollkommen die Orientierung verloren. Na bravo.

Die Scheinwerfer schneiden Löcher in die Finsternis. Ich werfe den Rucksack weg, springe in den Graben, drücke mich tief in die Verwehungen. Schnee kriecht in meinen Kragen, unter den Schal, ich fühle ihn eiskalt und nass zwischen meinen Schulterblättern. Ein Frösteln läuft durch meinen Körper. Der Wagen kommt näher. Ich werde sterben, schießt es mir durch den Kopf.

Jeder stirbt irgendwann.

Die Lichtkegel schwenken über mich hinweg. Ich kann nur hoffen, dass der Fahrer nicht der Knabe ist, der den X5 fährt und mir auf den Fersen ist. Sondern dass es ein Verkehrsteilnehmer ist, der konzentriert auf die Straße schaut und kein Auge hat für Menschen, die sich in höchster Not in den verschneiten Graben ducken.

Ich höre den Motor und wie die Reifen auf dem Asphalt ein sanftes Zischen erzeugen, das Licht tastet sich weiter. Dann ist der Wagen weg.

Die Versuchung besteht darin, einfach liegen zu bleiben. Die Augen zu schließen und einzuschlafen und nicht mehr aufzuwachen. Vielleicht würde ich trotz der Kälte die Nacht sogar überstehen!

Der Gedanke, zu meinem Auto zurückzukehren, drängt sich übermächtig in mein Hirn. Reinkrabbeln und schlafen … Ausgeschlossen! Der Franzose ist die

Zielscheibe, wenn die Knaben mich in freier Wildbahn nicht finden.

Ich denke an den Abend im *Seven Sisters*, als Deuerling für Lusya und mich ein Taxi bestellte.

»Sie werden sich gewiss nicht mehr hinters Steuer setzen wollen?«, fragte er mich gönnerhaft.

»Natürlich nicht. Ich hole nur meine Unterlagen aus dem Auto.« Er begleitete mich auf dem dunklen Parkplatz zu meinem Franzosen. Was ich nett von ihm fand. Es trieben sich ein paar eigenartige Typen dort herum.

»Sie sagten, Sie schreiben Fabers Biografie«, hob ich an. »Das ist sicherlich eine interessante Aufgabe.«

Schlagartig wurde sein Ton eine Spur härter.

»Das ist sie tatsächlich.«

»Faber muss Ihnen sehr dankbar sein.« Ich machte Konversation, ohne Hintergedanken, während ich den Kofferraum aufschloss und meine Mappe herausnahm. Das Taxi fuhr auf den Parkplatz.

»Sagen Sie das lieber nicht. Ein dankbarer Politiker kann einem Journalisten gefährlich werden.« Er beugte sich zu mir herunter. Ich roch sein Rasierwasser, etwas Frisches, Beißendes. »Sie wissen doch, diese Zunft, also die politische, gebiert allzu seltsame Geschöpfe. Manche von denen tragen sogar eine Waffe mit sich herum. Angst. Verfolgungswahn. Manie.«

»Eine Waffe?«

»Eriksen ist einer von denen, die Fracksausen haben, und man fragt sich, ob das schon pathologisch ist. Tja.« Er wies auf mein Auto. »Du lieber Himmel, mit Ihrem Gefährt ist nicht mehr viel los!« Deuerling hatte seine leutselige Stimmlage zurück, und ich hatte nichts dagegen.

Lusya schloss zu uns auf. Deuerling hielt uns die Tür zum Fond des Taxis auf und gab dem Fahrer Lusyas Adresse. Ich sank neben meiner Freundin auf den Rücksitz des Taxis. Sie kuschelte sich in ihren Mantel.

Genau jetzt fällt mir das ein. Ich erinnere mich, dass der Mantel neu war. Ich bemerkte es am Geruch. Er roch nach Klamottenladen. Ein bisschen chemisch.

Mein Kopf verknüpft Dinge, die nichts miteinander zu tun haben: die Gedanken an mein Auto und die an jene wenigen Minuten mit Deuerling auf dem Parkplatz und an Lusyas Mantel.

Hat dieser Albtraum hier mit der Causa Faber zu tun? Gibt es etwas anderes, woran ich gearbeitet habe und das spektakulär genug ist, mich dafür durch die Nacht zu jagen? Der Punkt ist: Ich weiß nichts. Ironie!

Ich lausche.

Höre ich Stimmen? Sehe ich Lichtkegel?

Mich hier draußen zu finden, gleicht der Suche nach der Stecknadel im Heuhaufen. Wenn ich es schlau anstelle, komme ich davon.

Bin ich in meinen Artikeln über Faber jemandem zu nahe getreten? Wer konnte wissen, dass mein Wagen zusammenbrechen würde, just vor der Einfahrt zu dem ominösen Café am See? Oder war das Manuskript an der Rezeption nicht für mich bestimmt? Für wen sonst?

Nachdenken hilft mir nichts. Mir wird kalt. Meine Jeans sind durchweicht, der Stoff klebt an meinen Beinen. Ich gebe mir den Befehl, aufzustehen. Los!, kommandiere ich. Und irgendwie schafft es die Frau, die von ihren eigenen Eltern als faul und phlegmatisch gebrandmarkt worden ist, aus dem Graben zu kriechen, den Schnee abzuschütteln, den Rucksack zu schultern und weiterzugehen.

Ich gelange auf eine Anhöhe. Der Wald endet, und eine freie, verschneite Fläche liegt vor mir. So froh ich bin, endlich die bedrückende Gegenwart der dunklen, knarrenden Stämme abgeschüttelt zu haben, so klar wird mir auch, dass in der neu gewonnenen Übersicht Gefahr lauert. Eine Person, die über die verschneite, weite Fläche wandert, ist von überallher einsehbar.

Ich halte inne. Lehne mich an den letzten Stamm in der Reihe, zücke mein Handy. Ein Balken Empfang!

Erleichterung durchflutet mich. Ich hauche ein paar Mal in meine steifgefrorenen Hände. Die Finger lassen sich bewegen, immerhin. Ich scrolle durch meine Kontaktliste und finde Lusyas Nummer. Drücke auf die grüne Taste.

Sie antwortet nach dem vierten Klingeln.

»Trisha?«

»Lusya, du musst mir helfen!« Meine Stimme klingt viel zu laut an diesem stillen Ort.

»Was ist denn los?« Sie hört sich verschlafen an.

»Lusya, ich habe … ich bin …« Mit einem Mal stehlen sich die Worte davon.

»Was?«

»Ich werde verfolgt. Mein Auto ist zusammengebrochen und ich bin in einem seltsamen Hotel gelandet, einer wollte in mein Zimmer einbrechen, ich bin abgehauen.« Mir dauert das alles zu lang. Lusya die Geschehnisse der letzten Stunden zusammenzufassen, kostet mich wertvolle Zeit.

Kurze Pause. »Warte mal.« Im Hintergrund höre ich ein Scharren. »Wo bist du denn?« Sie zieht die Worte in die Länge. Ein Zeichen für Zweifel?

»Ich bin … keine Ahnung.«

Sie kichert leise. Hoffentlich, hoffentlich, hoffentlich hat sie nichts getrunken.

»Das ist nicht witzig, Lusya. In dem Hotel lag ein Manuskript – da wusste jemand alles über mich.« Das klingt krank. Total krank. Ich selbst würde es für pathologisch halten, wenn ich es nicht selbst erlebt hätte.

»Kann es sein, dass du was geraucht hast?« Wieder dieses leise Kichern.

»Hilf mir, Lusya!« Meine Stimme kiekst. Vielleicht verrät sie mich gerade. Falls meine Verfolger in meine Nähe kommen. Die Nacht trägt Geräusche sehr weit. Ich kann nur hoffen, dass sie eine andere Richtung eingeschlagen haben.

Der Fensterputzer kommt mir in den Sinn und seine verzweifelte Lage, und mit einem Mal glaube ich an seine Unschuld. Dass er sich benutzen ließ. Zu dumm, um es zu bemerken.

»Okay, okay, Süße, lass mich nachdenken. Hast du so eine Anti-Diebstahls-App auf deinem Mobiltelefon?«

»Hast *du* mir doch installiert.«

Hinter mir scharrt etwas. Ich drehe mich um. Zweige knacken, und kurz rieche ich den Atem eines Tieres. Ich bin mir ganz sicher. Ich spüre etwas Warmes, Feuchtes, Lebendiges, ohne es sehen zu können. Nach wenigen Augenblicken macht das Tier kehrt und verzieht sich in den Wald, wo es sich auskennt und eine deutlich bessere Überlebenschance hat als ich. Ich habe nämlich gar keine.

Derweil ich den Tritten auf harschem Schnee lausche, redet Lusya schon weiter:

»Stimmt. Hatte ich vergessen. Ich kann dich über den PC finden. Wo hast du die Daten hinterlegt?«

»In meinen E-Mails, nehme ich an?« Im Augenblick habe ich gar keinen Plan. Wilde Hoffnung keimt in mir auf, dass Lusya eine Lösung einfällt, weil ihr einfach immer etwas einfällt.

»Wie lauten die Adresse und das Passwort?«

»Meine Adresse hast du.« Trotzdem rattere ich sie herunter und das Passwort dazu, das ich nie ändere, wenngleich einem alle eintrichtern, wie unsicher Mailprogramme bei all der Spyware und anderem Schnüffelkram im Netz sind.

»Lass dein Handy eingeschaltet. Ich checke durch, wo du bist, und gebe dir Bescheid.«

»Aber das wird ewig dauern, Lusya! Ich brauche *jetzt* Hilfe!«

Sie ist einen Moment still.

»Was meinst du?«

»Du musst kommen!«, flüstere ich.

»Okay«, erwidert sie gedehnt. »Jetzt?«

»Die bringen mich um!«

Ich höre eine Computertastatur klicken. »Übertreib mal nicht.«

»Lusya! Ich bin zu Fuß im Wald unterwegs. Ich weiß nicht, wo ich bin. Ich bin am Arsch!«

Ein Wagen nähert sich. Die ganze Nacht kein Verkehr, und nun gleich zwei Autos in kurzer Zeit. Ich renne in den Wald. Lieber mit den Tieren auf den Morgen warten, als – als was?

In Panik hetze ich tiefer zwischen die Bäume. Ein Zweig berührt die Wunde unter meinem Auge. Schmerz explodiert. Ich stöhne auf, Tränen treten in meine Augen. Mein keuchender Atem dröhnt mir aus dem Telefon entgegen.

»Trisha, was ist los?«

»Hol mich ab, Lusya!«

Die Todesangst in meiner Stimme muss sie endlich überzeugt haben, dass ich nicht stoned bin, sondern echte Probleme habe.

»Geht klar, Süße. Halte dein Handy eingeschaltet. Ich melde mich, sobald ich auf der Autobahn …«

Die Verbindung bricht ab. Ich bin nicht sehr weit in den Wald hineingelaufen, dennoch ist der letzte Empfangsbalken verschwunden. Frustriert lasse ich das Telefon in die Manteltasche gleiten.

Der Wagen erreicht die Stelle, wo ich eben noch am Baum lehnte, fährt vorbei. Vom Klang her kein X5.

17

Hätte er kein Geständnis abgelegt, wäre der Fensterputzer davongekommen. Doch er war den weichen Weg gegangen, hatte gestanden und ein Bußgeld aufgebrummt bekommen, das wehtat, aber seine Existenz nicht völlig zerstörte. Außerdem war er nicht vorbestraft. Anzunehmen, dass sein Anwalt ihm Milde in Aussicht gestellt hatte, wenn er alles zugab und den Richter durch Reue beeindruckte.

Der Fensterputzer gab eine reichlich detaillierte Erklärung von sich, wie er die Pornos auf den Rechner geladen hatte, und nicht nur mich machte der Reichtum an Einzelheiten stutzig. Jeder gute Journalist weiß: Zu viele Details können darauf hindeuten, dass eine Geschichte ausgedacht ist. Je besser die Feinheiten ausgearbeitet sind, desto verdächtiger.

Der Mann, der in der Presse zunächst nur Marcus K. genannt wurde, bezichtigte sich selbst der Neigung zur Pädophilie. Er beabsichtigte, sich in ein Präventionsprogramm zu begeben, um diese Veranlagung in den Griff zu bekommen.

Elterninitiative, Kinderärzte, Familienpolitiker und Kirchenvertreter traten auf den Plan und verlangten mehr Schutz für Kinder und härtere Strafen für die Täter. Bestrafungen beschränkten sich meist auf Bußgelder – wenn es überhaupt zu einer strafrechtlichen Verfolgung kam. Ich recherchierte auch das: Neun von zehn Kinderpornografiekonsumenten wurden nicht strafrechtlich verfolgt. Die entsprechenden Materialien waren dermaßen leicht erreichbar, dass kaum eine Hemmschwelle zu überwinden war, um sich zu bedienen. Schuldbewusstsein existierte bei den Kinderpornokunden nicht. Sie kamen überhaupt nicht auf die Idee, ihren Konsum für moralisch verwerflich zu halten, begriffen nicht, dass sie ein Business bedienten, in dem enorm viel Geld floss und einige Wenige steinreich wurden – auf Kosten von Kindern, die sich nicht wehren konnten und die niemand schützte.

Gegen Marcus K. hatte es zuvor nie eine Anzeige wegen Kindesmissbrauchs gegeben. Auch keine wegen sexueller Delikte gegen Frauen. Nichts.

»Kann ja sein, dass er glattweg unter dem Radar geblieben ist«, diskutierte ich damals mit Lusya. »Aber es kann genauso bedeuten, dass er sich bisher nichts hat zuschulden kommen lassen.«

»Aber er hatte kinderpornografisches Material auf seinem Handy.«

Tatsächlich waren auf dem Smartphone von Marcus K. entsprechende Fotos gefunden worden. Nackte Jungen und Mädchen in Posen, die das Geschlecht herausstellten. Laut den Ermittlern waren diese Fotos an drei Tagen hintereinander über denselben russischen Server heruntergeladen worden, über den auch der Download auf Fabers Rechner durchgeführt wurde. Salataja.

»An drei Tagen hintereinander heruntergeladen, Lusya. Ist das logisch für dich? Ich würde es eher für wahrscheinlich halten, dass er einmal welche downloadet, dann erst nach Wochen wieder, einen Monat später erneut welche …«

»Diese Pädophilen sind eben unberechenbar«, gab Lusya wütend zurück. Ich spürte, dass sie mit der Erklärung selbst nicht zufrieden war.

»Vielleicht war alles Zufall. Dass ausgerechnet Marcus K. als Idealbesetzung für eine Schmierenkomödie ausgesucht wurde.«

»Unsinn, Trisha! Es gibt keine Zufälle. Was geschehen muss, geschieht.«

Mehr als einmal versuchte ich, den Sachverhalt aus der Position von Marcus K. zu sehen, aber es gelang mir nicht. Zudem fragte ich mich, warum sein Anwalt ihn nicht besser beraten hatte. Ich fand heraus, dass er einen Pflichtverteidiger zugewiesen bekommen hatte. Ein No-Name in der Branche, wie ich schnell recherchierte. Seltsam, in keinem Fernsehbeitrag, in keiner Zeitung las ich jemals etwas über den Mann, der die Verteidigung seines Mandanten so gründlich in den Sand gesetzt hatte. Geständnis und Reue waren schön und gut, doch der Mann war bis ans Ende seines Lebens als Pädophiler gebrandmarkt! Was, so Lusya, natürlich nur bedauerlich war, falls Marcus K. tatsächlich unschuldig sein sollte.

Eine eher simpel gestrickte Verschwörungstheorie, die ein Blogger anrührte, kolportierte, der Pflichtverteidiger sei für seine dümmliche Strategie mit ausreichend Geld aus einer Parteikasse versorgt worden. Frei nach dem Motto: Hauptsache, es ist ein Schuldiger gefunden und Ron Faber ist vom Haken. Passende Geldströme waren nicht nachzuweisen; schwarze Kassen konnte man allerdings schlecht kontrollieren.

»Warum hat der Fensterputzer gestanden?«, fragte ich meinen Vater, als wir eines Abends telefonierten und, wie so oft, über den Prozess sprachen. So hatten wir wenigstens ein Thema, das nicht mit meiner Unfähigkeit und meinem nicht vorhandenen beruflichen Aufstieg zu tun hatte.

»Manche Leute erleichtert es, alles zuzugeben. Es hat sie dermaßen viel Energie gekostet, die schrecklichen Dinge zu verheimlichen, dass die Wahrheit trotz aller unangenehmen Konsequenzen eine Erleichterung für sie bedeutet«, erklärte mein Vater.

Das war eine Einsicht, die man in der psychologischen Fachliteratur lesen konnte. Ich hatte tonnenweise davon verschlungen. An jenem Abend fragte ich mich zum ersten Mal, welche schrecklichen Dinge mein Vater vergrub: in seinem Workoholismus, unter seiner Unnachgiebigkeit, hinter dem beißenden Spott, mit dem er alles und jeden überzog, den er nicht für klug und geschickt genug hielt.

»Der Mann wird nie mehr der normale Bürger sein. Sobald jemand herausfindet, wofür er verurteilt wurde, wird er weiterziehen müssen!«, wandte ich ein. »Da hilft ihm auch das Präventionsprogramm für Pädophile nicht.«

Mein Vater schien sich nicht sehr für die Frage zu interessieren, warum Marcus K. nicht ausdauernder und entschlossener für sich gekämpft hatte.

»Wann erscheint dein nächster Artikel?«, fragte er stattdessen.

In mir begann etwas zu zittern. Das diffuse Schuldgefühl. Du arbeitest nicht hart genug.

»Dauert noch ein bisschen«, erwiderte ich und dachte an Tina, die mir eine ziemlich ungenaue Auskunft genau zu dieser Frage gegeben hatte. Sie würde sich melden.

»Denk dran, da ist kein gemachtes Nest, in das du dich setzen kannst, Trisha!«

Danke, das sind die Dinge, die ich gerne höre. Wirklich gerne. Und die mir auch echt viel helfen.

Ich beendete das Gespräch mit einem unklaren Zorn, der mich richtiggehend körperlich ausfüllte.

»Redet ihr eigentlich nie über so was?«, fragte mich Lusya einmal, als ich ihr von der Härte meines Vaters berichtete.

Reden?, dachte ich erstaunt. Worüber? Was ist *so was*? Das Ungesagte?

»Er verhält sich ziemlich übergriffig, findest du nicht?«, fügte sie hinzu. »Vom Psychologischen her gesehen.«

Dass in meiner Familie je geredet wurde, über die Dinge, die in unserem Inneren geschahen, die Gefühle, Emotionen, all das Angestaute – daran kann ich mich nicht erinnern.

Manchmal machte ich die Einsamkeit meiner Familie im Ausland für das große Schweigen verantwortlich. Mein Vater hatte seine Kollegen, klar, seine Kontakte, und er konnte gut Russisch und leidlich Polnisch. Aber dass er mit irgendwem über seine Probleme sprach, das war unvorstellbar. Schlicht unmöglich. Und dass er die Schwierigkeiten seiner Frau und seiner Tochter wahrnahm, bemerkte, wie allein sie waren, wie sehr aufeinander angewiesen aus Mangel an anderen Kontakten, schien ebenso unwahrscheinlich. Er ging in seinem Dauerstress auf. Seine Arbeit erschien mir stets als die anspruchsvollste und anstrengendste der Welt. Mithin durfte ihm kein zusätzlicher Stress aufgehalst werden, etwa eine Tochter, die ein Problem hatte.

Wenn ich mit meiner Mutter reden wollte, endete der Versuch schnell. Sie wimmelte mich ab, eifrig darauf bedacht, mich davon zu überzeugen, dass ich unrecht hatte, denn ich war nicht autorisiert, Ärger oder Kummer zu haben.

»Du bist undankbar.« Der Satz würgte mich zuverlässig ab, und ich zog mich zurück, um die Dinge mit mir allein auszumachen; genau so, wie meine Mutter es mir vorlebte.

18

Ich habe zwei Optionen: Über die eisige freie Fläche laufen oder im Wald bleiben. Im selben Wald, in dem der X5-Typ und der Schluffi nach mir suchen. Wenn sie es einigermaßen systematisch anstellen, werden sie mich finden, es sei denn, ich schaffe es, ihnen auszuweichen.

Mit ihrer Erschöpfung kann ich nicht rechnen. Meine ist extrem. Mein Körper zittert und will sich hinlegen und schlafen. Ich greife in einen Schneehaufen und drücke mir das eiskalte Zeug in den Mund, um den Durst zu lindern und mich wach zu halten. Meine Finger sind gefühllos. Meine Zehen auch.

Diese Nacht wird deine letzte sein.

Warum habe ich den Wagen vorhin nicht angehalten? Zwei Chancen hatte ich sogar! Ist es die Angst, es könnte ein Böser sein, der da vorbeifährt, einer, der mit dem X5-Typen unter einer Decke steckt?

Wenn du in einer frostklirrenden Nacht mutterseelenallein in einem Wald steckst, fragst du dich irgendwann, ob du dir alles nicht nur einbildest. Dass du verfolgt wirst. Dass da überhaupt ein Hotel war mit einer verwesenden Maus und einem Manuskript, das von dir selbst erzählt. Behutsam taste ich nach der Wunde unter meinem Auge. Der Schmerz hält mich schnell wieder davon ab.

Am Waldrand stehend, beobachte ich eine Wolkenwand, die sich langsam vor den Mond schiebt. Vielleicht gibt die Natur mir eine Chance. Sobald die Wolken das Licht verschluckt haben, könnte ich den Weg über die Anhöhe wagen. Ich würde mehr Abstand zwischen mich und die Verfolger bringen, und eventuell gibt es jenseits des Hügels Hilfe. Ein Dorf. Oder …

Meine Fantasie ist bereit, sich alles zu erträumen, während der grausame Realitätssinn sich darüber kaputtlacht. Ich muss mit allem rechnen.

Die Wolken ziehen langsam voran, aber so entschieden, dass 20 Minuten später der ganze Himmel bedeckt ist. Irgendwo höre ich die Motoren eines Jets. Kein Auto mehr. Ein letztes Mal lausche ich in den Wald, bevor ich den Rucksack schultere und die nächste Etappe meiner Reise antrete.

Ich kann nur hoffen, dass es nicht die letzte sein wird.

Kaum trete ich aus dem Windschatten des Waldes, fällt mich die erste Bö an. Die Temperatur fällt gefühlt um weitere zehn Grad.

Meine Füße bewegen sich steif durch den Tiefschnee. Schnee findet seinen Weg in den Stiefelschaft und durchtränkt meine Socken. Ich meide die Straße. Stapfe über Äcker und springe über einen Bach. Mein erstes Ziel ist es, den Hügelkamm zu erreichen. Ich schaue nicht zurück. Die Düsternis macht mir das Vorankommen schwer, und mir ist klar, dass man mich trotz des bedeckten Himmels sehen kann – wenn auch nicht so deutlich, so ausgesetzt wie im Mondlicht. Zwischendurch checke ich mein Handy. Hurra! Es hat Empfang. Dennoch wird Lusya an die zwei Stunden brauchen, bis sie bei mir ist. Sofern sie sofort losgefahren ist. Ich stecke das Telefon in die Manteltasche. Der altbekannte Kopfschmerz kriecht vom Nacken kommend über meinen Schädel. Die Wunde im Gesicht brennt. Die Kälte tut weh. Ich bin ein Nervenbündel. Möchte heulen, aber der Überlebenswille hält mich davon ab. Heulen verschafft mir jetzt keinen Vorteil. Ich warte damit. Irgendwann werde ich Zeit haben, mich dem armen Tier hinzugeben, das mich in seinen Pranken hält.

Ich erreiche den Hügelkamm. Schneeklumpen kleben an meinen Stiefeln. Ich überquere einen Fahrweg, der parallel zum Wald über den Kamm führt. Der muss vor Stunden geräumt worden sein. Was für ein Genuss, die Füße nicht bei jedem Schritt aus dem Griff des verharschten Schnees zu ziehen. Weit weg, im nächsten Tal, sehe ich Lichter. Ein Dorf!

Die Aussicht, mich nicht mehr vollkommen allein durch die Nacht zu schleppen, beflügelt mich. Lusya wird kommen. Und da unten sind Menschen.

Ich trotze dem eisigen Wind. Kämpfe mich Schritt für Schritt voran. Irgendwann drehe ich mich um. Der Wald ist außer Sicht.

Erleichterung. Ich gebe mich dem Gedanken hin, dass ich so gut wie in Sicherheit bin. Verlangsame meinen Schritt. Will Kräfte sparen; bin froh, dass ich den Hang nun hinunterlaufe, nicht mehr hinauf. Es beginnt zu schneien. Dicke Flocken trudeln durch die Luft. In einem Anflug von Dankbarkeit lache ich auf: Der frische Schnee wird meine Fußspuren zudecken. Ein Indiz, dass es das Universum doch gut mit mir meint.

Dumm nur, dass der dicht fallende Schnee mir die Sicht nimmt. Die Flocken hängen sich in meine Wimpern, bedecken mein Gesicht. Hoffentlich gibt der Schluffi auf! Seine Kapitulation halte ich nicht mal für unwahrscheinlich. Bleibt der X5-Mann. Sein Durchhaltevermögen übersteigt das des Schluffis bei Weitem, nehme ich an. Aber ein Verfolger ist allemal besser als zwei.

Die Lichter des Dorfes dort unten im Tal verschwimmen hinter der Wand aus Schneeflocken. Ich lege den Kopf in den Nacken. Die Kapuze rutscht ein Stück. Ich sehe nichts als Schwärze und fühle die Kälte der Schneekristalle auf meiner Haut. Ich tupfe ein wenig frischen Schnee genau auf die Wunde unter dem Auge.

Das Brennen verstärkt sich kurz, um gleich darauf abzuebben. Ich gehe weiter. Stapf, stapf. Einfach weiter. Es gibt keine Entscheidung zu treffen außer dieser einen: ein ums andere Mal den Fuß aus dem Tiefschnee ziehen, einen Schritt machen, bis zur Mitte der Wade einsinken. Manchmal will der Schnee den Stiefel festhalten. Solange ich laufe, werden mir die Zehen nicht erfrieren, denke ich.

Vor mir taucht etwas Schwarzes auf. Es ist etwas Riesiges, und im Schneetreiben kann ich zuerst nicht erkennen, was es ist.

Es liegt ruhig und unerschütterlich und still.

Ich rieche Motorenöl und Diesel. Eine Scheune.

Vorsichtig gehe ich auf sie zu. Sie ist an einer Seite offen. Zwei Traktoren und eine Egge stehen darin, von der ungeschützten Seite her weht Schnee hinein. Ich stapfe durch den angewehten Haufen und bin unter dem Dach.

Geschützt vorm Wetter! Es fühlt sich wunderbar an. Der Geruch nach Diesel umgibt mich wie Parfüm. Ich streife die Kapuze ab. Schüttle mich, um den Schnee loszuwerden, der sich schwer auf meinen Mantel gelegt hat.

Ich krieche in die Ecke, die am weitesten von der offenen Seite entfernt ist. Direkt vor mir ragt der Hinterreifen eines der Traktoren auf, größer als ich. Ich berühre den harten, kalten Gummi.

Lasse mich auf den Boden sinken, setze mich auf meinen Rucksack. Checke mein Handy. Ich habe immer noch Empfang.

19

Eine meiner Ideen bestand darin, die Aussagen, die Marcus K. vor Gericht gemacht hatte, zusammenzulegen. Wie eine Collage. Um irgendwas zu finden. Wenn mir auch nicht klar war, was das sein könnte. Womöglich käme mir – und damit dem potenziellen Leser meines noch zu schreibenden Artikels – die Version vom pädophilen Fensterputzer hernach einleuchtender vor. Ich fand ein Interview, das ein Kollege vom Rundfunk mit Marcus K. geführt hatte.

Frage: Haben Sie die kinderpornografischen Filme heruntergeladen?
Antwort: Ja. Habe ich gemacht. Meine Firma hat mich in die Parteizentrale geschickt. Ich sah einen PC. Der lief. Niemand war im Raum. Ich hatte von diesem russischen Anbieter gehört. Bloß von zu Hause aus habe ich mich nicht getraut, die Webseite aufzurufen. Meine Frau sollte nichts davon mitkriegen. Da habe ich es in dem Büro gemacht. Ich habe den Anbieter gegoogelt und habe die Angebote gesehen. Ich habe sie runtergeladen.
Frage: Wie haben Sie bezahlt?
Antwort: Mit meiner Kreditkarte.
Frage: Sie haben einen Nettoverdienst von 1.300 Euro pro Monat.
Antwort: Meine Bank hat mir die Karte angeboten. Sie

ist nicht teuer. 35 Euro im Jahr. Und ich habe Versicherungen. Reiserücktritt und so.
Frage: Reisen Sie viel?
Antwort: Eigentlich nicht.
Frage: Die Filme nützten Ihnen doch gar nichts. Um sie anzuschauen, hätten Sie immer wieder zu diesem Rechner zurückkehren müssen.
Antwort: Na ja, ich zog das Material auf einen USB-Stick.
Frage: Den hatten Sie zufällig dabei.
Antwort: Ein Kumpel hat mir den geschenkt. Er hat ihn selbst geschenkt gekriegt. Da war so eine Werbung von einem Autohaus drauf. Der Clou war der Schlüsselanhänger, also habe ich den Stick an meinen Schlüsselbund gemacht.
Frage: Dieser Stick ist nie aufgetaucht. Haben Sie ihn verschwinden lassen?
Antwort: Ich muss ihn verloren haben. Eines Tages war nur noch der Schlüsselring dran, aber das Teil selbst fehlte.
Frage: Stehen Sie einer politischen Partei nahe?
Antwort: Ich gehe schon lang nicht mehr wählen.

Ich saß in meiner Küche, starrte in den Hinterhof, in den fahle Herbstsonne fiel, und glaubte nichts mehr.

Die Logdateien, die vor Gericht als Beweismittel zugelassen worden waren, bestätigten die Behauptung, die Filme wären auf ein Speichermedium übertragen worden. Marcus K. konnte nicht erklären, warum er die Filme auf dem Rechner nicht gelöscht oder die Daten nicht direkt auf den Stick gezogen hatte. Er behauptete, sich mit Computern nicht auszukennen. Sein privater PC zeigte keinerlei Hinweise darauf, dass er sich je für Pornografie interessiert hätte – weder mit Kindern noch mit Erwachsenen.

Das war an sich nicht so ungewöhnlich. Manche Männer unterdrückten lange ihre Neigungen aus Angst vor Entdeckung. Wenn dann die Dämme brachen, gab es kein Zurück mehr.

Marcus K. wurde zu 3.000 Euro Bußgeld verurteilt.

An jenem Oktoberabend kam ich auf die Idee, Deuerlings Artikel zu lesen. Was ich im Netz fand, gefiel mir eigentlich. Er hatte eine flotte, anregende Schreibe, ohne sensationsheischend daherzukommen. Man las sich sogar mit Leichtigkeit durch längere Abschnitte, in die komplexe juristische Erklärungen eingebettet waren. Deuerling machte dabei aus seiner Meinung keinen Hehl: Er hielt Marcus K. für ein Bauernopfer. Vielleicht hatte man ihm ein Konto eingerichtet, auf den Kaimans oder an einem anderen undurchsichtigen Ort, und er glaubte daran, Zugriff auf ein hübsches Sümmchen zu bekommen, sobald Gras über die Sache gewachsen war.

Ich rief seine Frau an. Ina K. legte auf, sobald ich mich als Journalistin vorgestellt hatte. Nach drei weiteren erfolglosen Versuchen gab ich auf.

An jenem Abend köpfte ich eine Flasche Pinot Grigio, und als ich beim dritten Glas angelangt war, überprüfte ich Deuerlings Artikel zu rein politischen Themen, und mir fiel auf, dass er meinungsmäßig nicht zu

Fabers Partei passte, sondern vielmehr am anderen Ende der Links-Rechts-Skala zu verorten war.

Ich rief Lusya an und setzte ihr meine Gedanken auseinander.

»Weiß nicht, Süße …«

»Es ist doch seltsam, dass Deuerling eine so dezidierte politische Meinung hat, die der Fabers widerspricht, er ihn aber gleichzeitig nicht in den Dreck zieht.«

»Was er macht, ist fairer Journalismus.«

»Oder er hat zusätzliche Infos, die er zurückhält.«

»Warum sollte er das tun?«

»Er könnte auf den geeigneten Moment warten, um die Lunte ans Pulverfass zu halten. Komm schon, Lusya, du weißt, wie so was läuft.«

Sie schwieg.

»Von seiner jetzigen Zurückhaltung und der Bombe, die Deuerling eventuell hochgehen lassen will, profitiert vor allem eine Person: Die Politikerin, die sich in der gegnerischen Partei mit dem Thema: ›Informationelle Selbstbestimmung‹ befasst. Fabers Thema.«

»Die kenne ich nicht.«

»Eine gewisse Verena Huppert.« Ich wusste mal was, das Lusya noch nicht zu Ohren gekommen war. Ich dachte in eine Richtung, die Lusya bislang nicht eingeschlagen hatte.

Lusya blieb eine Weile still. Schließlich sagte sie: »Nicht so besonders sinnvoll, der Gedankengang, tut mir leid, das zu sagen, Trisha.«

»Doch! Sie würde mehr Profil bekommen, wenn ihr

Widersacher vom anderen Ende der Meinungsskala ausgebootet ist. Die Öffentlichkeit würde sich womöglich eher auf ihre Denke einschießen. Ein dickes Minus für Fabers Partei.«

»Aber was soll das beweisen? Dass Hupperts Leute Faber die Sache mit den Pornos anhängen? Nein, Trisha! Der Feind sitzt immer im eigenen Haus. Am eigenen Tisch. Sagt Deuerling auch.«

Ich grinste. »Der schützt Faber ja. Obwohl er im Grunde von der anderen Seite kommt. Parteipolitisch gesprochen.«

»Wenn es da wirklich Holz geben würde und nicht nur Späne, hätte es ein paar handfeste Artikel zu einer Konspiration oder so gegeben. Das wäre immerhin ein fettes Fressen!«

»Oder die Sache wird vorerst unter der Decke gehalten. Aus welchem Grund auch immer.«

Lusya lachte laut. »Unsinn! Journalisten wollen raus mit ihren Geschichten. Sie wollen die Raketen fliegen sehen.«

»Aber dazu muss der Zünder gut sein, und manchmal arbeitet man daran, einen besseren Zünder zu konstruieren. Weißt du doch selber, Lusya.«

»Woran denkst du konkret?«

Unversehens wusste ich nicht mehr, was genau ich gedacht hatte. Ich hatte den Eindruck, meine Argumente verblassten in meinem Kopf wie Wäsche auf einer Bleiche. Lusya bohrte noch ein paar Minuten, bis wir auf einen Kinofilm kamen, den wir zusammen ansehen wollten. Wir verabschiedeten uns, ohne ein weiteres Mal auf die Affäre Faber zu sprechen zu kommen. Sie war uns lästig geworden.

Erst später, als der Prozess in die letzte und entscheidende Runde ging, wurde mir bewusst, dass niemand ernsthaft darüber nachgedacht hatte, zumindest nicht in der Öffentlichkeit, ob der Skandal um Faber von einer anderen Partei losgetreten worden sein könnte.

20

Ich muss eingeschlafen sein. Für Minuten, für Sekunden? Die Kälte weckt mich. Meine Zähne klappern. Ich ziehe die Beine an.

Taste nach dem Handy. Es hat immer noch Empfang. Es ist kurz nach 2.00 Uhr.

Wo steckt Lusya?

Ich richte mich auf. Gehe um den Traktor herum, spähe in die Nacht. Das Schneetreiben hat aufgehört, die Wolken haben sich verzogen. Weiß glänzt das Mondlicht auf dem frisch gefallenen Schnee. Ein Flugzeug zieht unter dem schwarzen Himmel dahin, die Positionsleuchten blinken, der Lärm der Düsen folgt langsamer. Heiser heult der Wind über die Anhöhe. Ansonsten ist es still. Eine Weile stehe ich einfach da, die Arme eng um den Oberkörper geschlungen, bewundere die

Schönheit der Winterlandschaft. Wenn ich lange genug auf die eisige Fläche schaue, tanzen hell glühende Pünktchen vor meinen Augen. Weit weg leuchten ein paar Lichter. Das Dorf! Einigermaßen geschützt vor den eisigen Böen, staune ich über die frostigen Formationen aus Schnee, die der Wind scheinbar so leicht zustande gebracht hat. Ich lächle sogar ein bisschen.

Bis mein Blick auf den Schnee direkt vor mir fällt.

Da sind Schuhabdrücke.

Und es sind nicht meine!

21

Ich traf mich mit einer Abgeordneten der zweiten großen Volkspartei. Derjenigen, der Faber nicht angehörte. Ich suchte ein bisschen herum, wer an ähnlichen Themen wie Faber werkelte, nur eben aus der anderen Fraktion, und wurde fündig: Verena Huppert hatte sich bereits seit einigen Jahren mit dem Problem der Vorratsdatenspeicherung, der Anonymität im Netz und der informationellen Selbstbestimmung auseinandergesetzt und war mit Faber in diversen Talkshows aufgetreten. Beide vertraten vergleichbare Ansichten. Ich traf Verena Huppert im *Darling*. Benutzte mein Lieblingscafé als Büro.

»Schön, dass Sie das *Darling* vorgeschlagen haben«, begann sie das Gespräch. »Ich gehe gern hierher.«

»Tatsächlich? Ich auch! Mein Stammcafé. Seltsam, dass wir uns bisher nicht über den Weg gelaufen sind!«

Sie war eine imposante Erscheinung, dichtes rotbraunes Haar, sehr bunte Kleidung, ganz und gar nicht dem Dresscode der Businesswelt angepasst. Eine Nase, die Madeleine Albright Konkurrenz gemacht hätte.

»Nun, so oft bin ich nicht hier.« Sie lächelte. »Sie schreiben über den Kollegen Faber?«

»Über ihn und die Affäre.«

»Wie kann ich behilflich sein?«

»Sie arbeiten an ähnlichen Themen wie Faber.«

»Stimmt. Und?«

»Nun«, an dieser Stelle geriet ich ins Schwimmen, »mich interessiert Ihre Meinung. Könnte ihn jemand außer Gefecht setzen wollen, weil seine Auffassung nicht genehm ist?« Ich lernte allmählich, nicht sofort meine gesamte Futterpackung auf den Tisch zu legen, sondern die Informationen lieber häppchenweise auszuteilen.

»Sie glauben …«

»Ich glaube nichts. Ich finde es nur besonders hintersinnig, dass Faber über sein eigenes Thema stolpert: Privatheit im Netz. Er ist in eine virtuelle Falle geraten.«

»Sie glauben also nicht an den Fensterputzer?«

Ich zuckte die Achseln und bestellte eine Flasche San Pellegrino. »Mit zwei Gläsern.«

»Und einen Bourbon. On the Rocks!« Verena Huppert lehnte sich bequem zurück.

»Faber vertritt die Ansicht, Anonymität im Netz müsse möglich sein. Denn nicht jeder, der im Netz anonym sein will, ist auf Illegales aus. Dann befinden sich auf seinem Rechner plötzlich Kinderpornos. Das Ekelhafteste, was man sich vorstellen kann. Erwachsenenpornos hätte man ihm vielleicht leichter verziehen.«

»Genau. Da halten die Männer zusammen.«

»Aber Kinder?«

Verena Huppert sah mich gedankenverloren an. Die Getränke kamen. Sie schnappte sich den Bourbon und nahm einen tiefen Schluck. Stellte das Glas hin. Es klackte laut. Das Eis schwappte heftig hin und her.

»Ich möchte damit sagen«, startete ich durch, »dass es ja sein kann, dass der Fensterputzer ein pädophiler Volltrottel ist. Aber selbst wenn sich dies im Laufe des Prozesses erhärtet, ist nicht gesagt, dass es der Wahrheit entspricht. Es würde einzig und allein heißen, dass die Beweislage nichts anderes hergegeben hat.«

»Als einen debilen Pädophilen mit null Computerwissen.«

»Bloß schlau genug, Filme zu downloaden.« Ich trank durstig von meinem Wasser. Es war eiskalt. Mein Magen zog sich zusammen.

»Und mit Kreditkarte zu bezahlen.«

Wir sahen einander an.

»Ich gebe zu, dass man nicht der allergrößte informationelle Vollpfosten sein darf, wenn man imstande ist, Kreditkartendaten zu Zahlzwecken im Internet anzugeben. Andererseits spricht es nicht für Cleverness, seine Daten an einschlägigen Stellen auszustreuen.«

Die Huppert lachte. »Der Fensterputzer ist eine Art Rundum-sorglos-Paket. Es hat sich halt ein Dummer gefunden.«

»Warum knickt Marcus K. nicht ein und verrät die Hintermänner? Aus Angst?«

»Frau Seling, Sie ahnen doch sicher, dass Politik das schmutzigste Geschäft ist, von dem man nur träumen kann. Wer Schlammschlachten liebt, kommt 100-prozentig auf seine Kosten. Wer gerne hintergeht und hintertreibt: nur herein, wenn's kein Schneider ist!« Sie beugte sich vor. »Faber ist smart. Clever. Mag sein, dass er aalglatt wirkt, aber er hat durchaus Überzeugungen. So einer hat Chancen, weit aufzusteigen, vor allem, wenn er ausreichend Rückgrat besitzt und einen familiären Hintergrund, der ihn stützt. Sehen Sie nur, wie Mara für ihn kämpft.«

Ich nickte und grübelte, weshalb Verena Huppert Fabers Frau beim Vornamen nannte.

»Wenn dies alles so ist und Faber damit auf der Erfolgsspur läuft, dann weiß er besser als jeder andere in dieser Republik, dass er damit auf der Abschussliste ziemlich weit oben rangiert. Weil sich unter Garantie ein Rivale findet, der meint, er könnte es besser und hätte mehr Rechte. Faber wurde angeschossen, geriet ins Taumeln. Sehr unwahrscheinlich, dass er im politischen Geschäft noch einmal eine Chance hat. Warten wir den Prozess ab.«

»Angeschossen aus der eigenen Partei?«

Verena Huppert grinste schief, während sie sich den Bourbon hinter die Binde kippte. »Aus welcher sonst?«

»Aus Ihrer?«

»Das macht keinen Sinn.«

»Warum nicht? Sie beide vertreten in etwa die gleichen Thesen. Braucht es das? Ist das sinnvoll? Wäre es nicht besser, hier Gegensätzlichkeiten aufzubauen? Zum Thema informationelle Selbstbestimmung würden Sie mit Sicherheit deutlicher wahrgenommen, wenn in der gegnerischen Partei andere Glöckchen klingelten.«

»Unsinn.«

Ich sah ihr zu, wie sie das Whiskeyglas abstellte. Ihre Hand zitterte leicht.

»Wir kümmern uns um *unsere* Inhalte. Die anderen können ihre Auffassungen so frei formulieren, wie sie möchten – wir machen unser Ding.«

Sie lehnte meine Idee komplett ab. Was auch immer das bedeutete – und es musste in Bezug auf die Causa Faber gar nichts bedeuten –, ich hatte bislang nirgendwo etwas darüber gelesen, dass jemand aus Verena Hupperts Partei etwas mit Fabers Sturz zu tun haben könnte. Wahrscheinlich, weil es nichts gab. Oder weil einfach alle sehr zufrieden waren mit Marcus K. und seinem eigentümlichen Geständnis.

Am Abend schrieb ich ein Protokoll über mein Treffen mit Verena Huppert und mailte Tina eine Zusammenfassung als Angebot für eine Story für ihr Online-Magazin zu. Kaum hatte ich auf ›Senden‹ geklickt, poppte vor mir eine Abwesenheitsnotiz auf.

Bis zum 1.12. bin ich nicht im Büro.

Tina Stubnagel machte Urlaub in der heißen Phase des Faber-Prozesses. Die hatte Nerven.

22

»Lusya, wo zum Teufel bist du?«, flüstere ich. Wieder hocke ich hinter dem riesigen Traktorreifen. In seiner ungeheuren Größe ist er mein einziger Schutz. Dabei bin ich mir nicht mal sicher, ob mein Verfolger mich nicht längst entdeckt hat. Der Schluffi? Oder der X5-Mann? Eher Letzterer. Die Fußstapfen – die stammten von einem einzigen Paar Schuhe!

Lusya geht nicht an ihr Handy. Ich erinnere mich an meine Fahrt hierher, an die vielen Funklöcher, die sich zwangsweise in einer Landschaft wie dieser bilden. Soll ich doch meinen Vater …?

Nein, wozu die Pferde scheu machen. Vielleicht ist gar nichts. Außerdem würde ich diese Angelegenheit gerne vor ihm geheim halten. Ich habe nichts davon, wenn er mich von heute an im Licht meiner totalen Hilflosigkeit ansieht und zudem zelebrieren darf, dass er recht hatte: dumme Idee, im tiefsten Winter über die Bergsträßchen des Thüringer Waldes zu fahren.

Meine Zähne klappern. Mein Magen krampft. Mein Atem geht hektisch und schnell. Ich kann kaum das Handy in meiner Hand spüren, so kalt sind meine Finger. Leise schleiche ich um den Traktor herum. Die fremden Fußspuren sind nun schon ein Stück zugeweht. Der Wind leistet zuverlässig und stetig seine Arbeit.

Und wenn ich abhaue?

Wohin, zurück in den Wald? Oder ins Dorf?

Erneut wähle ich Lusyas Nummer. Keine Antwort. Das gleichmäßige Tuten dringt an mein Ohr, und es kommt mir laut vor, überlaut in der Stille der Frostnacht, die einzig vom Heulen des Windes durchbrochen wird. Und dem Tuut-tuut im Handy.

Lusya, wo steckst du, melde dich! Mit einem gefühllosen Zeigefinger tippe ich die SMS und versende sie. Auf Lusya kann man sich verlassen. Sie würde nie A sagen und B tun. Wenn sie verspricht, sich auf die Socken zu machen, ist sie quasi schon auf dem Weg!

Und wenn die Leute, die mich aus dem Weg räumen wollen, womöglich auch Lusya auf dem Kieker haben? Habe ich meine Freundin, ohne es zu wissen, in eine Falle gelockt?

Der liegen gebliebene Kombi vom späten Nachmittag fällt mir ein. Dieser einsame Mensch, den ich im roten Schein der Rückleuchten im Spiegel stehen sah.

Ein Zufall? Oder das erste Hindernis auf meinem Weg?

Ich ärgere mich, dass ich den Stau nicht auf mich genommen habe. Dann stünde ich jetzt vermutlich nach wie vor auf der Autobahn. Zumindest von ein bisschen Blech leidlich vor der Kälte geschützt. Hinterher ist man immer klüger. Ich stecke mein Telefon in die Manteltasche. Lars Hampstedt hat mich angestiftet, die paar Kilometer über die Standspur zu fahren. Gehört er ebenfalls zu diesen Typen? Kann er das Manuskript geschrieben haben?

Völliger Unfug. Ich kenne ihn doch gar nicht, habe ihn zum ersten Mal gesehen.

Wie den Schluffi.

Wer kennt mich gut genug, um diesen Text geschrieben zu haben?

Mein Herz rast, und in diesen teuflischen Takt hinein denke ich: Ich traue keinem mehr.

Ein Wagen fährt über die Anhöhe. Obwohl die Straße mindestens 300 Meter weit entfernt ist, ducke ich mich hinter den Traktor. Schnell ist der Wagen weg, das Geräusch verstummt. Ich fühle mich einsamer als zuvor. Unruhig rapple ich mich auf und sehe nach draußen.

Wolken wehen vom Dorf her, richtig schnell, und ehe ich darüber staunen kann, haben sie den Mond verschluckt. Die Düsternis jagt mir Angst ein.

Ich höre Stimmen.

Sie scheinen aus der Richtung zu kommen, aus der ich vorhin selber auf die Anhöhe gestürmt bin. Vom Wald.

Atemlos stehe ich da und starre. Sehe Lichter. Sehr helle Taschenlampen, die in einem betrunkenen Rhythmus Löcher in die Dunkelheit schnippeln.

Gleich, gleich werden diese Leute über den Hügelkamm kommen. Sie werden die Scheune sehen – und mich. Ich gleite in die Nacht hinaus und renne.

23

Faber packte vor Gericht aus. Gemäß der Strategie seiner Verteidiger enthüllte er sein ganzes Leben. Stellte seine persönlichen und politischen Freundschaften dar und jene, die er gemeinsam mit seiner Ehefrau pflegte. Der Hintergedanke der Verteidigung bestand darin, Ron Faber als einen durch und durch integren Mann darzustellen, der zwar Politiker, aber zugleich ein durchschnittlicher Bürger war. Einer, der in seinem Privatleben ›normale‹ Hobbys pflegte und ›normale‹ Beziehungen einging. Kein Streber, der unbedingt mit den Schönen und Reichen auf dem Oktoberfest gesehen werden wollte, sondern zum Fußball ging, wenn seine Tochter ein Spiel hatte, und der seinen Sohn von der Schule abholte. Kurzum, ein Familienvater, der seine knappe Zeit seinen Kindern zur Verfügung stellte.

Ron Faber war als 15-Jähriger zur Jugendorganisation seiner Partei gestoßen. Angeblich, weil er ein Mädchen gut fand, das sich dort engagierte. Dieser Anfangsmythos trug einiges zu seiner Beliebtheit bei, vor allem bei Frauen. Wo erfuhr unsereine schon, dass Liebe oder Bewunderung die Motivation für die Politik darstellte und nicht eine messerscharfe Überzeugung, gepaart mit dem unbedingten Willen, Veränderungen ›für die Menschen in unserem Land‹ herbeizuführen?

Während ich die Personen, zu denen Faber nach eigener Aussage freundschaftliche Beziehungen unterhielt, durchcheckte, fiel mir natürlich auf, dass die meisten seiner Bekannten und Freunde auch politisch engagiert waren. In Parteien oder parteilos, auf Kommunal- und Landesebene. Dass der Kinderpornoverdacht gegen Faber, sollte er getürkt sein, mit jemandem außerhalb der Politik zu tun haben könnte, schloss ich aus. Es gab schlechthin keine Anhaltspunkte, genauso wenig wie für eine meiner früheren Ideen, wonach eine Erpressung der Beginn von allem hätte sein sollen. Wenige seiner Freunde gaben Interviews. Jene, die sich äußerten, betonten Fabers Engagement für die gute Sache, die je nach politischer Färbung unterschiedlich gelagert war. Alle bestätigten: Faber war integer. Ein Mann mit Prinzipien und im Einklang mit den Gesetzen und der Moral.

Es gab eine einzige kritische Wortmeldung, die ich im Netz auf der Plattform einer Winzlingspartei fand: Faber sei im Kampf für seine politischen Ziele durchaus des Öfteren über das Ziel hinausgeschossen. Sein Kampfgeist für die informationelle Selbstbestimmung bewege sich bisweilen ins Aggressive, seine Ungeduld mit Leuten, die andere Meinungen vertraten, sei legendär. Damit habe er etliche Personen vergrault, sich selbst als Lichtfigur stilisiert und Kontakte vernichtet, die ihm hätten nützlich werden können. Obwohl ich mir einen Wolf forschte, grub ich keine konkreteren Darstellungen aus. Ich speicherte den Link, um bei Bedarf die Urheber dieser Zeilen zu kontaktieren, doch als ich ihn einige Tage später wieder anklickte, führte er ins Leere. Die Seite war aus dem Netz genommen.

Eine besonders enge kollegiale Bindung bestand zwischen Ron Faber und Hanno Eriksen, seinem späteren Mörder. Der Gedanke schockierte mich jedes Mal aufs Neue. Wenn Eriksen Fabers Schutzpatron war – warum erschoss er ihn? Hätschelte ihn wie ein Pflänzlein, um ihn schließlich zu liquidieren?

Eriksen war in der Jugendorganisation der Partei eine große Nummer und wurde dort auf den jungen Nachwuchspolitiker aufmerksam. Faber war klug, smart, engagiert, voller Tatendrang; und er wollte Karriere machen. In der Politik! Solche Leute fehlten der Partei. Eriksen, so erfuhr ich aus verschiedenen Quellen, manövrierte Faber von Knotenpunkt zu Knotenpunkt. Selbst in Berlin hatte er seinen Zögling an einschlägigen Stellen bekannt gemacht. Fabers jungenhaftes Gesicht wurde zwischen all den grauen Eminenzen zu einem frischen Aushängeschild für die Partei.

Eriksen selber prägte das Bild der Politik an allen möglichen Ecken und Enden. Ähnlich wie Faber wurde er zu den einschlägigen Talkrunden im Fernsehen eingeladen und zu etlichen Themen gehört. Beide Männer verstanden es, sich nicht zu genau festzulegen. Sie malten beide ein schillerndes Bild von sich, das bei einer Änderung der Windrichtung nicht grundlegend erneuert werden musste. Ihre Äußerungen ließen sich zwar nicht in beliebige Richtungen lesen, aber sie waren interpretierbar. Solche Leute würden in der Politik ein langes Leben haben – es sei denn, sie luden Kinderpornos aus dem Netz herunter.

Nun war Faber tot. Eriksen hatte ihn erschossen und Fabers Schwester gleich mit. Ein Unfall? War ihm sein Ziehsohn zu mächtig geworden? Brach sich jäh Eifersucht Bahn?

Während des Prozesses wegen der Pornofilme hatte Faber einige Male einfließen lassen, dass Eriksen ihn nicht mehr so protegierte wie zu Beginn. Einige Medienvertreter verstiegen sich zu der These, Faber habe ohnehin keine Protektion mehr nötig. Er hätte in Sachen Beliebtheit bei den Wählern und Außenwahrnehmung seinen Mentor längst überholt, wenngleich dieser über glänzende Kontakte ins Ausland verfügte und sich dort auf Leute einließ, mit denen man nicht einmal an einem strahlenden Sommertag in einer gut besuchten Eisdiele gesehen werden wollte. Nach den Morden schossen die Gerüchte wie Kraut in Blogs und Leitartikeln empor: Hatte Eriksen Faber auf der Überholspur gesehen und die Notbremse gezogen? Doch warum mussten auch Babs Kent und die unbeteiligte Kellnerin sterben?

Obwohl ich nach der Mordnacht versuchte, Abstand zum Fall Faber zu gewinnen, dachte mein Kopf von selbst weiter, probierte alle möglichen Argumentationswege aus. Entweder, so legte ich mir selbst die Angelegenheit zurecht, hingen die Kinderpornoaffäre und die Morde zusammen, stammten aus einem Plan, einer Quelle. Oder es war gerade so, dass die Morde eine Verzweiflungstat waren, weil im Zusammenhang mit dem Skandal irgendetwas anderes zusätzlich schiefgegangen war.

Lusya war der Ansicht, Drogen könnten eine Rolle gespielt haben. Eriksen könnte sich mit Tabletten in einen inneren Zustand katapultiert haben, der seine Wirklichkeit verzerrte. Ich glaubte nicht recht daran, und die Ergebnisse eines Screenings wiesen in Eriksens Blut außer 1,1 Promille Blutalkohol keine weitere aufputschende Substanz nach.

Wie man es drehte und wendete: Das Motiv blieb unklar. Um einen Mord dermaßen offen auf einer Feier zu inszenieren, musste man durchgeknallt sein. Oder zutiefst verzweifelt. In diesem Fall waren mein Vater und ich uns ausnahmsweise einmal einig.

»Manche Männer, die ihre Felle davonschwimmen sehen, handeln irrational«, erklärte mein Vater, als wir über die Morde diskutierten. Er hatte aufgehört, an mir herumzunörgeln, weil ich nichts mehr über den Fall schreiben wollte. Gottergeben nahm er hin, dass ich ›dem Druck nicht standhalten‹ konnte. Ich erklärte ihm meine Verweigerungshaltung, indem ich vorgab, dass die Ermittlungen andauerten – das würden sie noch eine ganze Weile. Dass auf den Pressekonferenzen der Polizei wenig preisgegeben wurde, bis auf Details, die für sich genommen so gut wie nichts aussagten.

Eine clevere Journalistin wäre an dieser Stelle mit einer heißen These an die Öffentlichkeit gegangen. Tatsächlich schossen die Spekulationen wie Pilze aus dem Boden. Genau das konnte ich mir verkneifen.

Mein Vater seufzte nur. Und schwieg.

24

Sie sind hinter mir. Ob sie meinen Spuren folgen können? Es steht zu vermuten; obwohl es jetzt stärker schneit, sind meine Stiefelabdrücke bestimmt ausreichend lang zu sehen, um mir auf den Fersen zu bleiben. Ich renne. So schnell ein Mensch in teils kniehohem Schnee rennen kann. Mein Atem geht laut wie eine Dampfmaschine. Die eisige Luft schneidet mir in die Kehle, die Wunde im Gesicht, die sich in den letzten Stunden beruhigt hat, beginnt wieder zu pochen. Schnee rutscht in den Stiefelschaft. Meine Füße fühlen sich wie mit Eiswasser vollgesogene Klumpen an. Ich achte nicht darauf. Versuche, leiser Luft zu holen, um in die Nacht zu lauschen und herauszufinden, wo die Typen sind. Vermutlich durchsuchen sie erst den Unterstand und finden – vielleicht – Spuren hinter dem Traktor.

Meine Chance besteht darin, jetzt – jetzt! – so weit wie möglich Terrain gutzumachen. Wenn sie mir erst einmal hinterherlaufen, werden sie mich einholen.

Schnee klebt mir in Augenbrauen und Wimpern. Mein Blick auf die rettenden Lichter des Dorfes verschwimmt. Ich höre nichts – nur den Wind, meinen Atem und das heftige Klopfen meines Herzens, das meine Ohren ausfüllt. Bumm. Bumm. Bumm.

In allen Wipfeln hörest du kaum einen Hauch.

Mein Handy meldet eine SMS.

Lusya! Endlich!

Vor Erleichterung bleibe ich stehen, krame das Telefon aus der Manteltasche.

Was du weißt, wirst du niemandem mehr sagen können. Denn noch heute Nacht wirst du sterben.

Ich fahre herum.

Da ist niemand. Die Lichter der Maglites, die vorhin die Dunkelheit zerschnitten, sind verschwunden.

Sie brauchen die Lampen nicht. Sie finden mich auch so. Sie sind zu zweit. Sie können aus zwei Richtungen auf mich zustoßen, sich im Halbkreis anschleichen. Wie Wölfe.

Warte nur, balde ruhest du auch.

Das Handy umklammernd, setze ich mich wieder in Bewegung. Ich spüre keine Kälte mehr, keine Erschöpfung. Ich laufe einfach. So schnell ich kann. Von selbst. Ich bin ein Motor. Die Panik weicht kühler Berechnung. Wenn ich es ins Dorf schaffe – was soll ich dort tun? An der erstbesten Tür klingeln? Wird man mich reinlassen? Würde *ich* einer verzweifelten, keuchenden, schneebedeckten Frau, die etwas von zwei Verfolgern faselt, Einlass in meine Wohnung gewähren?

Laufen. Atmen. Versuchen, keine Geräusche zu machen. Ab und zu umsehen. Nicht nachdenken; laufen. Reagieren. Alle Antennen aufstellen.

Die Lichter des Dorfes kommen näher. Es hört kurz auf zu schneien, um kurz darauf mit unverminderter Vehemenz wieder einzusetzen. Dicke Flocken tänzeln durch die Luft, nehmen mir die Sicht. Ich hasse es, denke ich. Ich hasse Winter. Den nächsten werde ich auf den Kanaren verbringen. Falls es einen nächsten gibt.

Hilft jetzt nichts, Trisha, sagt eine Stimme, und ich will auf mein Handy schauen und checken, ob die Nummer des SMS-Versenders angezeigt wird. Aber ich kann nicht stehen bleiben, und das Licht des Displays wird meinen Verfolgern meine Position verraten. Ich laufe lieber. Laufen ist etwas, was Menschen von Anbeginn der Zeiten getan haben. Rennen als Lebenserhalt. Fünfmal jagen gehen, einmal essen. Der ewige Überlebenskampf, den kein Individuum gewinnen kann. Wohl aber die Art.

Ich erreiche das Dorf. Ein Hund kläfft, wütend und aus voller Überzeugung. Nur jede zweite Laterne brennt. Spärliche Beleuchtung, die mich nichtsdestotrotz sichtbar macht.

Die einzelnen Häuser stehen weit voneinander entfernt. Ich drehe mich einmal um die eigene Achse. Vielleicht habe ich die Männer abgehängt. Kann sich der Schluffi überhaupt noch auf den Beinen halten? Hat er nicht über seinen Fuß gewinselt? Ich bewege mich jetzt auf der Straße fort. Es geht leichter, sprich: Es spart Kraft. Die Straße wurde geräumt, vor Stunden zwar, doch der Schnee ist fester, und ich sinke nicht ein. In keinem Haus brennt mehr Licht. Hier und da blinken Weihnachtslichterketten. Abrupt verstummt das Gebell. Eisig weht mich die Stille an. Wo seid ihr, ihr verdammten Hurensöhne? Und wo steckt Lusya? Habt ihr sie erwischt, erledigt, ausgeschaltet? Dann wäre ich schuld an ihrem Tod. Ich habe sie hierhergelockt. Mein Herz setzt einen Takt aus. Eine Mörderin wäre ich.

Die Straßenlampe über mir flackert.

Ein paar Meter weiter sehe ich eine Menge Stiefelspuren, die zu einer Garage führen. Ich stapfe darauf zu. Schnell weg aus dem Licht, und bei all den Abdrücken fallen meine kaum auf. Nach wenigen Schritten befinde ich mich im schwarzen Schlund zwischen Garage und Haus, gute drei Meter breit. Nichts regt sich. Dicke Vorhänge hinter den Fenstern, alle zugezogen. Kein Lichtschimmer, selbst das flackernde Licht der Straßenlaterne dringt nicht zu mir durch.

Ich wage es, das Handydisplay leuchten zu lassen.

Hinter der Garage stapelt sich Feuerholz, ordentlich abgedeckt mit einer Plane. Ein großer Garten liegt hier, eingezäunt. Einen Meter weiter mache ich in der Dunkelheit einen Grill aus. Es riecht leicht nach Holzkohle. Der ganze Schnee an dieser Stelle des Gartens ist zertrampelt. Die haben hier ein Wintergrillen veranstaltet, manche Leute sind ganz wild darauf. Bierdosen liegen in einem Schneehaufen, Reste von Folie, in der Grillgut eingeschweißt war. Eine Party im Frost. Ein paar Meter weiter Pinkelspuren.

Der Hund fängt wieder an zu bellen.

Ich folge weiteren Schuhabdrücken, weg von Haus und Garage, zum Zaun. Dahinter erstreckt sich nichts als Dunkelheit. Vielleicht ein Feld. Etwas blitzt im Schnee auf. Ich beuge mich runter. Alufolie. Nur ein Fetzen.

Hat nichts mit mir zu tun. Mein Hirn, das Geschichten liebt, fragt sich wie nebenbei, was für Leute hier wohnen und wie jemand gestrickt sein muss, der Spaß an einer Party im Tiefschnee hat.

Ich klettere über den Zaun, ducke mich, beobachte. Lausche.

Die Straßenlaterne auf der anderen Seite der Garage flackert immer noch.

Ich wähle Lusyas Nummer. Es läutet hin, überlaut. Sie antwortet nicht.

Ich drücke die rote Taste, reibe mein Gesicht. Die Haut ist eiskalt, gefühllos. Rotz läuft mir aus der Nase und signalisiert, dass ich noch lebe. Meine Knie zittern. Morgen ist Heiligabend.

Ich brauche Hilfe. Ich halte nicht mehr lang durch.

Okay. Dann tue ich es eben. Ich rufe jetzt Lars Hampstedt an. Der wohnt immerhin in Thüringen und kann schneller vor Ort sein als jeder andere Mensch, den ich kenne. Falls er nachts an sein Telefon geht.

Die Visitenkarte habe ich schnell gefunden. Ich wähle die Nummer. Normalerweise würde ich mindestens eine halbe Stunde alle Für und Wider aufzählen, nachdenken, ob ein Anruf opportun ist oder nicht. Für Vorsicht oder Manieren habe ich jetzt weder Zeit noch Kraft.

Es dauert. Ich zähle die Klingeltöne mit. 17. Er antwortet. Heiser. Verschlafen. Wen wundert's.

»Hallo?«

»Lars Hampstedt? Ich bin die Frau aus dem Stau.«

»Wer?«

»Ich stecke in Schwierigkeiten. Jemand ist hinter mir her und will mich töten.«

»Was?« Er schweigt eine Weile, ich höre nur seinen Atem, den das Telefon verstärkt, sodass er mir überlaut ins Ohr gepustet wird. »Das ist … echt krass.«

»Es ist krass, aber es ist leider wahr. Bitte helfen Sie

mir!« Und es ist wirklich keine Anmache, füge ich innerlich hinzu.

»Wo sind Sie denn?«

Keine dumme Frage.

»In einem Dorf in Thüringen.«

»Geht's ein bisschen genauer?« Seine Stimme schüttelt die Müdigkeit ab und klingt ein klein wenig amüsiert.

»Augenblick!« Ich aktiviere die Maps-App. Irgendwie werde ich doch rausfinden, wo ich stecke, verflucht!

Tatsache, es funktioniert. Ein kleiner blauer Punkt pulsiert auf einer Landkarte. Der Punkt bin ich. »Dürrnberg«, buchstabiere ich. »Sagt Ihnen das was?«

»Nicht direkt, aber ich habe eine Straßenkarte.«

»Ich halte nicht mehr lange durch!« Ich starre in den Garten. Hat sich dort im Schatten hinter der Garage etwas bewegt? Ein später Partygast, der nach dem Wintergrillen seinen Rausch hinter dem Holzstapel ausgeschlafen hat?

»Helfen Sie mir!« Meine Stimme ist zu einem Flüstern geworden.

Ich starre in den Garten, während ich einen Wagen auf der Straße sehen kann, der sich dem Dorf nähert.

»Ich kann hier nicht bleiben!«

Das Handy rutscht mir aus der Hand, landet im Schnee. Lars Hampstedt sagt etwas, doch ich verstehe ihn nicht mehr, die Stimme schallt quäkend aus dem Schneehaufen und verstummt ganz. Der Wagen kommt näher und tastet sich, langsamer werdend, die Straße entlang. Bleibt direkt unter der flackernden Laterne stehen. In einem Haus ganz am Ende des Dorfes geht Licht an. Der Hund von vorhin kläfft böse. Achtet eigentlich keiner auf diesen Hund?

Die Tür des Wagens öffnet sich. Ich höre das leise Klacken. Drehe mich um und jage davon.

25

Lusya wollte mich zur Party im Hause Faber mitschleppen, an jenem 4.12. Sie hatte eine Einladung bekommen, natürlich über Deuerling, und fragte mich, ob ich mitkäme. Ich konnte mich nicht entscheiden. Ich sagte zu, dann ab, dann zu. Am letzten Prozesstag hatte ich den Fall für mich selbst für abgeschlossen erklärt. Irgendwann musste damit Schluss sein, ich konnte die gemeine Welt der Politik nicht mehr ertragen. Aber die Party war natürlich keine direkte Fortsetzung des juristischen Gegenstands. Es wäre bestimmt ganz witzig, sich dort umzusehen.

Als ich mich für die Party in Schale schmiss, bereute ich meinen Entschluss, Lusya zu begleiten; mir war kalt, und der Gedanke, meine warme Wohnung zu verlassen, um aufs Land zu Fabers Villa zu fahren, ließ mich zusätzlich frösteln. Was mich letztendlich dazu antrieb mitzugehen, war das allgemeingültige Urteil über meinen Beruf: Als Journalistin darfst du dir diese Chance nicht entgehen lassen.

Klar. Also ging ich hin. Lusya holte mich ab. In ihrem neuen Wagen. So ein geländegängiges Teil in stylishem Schwarz. Sie lockte mich zur Erstbesichtigung vor die Tür.

»Cooles Auto«, sagte ich, nachdem ich es gebührend bewundert hatte.

»Ein Jahreswagen. Günstig. Lass uns noch mal reingehen. Ich habe was zum Vorglühen mitgebracht.«

Sie förderte zwei Piccolos zutage. Wir stießen an und kicherten ein bisschen über unsere Klamotten. Es kam uns vor, als würden wir wie in Studentenzeiten zu einer abgespaceten Party gehen; nur dass wir aufgedonnert im engen schwarzen Kleidchen mit Stola und Pumps bereitstanden, signalisierte, dass wir zur Villa eines Politikers unterwegs waren, der soeben sein gesamtes Leben der Öffentlichkeit zum Fraß vorgeworfen hatte für den Mehrwert, einen Prozess gewonnen zu haben. Die Fröhlichkeit mitsamt unserem Gegacker schmeckte schal.

Selbstverständlich fuhren wir in Lusyas Auto. Es ging mir schon nicht gut, als ich neben ihr in hochhackigen Schuhen über den Gartenweg auf die Villa zustöckelte. Mein Magen schmerzte. Ich schob mein Unwohlsein auf die Kälte und die ganz und gar nicht angemessene Kleidung. In unseren High Heels stakten wir über Streusalz und Eisreste. Von irgendwoher kam der Geruch nach einer Kuhherde, und wir kicherten darüber. »Das kommt davon, wenn man auf dem Land wohnt«, kommentierte Lusya. »Ich bin eher der Asphalttyp.«

Ich gickelte pflichtbewusst, als wir die Treppenstufen zur Haustür hochstiegen. Feuerpfannen warfen Schatten in den schmutzigen harschen Schnee. Die Tür war angelehnt. Eine junge Frau in schwarzem Kleid nahm uns mit festgefrorenem Lächeln die Mäntel ab. Das Haus war festlich geschmückt, überall brannten Kerzen in prächtigen Leuchtern, alle in Weiß, und auch die gesamte Weihnachtsdekoration aus Sternen und mit Kugeln und Glöckchen behängten Zweigen strahlte weiß wie Schnee.

»Die Farbe der Unschuld«, raunte Lusya mir zu.

Von irgendwoher schoss Deuerling herbei und belegte Lusya mit Beschlag.

»Frau Griebler, wie schön. Und Ihre Freundin haben Sie ebenfalls mitgebracht.«

»Trisha. Trisha Seling«, sagte ich lahm.

Natürlich erinnerte er sich nicht an meinen Namen. Oder er tat so. Beides war gleich schlimm. An mich erinnerte man sich nicht.

Medienvertreter und die Großen und Kleinen der Landespolitik defilierten durch die Räume. Manches Gesicht kannte ich aus dem Fernsehen. Lusya und ich mischten uns unter die Reportermeute, nuckelten an Drinks, in denen Eiswürfel klirrten, und fachsimpelten. Den Richterspruch hatten wir alle viele Male gedreht und gewendet, diskutiert und seziert. Faber war unschuldig. Marcus K. war ein Einzeltäter. Zumindest gab es im Rahmen der bisherigen Aktenlage keine andere Interpretationsmöglichkeit; man dufte nicht einmal annehmen, dass Faber selbst die Filme konsumiert und dies nachträglich einem Dummen in die Schuhe geschoben hatte. Für nichts dergleichen gab es Hinweise. Faber ging als Saubermann aus der Affäre hervor, bereit, ins politische Leben zurückzukehren, sobald sich die Aufregung gelegt hatte. Dennoch spotteten ein paar Medienleute herum, sie würden früher oder später bestimmt herausfinden, was wirklich hinter der ganzen Angelegenheit steckte.

Ihr Gebrabbel ging mir auf den Geist. Ich fühlte mich elend, mein Magen krampfte, und ich machte mich auf die Suche nach einem alkoholfreien Getränk. Dabei entdeckte ich Verena Huppert auf einem Sofa, ein Glas Whiskey in der Hand, in ein ihrer angeödeten Miene nach zu schließen wenig prickelndes Gespräch mit einem Mann vertieft. Ich winkte ihr zu. Sie ignorierte mich.

Ich bekam einen O-Saft, wieder mit Eis. Mein Magen zog sich zusammen. Ich ignorierte den Schmerz, so gut es ging. Matt stellte ich mich zu einem Grüppchen Kollegen, die ich entfernt kannte. Man plauderte – natürlich über den Skandal. Eriksens Name fiel wie nebenbei. Gesprächsfetzen flogen mir um die Ohren. Die Konzentration kam mir abhanden.

»Der hat doch nur Angst!«

»Verfolgungswahn nennt man das.«

»Rothaarige Männer gelten nicht umsonst als Hasenfüße.«

»Das ist es, was die Politik aus den Leuten macht.«

»Die enden alle als Opportunisten, egal von welcher Partei!«

»Die wenigen Aufrechten sind schnell verschlissen, meint ihr nicht?«

Mir wurde schwindelig. Ich entschuldigte mich und ging auf die Toilette. Dort übergab ich mich.

Mein Kopf hämmerte. Ich wusch mir das Gesicht mit kaltem Wasser. Das brachte mich zum Frösteln, aber immerhin beruhigte sich die Übelkeit.

Ich suchte mir einen Sitzplatz in einem der überfüllten und überheizten Räume. Faber hielt dort Hof, eine Rotte aus Journalisten um sich geschart. Die Stimmung war entspannt, man hörte viel Gelächter, das Erleichterung erkennen ließ. Alles ausgestanden. Das Leben beginnt neu. Auch Hanno Eriksen stand dabei. Schließlich wurde er von einem Mann am Arm genommen und auf den Gang geführt. Ich kämpfte mich hoch und ging mit. Ich brauchte ohnehin Luft. Die beiden Männer unterhielten sich halblaut. Sie schienen genervt, irritiert, ärgerlich. Einige Male fuhr Eriksen den anderen an: »Ich habe es Ihnen doch gleich gesagt!«

Als der andere stöhnend seine Krawatte lockerte, erkannte ich ihn: Es war der Online-Chefredakteur eines Wochenmagazins. Ich hatte für das Blatt schreiben wollen, aber nichts als Absagen kassiert.

»Sie sollten mit der Wahrheit herausrücken«, zischte er Eriksen zu.

Der lachte spöttisch und hob die Achseln. »Wollen ja mal sehen, wer am längeren Hebel sitzt.«

Die beiden Männer beachteten mich nicht, genauso wenig wie das Pärchen, das gerade an ihnen vorbeiging, Arm in Arm, mit sich beschäftigt. Die Außenwelt schien für beide im Atlantik versunken.

»Unterschätzen Sie nie einen Gegner!«, bemerkte der Chefredakteur.

Ich dachte an das Gespräch zwischen Deuerling, Lusya und mir, neulich, im *Seven Sisters* in Halle. Hatte Eriksen Faber mithilfe von Verbündeten in den Medien kippen wollen?

Gelungen war es ihm nicht. Außerdem hatte die Affäre auch seiner, also Eriksens, Karriere geschadet, selbst wenn Faber sich aufspielte und behauptete, er würde zurückkommen, stärker, schlagkräftiger als je zuvor. Etwas blieb immer hängen. Nicht nur an Faber. Auch an seinem Mentor. Der Schutzpatron hatte Schlagseite bekommen. Ich schleppte mich wieder Richtung Toilette.

26

Das Feld ist weit, zu weit, endlos, und nur der beständig dichter werdende Schneefall ist mein Freund. Ich kann kaum erkennen, wohin ich renne, aber dafür können meine Verfolger mich nicht sehen. Jedenfalls nicht so deutlich, wie sie es bräuchten.

Sie müssen Lusya haben. Wie sonst konnten sie mich finden? Der Wagen hat direkt an dem Haus gehalten, in dessen Garten ich mich versteckte.

Ich ahne es, obwohl mein Bewusstsein die Ahnung vorerst nicht zulassen will: Mein Handy hat mich verraten. Sie haben mein Handy geortet. Es gibt solche Softwares. Womöglich haben sie mir einen Virus auf das Smartphone gespielt. Möglich ist es alles.

Die eisige Luft schürft mir den Rachen auf. Ich schmecke Blut in meinem Mund. Vielleicht von meinen aufgesprungenen Lippen. Mein Kopf hämmert. Etwas Hartes, Eisiges stülpt sich über die linke Hälfte meines Schädels.

Jemand hat mir eine SMS geschickt, kennt also meine Nummer. Überhaupt habe ich meine Nummer im Laufe der letzten Jahre dermaßen vielen Leuten gegeben – beruflich nutze ich ausschließlich das Handy.

Ist bei der SMS überhaupt die Nummer des Absenders aufgeleuchtet? Ich kann mich nicht erinnern.

Keuchend bleibe ich stehen. Laufen, Trisha!

Okay, ja, ich laufe weiter. Aber wie soll ich jetzt Lars Hampstedt finden? Oder er mich? Wird er mein Handy anrufen? Wer wird ihm antworten?

Ich muss ihn warnen, sein Handy nicht zu benutzen. Die werden ihn genauso orten wie mich. Aber wie soll ich ihn warnen, wie?

Ich stolpere, lande im Schnee. Rapple mich auf. Sehe mich um. Niemand zu erkennen. Ich renne. Höre etwas knacken. Nicht sehr laut, nur ganz zart, als wenn ein Zweig zerbricht. Oder etwas anderes, Dünnes. Ein paar Meter neben mir stiebt Schnee auf.

Verdammt.

Das ist das Ende.

Noch heute Nacht wirst du sterben.

Mein Leben ist nichts mehr wert. Wenn mich eine Kugel trifft, bin ich tot, und wenn ich zusammenbreche und erfriere, auch.

Ich meine, Stimmen zu hören. Jemand ruft etwas, aber der Wind fegt über das Feld und nimmt den Schall mit.

Ich höre jemanden wütend aufschreien. Eine zweite Stimme, sehr weit entfernt, wie es scheint. Ich spurte wieder los. Ich hätte nie gedacht, dass ich so lange rennen kann. Im Tiefschnee. Wenn das Wort ›rennen‹ hier überhaupt angemessen ist. Ich weiß es nicht.

Sprachliche Feinheiten spielen nun wirklich keine Rolle mehr.

27

Ich sollte Lusya finden. Ihr sagen, dass ich heimfahren würde. Mir ein Taxi nehmen und auf und davon ziehen. Es ging mir wirklich dreckig. Ich hockte auf dem Klodeckel, frierend, und versuchte mit aller Macht, den Brechreiz zu unterdrücken. Wahrscheinlich war eine Grippe im Anflug, die begann bei mir immer mit Übelkeit.

Ich krümmte mich immer noch, als zwei Frauen hereinstöckelten und sich am Waschbecken zu schaffen machten.

»Make-up ist eine Geißel!«, sagte eine Stimme.

Mara Faber!

Ich erkannte sie aufgrund Hunderter von Interviews, die ich mit ihr im Fernsehen gesehen hatte.

»Fluch und Segen sind nahe beieinander«, pflichtete die zweite Frau bei.

»Was willst du damit sagen, Babs?« Maras Stimme hatte einen scharfen, aggressiven Beiklang.

»Wir sollten uns aussprechen.«

»Ich habe nichts, was ich mit dir besprechen wollte. Endlich ist dieser Albtraum vorbei. Ich werde einen Teufel tun und mich sofort in die nächste Opferrolle drängen lassen.«

»Ron weiß nichts davon, oder?«

»Wovon?«

»Als wenn du nicht ahntest, worüber ich spreche.«

»Sag es! Ich spiele nicht gern Rätselraten.«

»Wir treffen uns oben im Salon. Aussprache. Du, ich, Ron.«

Der Brechreiz ließ sich nicht mehr unterdrücken. Ich sprang auf und warf den Klodeckel zurück.

»Wer ist da?« Mara.

Ich beugte mich über die Schüssel und übergab mich. Die Stimmen der beiden Frauen verstummten. Wie durch einen Nebel hörte ich die Tür zum Gang zuschlagen.

28

Meine Füße verfangen sich in etwas, das mir vorkommt wie Stacheldraht. Ich schlage hin. Lande in einer Art Netz aus harten, scharfkantigen Schlingen.

Draht?

Ich kämpfe mich hoch. Ein scharfer Schmerz schießt durch meine rechte Hand. Warmes Blut rinnt zwischen den Fingern durch. Viel. Instinktiv lecke ich daran. Der metallische Geschmack versetzt mich in Panik. Aus Solidarität fängt die Wunde unter meinem Auge an zu pochen.

Gras. Ich liege nicht in Draht, sondern in Gras. Ein üppig wucherndes, hartes, schneidendes Gras.

Ich richte mich auf, stolpere, falle.

Meine Hände treffen auf Eis. Eine harte Fläche, die nach ein wenig Druck nachgibt. Das Eis bricht. Meine Hände stoßen in die Tiefe von schwarzem Wasser vor. Ich kann mich gerade noch fangen, reiße mein Gewicht zurück. Krieche auf festen Boden. Um mich ragen Stängel von Schilfrohr auf.

Die Ärmel meines Mantels sind bis zu den Ellenbogen durchweicht. Verbissen robbe ich durch das Schilf. Weg vom Teich.

Trisha, steh auf! Renn!

Aber irgendetwas hält mich davon ab, meine Flucht fortzusetzen. Nicht bloß die Erschöpfung. Es ist die

Erkenntnis, dass ich nicht die ganze Nacht durch die eisige Wüstenei laufen kann. Meine Chancen werden immer schlechter, ich werde immer müder; schlimmer, mir wird alles egal.

Sollen sie mich einfangen und erschießen.

Sollen sie doch.

Ich wälze mich herum, stemme mich auf die Knie. Der Rucksack nervt.

Der Rucksack. Ich lasse ihn zu Boden gleiten. Er kommt mir plötzlich furchtbar schwer vor.

Mein Blick fällt auf das Loch im Eis. Ich hätte gedacht, die Schicht wäre fester, aber womöglich ist dies heute die erste wirklich frostige Nacht. Ich pflege meine Nächte nicht draußen zu verbringen, was weiß ich über die Temperaturen in anderen Nächten!

Mein Blick saugt sich an dem schwarzen Loch fest. Auf dem Wasser bildet sich ganz langsam eine Art Haut. Als schlösse sich eine Wunde.

Sie könnten denken, ich wäre ertrunken.

Ich sehe mich um. Niemand ist zu sehen. Vielleicht ist das Glück mir hold und sie haben meine Spur verloren.

Vielleicht.

Ich kann mich nur nicht drauf verlassen. Genausowenig kann ich weiterlaufen. Die Kraft geht mir aus. Der Wille bricht. Wie das Eis.

Ich nehme den Rucksack, hole aus und lasse ihn mit voller Wucht auf das Eis fallen. Beinahe lautlos sackt er durch die dünne Schicht. Ich ziehe ihn zurück. Schlage noch einmal zu. Und noch einmal. Und noch einmal.

Der Rucksack saugt sich mit Wasser voll, wird immer

schwerer. Es ist einfach, das Loch etwas zu vergrößern. Ihm eine Gestalt zu geben. Wer daran glauben möchte, dass ein Mensch hier eingebrochen und ertrunken ist, der könnte in seinen Ansichten bestätigt werden.

Schließlich lasse ich den Rucksack los. Er versinkt in dem Schwarz.

Ich weiche vom Teich zurück. Ein Teich, ein See? In der Dunkelheit kann ich seine Ausmaße nicht einmal schätzen, dennoch ist er definitiv ein guter Ort, um zu sterben. Oder so zu tun als ob.

29

»Lusya? Ich brauche ein Taxi. Mir geht's nicht gut.«

Ich fand meine Freundin in einem der überheizten, lauten Räume, in denen mittlerweile dichte Wolken von Zigarettenrauch umherwaberten. Schweiß rann mir übers Gesicht. Diese Grippe schlug verdammt skrupellos zu. Meine Knie zitterten.

»Geht klar. Ich mache das für dich.« Sie zückte ihr Handy. »Du siehst zum Erbarmen aus.«

Ich ließ mich auf ein Sofa sinken, kuschelte mich in meine Stola, während Lusya telefonierte.

»Das Taxi ist in 20 Minuten hier. Was ist denn los mit dir?«

Sie sah rosig und munter aus.

»Grippe wahrscheinlich«, murmelte ich.

»Komm, wir finden einen besseren Platz für dich.« Sie packte mich an den Schultern, half mir hoch. Ich konnte mich kaum auf den Beinen halten. Die Bilder vor meinen Augen verzerrten sich. Gesichter wurden lang, Münder breit, der Gang, über den Lusya mich führte, wackelte vor meinen Augen hin und her.

»Mir ist kotzübel, Lusya.«

»Du hast nicht mal was gegessen! Wahrscheinlich deswegen. Soll ich dir irgendwas besorgen? Cracker? Ein trockenes Brötchen?«

Ich lehnte schwer an Lusyas Arm. Unmöglich, allein zu laufen.

»Nichts. Allein der Gedanke an Essen …« Es fiel mir unendlich schwer, die Worte zu artikulieren. Sie kamen verwaschen aus meinem Mund, so zerfasert und wackelig, wie auch die Bilder der Außenwelt auf mich eindrangen.

»Babs und Mara«, murmelte ich.

»Ja?«

Ich redete. Berichtete. Vergaß. Raffte all meine Konzentrationsfähigkeit zusammen, und das war nicht viel. Sackte weg.

Die Welt wurde schwarz, trist, leer. Die lauten Stimmen, das schrille Gelächter verblassten.

Später. Die Welt um mich bewegte sich. Oder war ich in Bewegung?

Ich knickte auf meinen High Heels um. Der Schmerz, der durch meinen Knöchel schoss, erreichte mein

Bewusstsein kaum. Ich kippte wieder weg, und das Letzte, was ich wahrnahm, war Lusyas Stöhnen, als sie versuchte, mich zu packen.

30

Ich schlage einen weiten Bogen. Natürlich können sie meinen Spuren folgen, und ich brauche eine gewisse Portion Glück, damit sie auf mein fingiertes Ertrinken hereinfallen. Selbst wenn sie eine Weile diskutieren, was von dem Loch im Eis zu halten ist, habe ich einen zarten Vorsprung.

Ich wandere zurück zum Dorf. So schnell ich kann, aber ich renne nicht mehr. Die Kraft ist aufgebraucht. Mir wird schwindlig. Ich brauche etwas Süßes, mein Blutzuckerspiegel ist weit in den Minusbereich abgesackt, und auch die Panik ist nicht mehr stark genug, um unliebsame körperliche Reaktionen außer Kraft zu setzen und den Fluchtmodus aufrechtzuhalten. Lediglich der Verstand treibt mich voran. Ich muss zum Dorf zurück. Lars Hampstedt, so er sich denn auf den Weg gemacht hat, wird mich nur dort finden.

Irgendwie kommt mir durchaus der Gedanke, dass etwas nicht stimmt. Vorhin waren die Verfolger mir dicht auf den Fersen. Jetzt höre ich weder Stimmen noch Schüsse noch sehe ich die Lichtkegel ihrer Maglites.

Weder Stimmen noch Schüsse! Ist es erlaubt, das Komische an dieser Situation zu sehen, bitte schön? Ein toxisches Kichern steigt mir in die Kehle. Will raus, ich will lachen, mein Gott, was will ich lachen!

Nennt man das Galgenhumor oder Wahnsinn?

Ich erinnere mich nicht mehr, wie ich von der Party bei Faber nach Hause kam. Ich wachte am folgenden Morgen bei mir auf dem Sofa auf. Eine Flasche Meditonsin – unangebrochen – stand auf dem Tisch. Und da lag ein Zettel von Lusya:

Habe dir das Grippezeug aus der Apotheke geholt. Ruf an!

Sie war abgehauen, nachdem sie mich auf dem Sofa abgelegt hatte. Mit Unterstützung des Taxifahrers, sagte sie später. Warum hatte sie mich nicht in ihrem Auto heimgefahren?

Klar, sie hatte was getrunken. Das Auto bei Fabers Villa stehen lassen.

So was kam vor.

Lusya.

Wo steckt sie?

Was, wenn die Typen sie in die Mangel genommen haben? Sie – erschossen – haben? Galten die Schüsse gar nicht mir, sondern ihr? Haben sie Lusya mitten auf dem Feld hingerichtet?

Das kann ich nicht einmal denken! Brutale Bilder schmuggeln sich in mein Hirn: Lusya im Schnee, Blut rinnt aus ihrem Kopf. Hingerichtet. Wie Ron Faber. Wie Babs Kent, wie diese Kellnerin, deren Name mir gerade nicht einfällt. Aber wer steckt dahinter? Eriksen, der Dreifachmörder, der sich selbst gerichtet hat, kann es wohl nicht sein. Mara Fabers Gesicht scheint vor mir auf, als schwebe es für Sekundenbruchteile in der Dunkelheit. Körperlos, nur eine Erinnerung. Mara Faber … die zierliche, starke Frau, die ihre Kinder in die USA geschickt, sie aus der Schusslinie gebracht hat. Die Witwe. Trauert sie um ihren Mann? Oder ist sie froh, ihn los zu sein? Ist der Mord an ihm eine elegante Lösung für sie? Weil sie zugleich die unliebsame Schwägerin losgeworden ist?

Da war etwas auf der Party, eine Sache, an die ich nicht erinnert werden will, weil ich dann an die grässliche Übelkeit denke und wie ich mich in die Toilette erbrach. Mara Faber und Babs Kent kamen in den Waschraum und sprachen miteinander. Nicht freundlich. Nicht wie Frauen ein Gespräch beginnen, wenn sie sich die Nase pudern oder die Hände waschen, den Haarspray erneuern und all das. Sie sprachen miteinander in einem hasserfüllten Ton, den beide zu Unterdrücken gelernt hatten, der aber doch zu spüren war.

Konzentriere dich auf die Fakten, Trisha!

Diese Aufforderung läuft unter Eigenmahnung; mein Vater hat genau diesen Satz oft zu mir gesagt. Mein Vater, der jetzt im Bett liegt und schläft oder seine Schlaflosigkeit in kanadischem Whiskey ertränkt.

Lusya ärgerte sich darüber, den spannendsten Moment der Party nicht mitbekommen zu haben. Drei Morde und ein Suizid, und sie verpasste alles! Meinetwegen. Weil mir schlecht war und sie mich nach Hause bringen musste.

Ich stapfe durch den Schnee. Hoffe, dass ich in dem

Schneegestöber das Dorf nicht verpasse. Seine wenigen Lichter, die mir vorhin, als ich von der Anhöhe herunterkam, den Weg wiesen, kann ich im Augenblick nicht ausmachen. Ich orientiere mich rein nach Gefühl. Ich lausche. Immerhin besteht die Chance, dass ich den Hund kläffen höre. Oder einen Wagen die Straße entlangkommen.

Die Grippe, die mich ausgeknockt hat, war anderthalb Tage später ausgestanden. Nur scheußliche Kopfschmerzen blieben, bis heute. Zu Anfang kamen sie in kurzen Intervallen, jetzt in längeren. Aber sie sind noch da. Der Schmerz im Fuß hingegen ist weg.

Es war nicht die Grippe, Trisha, sagt eine Stimme zu mir. Klar und deutlich. Kann gar nicht sein.

Ich habe an jenem Abend auch nichts gegessen, von dem mir so verdammt schlecht hätte werden können.

Also ein Magen-Darm-Virus? Einer von denen, die aus dem Nichts kommen und nach Stunden ausheilen?

Ich habe das Grippemedikament nicht angerührt. Trotzdem war ich am Tag danach schon wieder ziemlich fit.

Unverhofft pralle ich gegen etwas.

Ein Zaun?

Ich höre eine Autotür schlagen.

Ende Gelände.

31

Babs Kent wollte sich mit Mara Faber aussprechen.

Ron weiß nichts davon.

Mara fragte nach. *Wovon?* Babs gab vor, Mara wüsste, wovon die Rede sei.

Sie wollten sich im Salon treffen. Dort, wo später der Mord geschehen sollte. Es gab Bilder in den Medien, von einem Raum mit schweren Möbeln und ebenso schweren Vorhängen, die nicht zugezogen waren, sondern den Blick auf vom Boden bis beinahe zur Decke reichenden spanischen Fenstern freigaben. *So lebte Ron Faber*, lautete eine Schlagzeile.

Was, wenn Mara wusste, worauf ihre Schwägerin hinauswollte? Was, wenn sie ahnte, was der Punkt war? Maras Zeugenaussage beschränkte sich darauf, dass Eriksen plötzlich seine Waffe gezogen und sie auf Ron gerichtet habe, woraufhin Babs einen Schritt nach vorn gemacht habe, vielleicht um ihren Bruder zu schützen, oder nur so, aus einem Reflex heraus. Eriksen schoss. Er traf Babs Kent am Hals, schoss erneut, traf Ron Faber tödlich. Mara ging hinter einem Sessel in Deckung, in dem Moment wurde die Tür aufgestoßen, und eine Kellnerin brachte die Getränke, die Faber bestellt hatte. Eriksen schoss auf die junge Frau, vor Schreck, warum auch immer. Sie starb sofort – wie Ron Faber. Eriksen bemerkte, was er getan hatte, und richtete die Waffe gegen sich selbst. Doch weshalb hatte er Ron Faber erschießen wollen?

Ron weiß nichts davon.

Wovon?

Mara Faber hatte Geheimnisse vor ihrem Mann. War das nicht üblich? Jeder Mensch hütete seine Geheimnisse. Da war nichts Verwerfliches dran.

Die Ermittler gaben nur wenige Zwischenergebnisse an die Presse. Aus taktischen Gründen. Was so viel hieß wie: Wir haben bisher keine Ahnung, was wirklich passiert ist.

Dabei schien die Auffindesituation so eindeutig. Auch Maras Aussage. Babs Kent starb eine knappe halbe Stunde nach der Schießerei, ohne noch ein einziges Wort gesagt zu haben. Da waren die ersten Streifen bereits vor Ort.

Und ich lag auf meinem Sofa, ausgeknockt. Im Tiefschlaf. Wer immer hinter mir her ist, kann doch nicht im Ernst annehmen, dass ich Licht ins Dunkel der Blutnacht bringen könnte!

32

Der Zaun ist gerade mal hüfthoch. Vor mir ein Holzpflock, von dem zwei Reihen Latten nach rechts und links führen. Dahinter Draht. Ein Elektrozaun. Kühe? Bei der Kälte? Strauße? Rinder? Kängurus? Ich muss es riskieren. Zu erledigt, um zuerst den einen, dann den anderen Fuß über die Latten zu schwingen, wälze ich mich darüber und lande auf der anderen Seite im Tiefschnee. Ich betäube den Schmerz in meiner verletzten Hand in dem eisigen Weiß.

Was für eine Versuchung! Einfach liegen zu bleiben. Den schmerzenden Muskeln Ruhe zu gönnen. Gute Nacht zu sagen. Ist überhaupt noch Nacht? Nähert sich nicht allmählich der Morgen? Wann wird es hell um diese Jahreszeit? Nach acht Uhr. Definitiv.

Aber um diese Zeit werde ich nicht mehr am Leben sein, wenn die Voraussage meiner Widersacher in Erfüllung geht.

Verdammt, ich kann meine Chance nicht wegschmeißen! Ich habe überhaupt keine Zeit. Muss mich hochkämpfen, auf meine zwei Beine, und weiter einen Fuß vor den anderen setzen. Im Schneegestöber meinen Weg suchen. Kann sein, dass ich in das Dorf zurückfinde, wo es unter Umständen eine Versteckmöglichkeit gibt. Damit ich es trotz allem schaffe, das nächste Tageslicht zu sehen.

Ich stapfe und stapfe. Ein seltsamer Geruch steigt in meine Nase. Etwas Ländliches. Mist? Bei der Kälte? Vor mir ragt etwas Dunkles auf. Ich will stehen bleiben, taumle noch einige Schritte, ungeplant, weil es so viel Kraft kostet, den Rhythmus des Fortbewegens zu unterbrechen. Matt hauche ich in meine Hände.

Das Dunkle bewegt sich. Langsam. Schwerfällig. Ich weiche zurück. Die Masse kommt auf mich zu. Wider besseres Wissen strecke ich die Hände aus. Ein Geräusch zerfetzt die Nacht. Ein Schnauben. Meine Hände berühren Schnee, richtig dicke Klumpen, und darunter Fell.

Ein lebendes Wesen. Mein Herz hämmert. Für Sekunden weicht die Erschöpfung, der unmittelbare Überlebensmodus hat sich wieder aktiviert.

»Wer bist du?«, flüstere ich zaghaft, als erwartete ich eine Antwort in Menschensprache.

Das Tier bläst Atemluft durch die Nüstern und wendet sich von mir ab. Ich bin nicht interessant. In der Finsternis zeichnen sich zwei Hörner vor mir ab. Zwei große, spitze.

Ich stehle mich davon. Ganz langsam. Nur das Rind nicht reizen. Es ist keine mitteleuropäische Kuh, so viel steht fest. Sieht vielmehr aus wie etwas Prähistorisches. Ein Tier, das sich für Monate einschneien lassen kann und trotzdem am Leben bleibt. Einen Stoffwechsel besitzt, der von Gras und Heu am Laufen gehalten wird. Ein Überlebenskünstler.

Mehrere solche archaische Kreaturen stehen oder liegen auf meinem Weg. Sie sind tolerant, achten kaum auf mich, wenn man von einem gelegentlichen missbilligenden Schnauben absieht. Der Geruch, der von ihnen ausgeht, ist betäubend. Dennoch: Ich würde mich neben sie legen. Mich einschneien lassen. Würde ich. Jetzt.

Und während ich zwischen den großen Tieren umherirre, bringt der Geruch eine Erinnerung zurück.

33

Ich lag auf der Rückbank eines Wagens, und der Wagen roch nach Mist. Irgendwas stank hier zum Steinerweichen.

Ich öffnete meinen Mund, der so trocken war, dass die Zunge wie ein Blatt Papier darin lag, und flüsterte: »Lusya, was um Himmels willen stinkt hier so?«

Aber sie hörte mich nicht.

»Lusya?« Mein Kopf pochte, dumpf, als wenn er in einem Helm steckte, der sich von Sekunde zu Sekunde fester zusammenzog, um mir die Schädeldecke zu brechen. Mir war schlecht, und der Geruch tat sein Übriges.

»Lusya, halte an, ich muss brechen.«

Lusya antwortete nicht. War sie überhaupt hier? Ich bekam Angst. Lusya?

Ich wusste, dass sie da war. Irgendwie spürte ich es. Lusya und ich, wir waren eine Einheit. Zwei Teile eines Ganzen. Wir hatten das ganze Studium miteinander durchgestanden. Für keine Prüfung ohne die andere gelernt. Uns gegenseitig ermutigt. Die schwarze Furcht vor dem mündlichen Examen geteilt. Den Kampf gegen einen fiesen Assistenten aufgenommen. Lusya befand sich in diesem Wagen, und ich roch Mist. Der Gestank durchdrang sogar die grausamen Kopfschmerzen und die Übelkeit. Aber der Wagen war doch neu?

»Lusya, wohin fahren wir?«

»Heim. Du hast die Grippe.« Ihre Stimme schwebte über mir, als käme sie direkt aus dem Dach des Wagens.

»Ich habe die Grippe?« Ich dachte, ich weiß nichts von einer Grippe, war ich eben nicht kerngesund? Flüssigkeit stieg aus meinem Magen hoch, und ich würgte sie voller Abscheu herunter. Der Geschmack blieb, ebenso das Brennen im Mund. Wie vorhin auf der Toilette. Als Mara und Babs miteinander redeten. Kein angenehmes Gespräch.

Ich hätte besser zuhören sollen. Wieder etwas, das ich versaut habe. Oder verpasst. Die immer neuen Versäumnisse von Trisha Seling, die ihren Beruf verfehlt hat.

Für Journalistin ist sie zu lahm.

Ron weiß nichts davon.

»Wovon weiß er nichts, Lusya?«

»Was?« Ihre Stimme war schrill, kratzte meine Trommelfelle.

»Faber. Ron Faber. Wovon weiß er nichts?«

Der Wagen machte einen Schlenker. Bring mich nicht um, Lusya.

»Was redest du!«, fuhr sie mich an, während der Wagen in die Spur zurückfand. Ein Hupen schreckte mich auf.

»Verdammt«, flüsterte ich. »Bitte. Mir ist so schlecht.«

Mara Faber hatte Geheimnisse vor ihrem Mann, und Babs kannte sie. Babs erpresste Mara.

»Babs hat Mara in der Hand.« Die Wörter purzelten aus mir raus, und kaum waren sie gesagt, kamen sie mir falsch vor, verdreht, unzutreffend.

»Wie kommst du darauf?«

»Sie haben in der Toilette miteinander ein Treffen vereinbart. Wollten sich aussprechen. Mit Ron.«

»Quatsch.«

»Doch, wirklich.« Ich richtete mich ein wenig auf. Sofort gluckerte Magenflüssigkeit meine Speiseröhre hoch. Angewidert schluckte ich. Mit dem ganzen Gestank fühlte es sich an, als hätte ich den Mund voller Dung. »Babs hat Mara wegen irgendwas in der Hand, Lusya. Kann doch sein, dass Mara im Prozess eine Falschaussage gemacht hat. Oder hat am Ende … Lusya!«

Plötzlich hatte ich das Gefühl, es sei noch jemand im Wagen. Lusya saß gar nicht am Steuer. Klar. Sie hatte ja ein Taxi gerufen. Oder?

»Was denn?«, fuhr sie mich an. Wir bogen ab. Ich schaute aus dem Fenster. Ich kannte die Gegend und kannte sie nicht. Alles verschwamm vor meinen Augen: die Lichter der nächtlichen Stadt, die Nässe der Straße, die anderen Autos. Ein Bus stand auf unserer Spur und blockierte den Verkehr. Der Wagen wich aus. Wieder Hupen.

»Hat am Ende Mara den Fensterputzer beauftragt? Um ihren Mann zu diskreditieren?«

»Weshalb sollte sie das tun?«, fragte Lusya. Sie klang nachdenklich, und ich wusste, ich hatte sie am Haken.

Wir hielten.

»Sind wir schon zu Hause?«

»Dich hat es wirklich böse erwischt.«

Irgendwie kam ich in meine Wohnung und aufs Sofa. Am nächsten Morgen entdeckte ich Lusyas Notiz und das Grippemedikament. Nur meine High Heels fand ich nicht mehr. Die waren weg. Verschwunden.

Was mir nichts ausmachte. Im Grunde hasse ich hochhackige Schuhe.

34

Ich überquere die Weide, ohne dass sich eines der urzeitlichen Riesentiere für mich interessiert. Klettere am anderen Ende über den Zaun, hocke mich auf die Fersen, schlinge die Arme um meinen Oberkörper. Meine Arme sind eiskalt, meine Hände spüre ich nicht mehr. Umso besser, denn die Wunde an der rechten Hand sieht hinterhältig aus. Mein Atem ringt sich stoßweise aus meinem Hals. Im Prinzip bin ich so gut wie tot. Ich könnte hier sitzen bleiben und mich einschneien lassen wie die Yaks. Leider fehlt mir die biologische Grundausstattung dafür.

Ich lehne den Kopf in den Nacken und blinzle in den schwarzen Himmel über mir.

Nichts. Keine einzige Flocke. Es hat aufgehört zu schneien.

Mir rutscht das Herz in die Hose. Seit wann schneit es nicht mehr? Ich drehe mich um, blicke in die Nacht.

Nichts außer Dunkelheit, aus der ab und zu das Schnauben eines Yaks tönt. Ein beruhigendes Geräusch, als hörte man einen Mann, mit dem man seit Jahren das Bett teilt, im Schlaf leise schnarchen.

Wo sind meine Verfolger? Versuchen sie, meine Leiche aus dem Eisloch zu fischen?

Ich muss Dürrnberg verpasst haben. Der Bogen, den ich geschlagen habe, war zu weit. Ich kann nirgendwo die Lichter der Straßenlaternen erkennen. Dann eben nicht. Ich kämpfe mich hoch, sehe mich um. Nur die Yaks, sonst keine lebenden Wesen.

Ich habe die Fieslinge abgehängt.

Die Frage ist allerdings, wie lange die mir meinen Vorsprung zugestehen. Sie haben eine Menge Aufwand betrieben. Das Manuskript, das nur für mich wiederbelebte Hotel am See, die wilde Jagd durch die Nacht. Mir ist elend. Ich kann das alles kaum glauben, geschweige denn verdauen. Was, wenn mein Wagen nicht verreckt wäre?

Ich taumle ein paar Schritte. Womöglich laufe ich ihnen direkt in die Arme? Aber ich kann hier nicht bleiben. Die Yaks als Bodyguards – das läuft nicht. Mein Gehirn spuckt seltsame Informationen aus. Erinnerungsfetzen. Meine High Heels – wo habe ich die hingeräumt? Habe ich sie am Ende in Fabers Villa ausgezogen? Warum tat mir der Fuß weh? Bin ich umgeknickt? Habe ich deswegen die Pumps abgestreift und verloren? Liegen die jetzt bei der Polizei in der Asservatenkammer? Woher kam dieser Gestank nach Mist im Auto auf der Fahrt nach Hause?

Mir ist kalt. Ich bestehe nur noch aus Kälte. Meine Arme in den Mantelärmeln müssen gefroren sein. Der Stoff ist ganz hart. Mein Gesicht ist gefühllos, und doch fällt mir auf, dass meine Nase läuft.

Morgen ist Heiligabend.

Ich habe kein Geschenk für meinen Vater.

Was war das für eine Grippe, die mich ungefähr 24 Stunden lang in den Klauen hatte? Und daraufhin sang- und klanglos verebbte?

Die Wolken reißen kurz auf, geben dem Mond einen Spalt, um durchzugucken. Im unerwartet hellen Lichtschein sehe ich einen Begrenzungspfosten direkt vor mir. Das Katzenauge glänzt. Ich werfe mich auf den Boden. Das ist reiner Instinkt. Nur nicht gesehen werden. Wahrscheinlich sind sie irgendwo hier in der Nähe.

Wer?

Wer aus dem Dunstkreis des Faber-Skandals, Trisha, verflucht, konzentriere dich!

Babs Kent – tot. Hanno Eriksen – tot. Ron Faber – tot. Der Fensterputzer – verurteilt, aber am Leben. Doch warum sollte er mir ans Leder?

Und Mara Faber? Sie ist nach den Morden abgetaucht. Gibt keine Interviews mehr. Die alte Verve ist weg. Sie hat niemanden mehr, für den sie kämpfen kann. Keinen Mann, den sie verteidigen muss. Nur noch die Kinder, und die sind in den USA.

Wer hat den Fensterputzer angeheuert?

Die Fragen überschlagen sich. Ich liege im Schnee. Mein Gesicht drückt sich gegen die verharschte Masse. Mir fallen die Augen zu. Ich möchte schlafen. Lasst mich alle in Ruhe, ihr Gedankenschnipsel mit euren scharfen Zähnchen, die in meinen Gehirnwindungen herumkratzen. Warum liefert ihr mir nicht eine Idee, was ich meinem Vater zu Weihnachten schenken könnte, wenn ich denn noch dazu komme?

Entweder die bringen mich um, oder der Winter killt mich.

Viele Chancen zu überleben habe ich nicht, das steht fest.

Was habe ich eigentlich für Lusya gekauft? Habe ich überhaupt ein Geschenk für sie? Ich kann mich nicht erinnern. Ach, Lusya … Wie gerne ich jetzt eine Tasse heißen Kaffee hätte, mit oder ohne Milch, egal, jedenfalls mit viel Zucker, dann könnte ich vielleicht einen klaren Gedanken fassen. Den Denkapparat rebooten.

Ich gleite davon. Rote und orangefarbene Formen ziehen an mir vorbei. So geht das nicht. Ich will Ruhe. Frieden. Abschottung. Lasst mich.

Das Rot verstärkt sich. Rot. Wie Blut. Und weiß wie Schnee. Ich kichere. Das passiert ganz von selbst. Als wenn es kichert. Es kichert mich.

Ein Geräusch. Eine Art Flutwelle, nur knarziger. Licht. Das Rot verschwimmt, wird zu Violett. Zu Gelb.

Ich bin kein Freund von Gelb. Etwas Gelbes kommt mir nicht ins Haus.

Gelb? Warum Gelb?

»Hallo?«

Eine Stimme, so nah, so laut. Da sind sie. Sollen sie mich aufspießen, zerstückeln, vergiften, aber wenn sie mich umbringen, wäre es nett, wenn sie vorher die Heizung aufdrehen könnten.

»Hallo? Trisha?«

Leidlich bekannt kommt mir das Wesen vor, das da mit mir spricht. Nicht der Schluffi. Nein, der Schluffi hat bestimmt nicht so lange durchgehalten, um mir in dieser Nacht erneut über den Weg zu laufen, und er traut sich sicher auch nicht, mich zu töten. Kann ja sein, dass ein Yak seine menschliche Seite entdeckt hat und nun in meiner Sprache mit mir Konversation macht. Tiere sind klüger, als der Mensch annimmt.

»Trisha!« Die Stimme ist sehr nah. Ich habe was gegen Leute, die mir ein Ohr abkauen.

»Ich bin es. Lars. Ich habe Sie überall gesucht. Bin alle Straßen abgefahren, die nach Dürrnberg rein und wieder raus führen!«

Lars.

Lars?

Wer war jetzt noch mal Lars?

»Können Sie das Rot wegmachen? Und vor allem das Gelb, das nervt«, murmele ich. Er packt mich unter den Achseln und stellt mich auf die Füße.

»Kommen Sie ins Auto!«

Ein Auto.

Ich könnte einschlafen. In einem Auto. Das kenne ich. Als Kind habe ich im Auto besonders gut geschlafen. Wie herrlich sich das anfühlte, wenn der Motor brummte und das sanfte Schaukeln mich in nette, hübsche Träume wiegte. Albträume kamen im Auto nicht vor.

Ich stolpere. Er schiebt mich vor sich her, öffnet eine

Autotür, ich rutsche kopfüber hinein, lande auf etwas Hartem. Die Wärme hier drin schlägt mir gegen den Kopf. Es muss 100 Grad haben! Toll. Erst erfrieren, anschließend verglühen.

Er macht sich an meinen Füßen zu schaffen, schiebt sie mit einiger Kraftanstrengung in den Wagen, die Tür geht zu, mit einem lauten »Klack«, und die Tür klatscht auf meinen Hintern. Ich rucke ein bisschen.

Er taucht von der anderen Seite auf. Ich schlafe. Ich bin schon weggetreten, wirklich, in wenigen Sekunden werde ich …

»Sie müssen mir ein bisschen Platz machen, bitte, Trisha!«

Höflich ist er also außerdem. Seine Hände greifen nach meinem Kopf und heben ihn ein wenig an. »Ich komme nicht an den Schalthebel!«

Unwillig rucke ich zur Seite. Der Motor springt an.

Aber bevor das regelmäßige Schnurren ertönt, mich mitreißt, höre ich ein anderes Geräusch. Einen Knall. Etwas schlägt in den Wagen.

Ich bin hellwach. Richte mich auf.

»Fahren Sie los!« Meine Stimme kreischt, schrill wie eine Säge, orgelt panisch in die höchsten Höhen. »Fahren Sie, fahren Sie, die erwischen uns! Die haben eine Pistole!«

Lars gibt Gas. Der Wagen schlingert kurz. Dann setzen wir uns in Bewegung.

Gerettet. Vorerst.

35

Zwei Tage nach den Morden lungerte der berühmte investigative Journalist Julius Deuerling vor meinem Haus herum. Ich wohne in einer ruhigen Straße in der Leipziger Innenstadt, im dritten Stock eines Mietshauses, und selbst im Winter setze ich mich gern am Morgen für ein paar Minuten auf den winzigen Balkon, um Luft zu tanken und den Tag beginnen zu lassen.

Unten auf der Straße sah ich Deuerling. Er musterte die Klingelschilder. Steckte sich eine Zigarette an.

Der Mann, der mich wahrscheinlich für unfähig hielt, meinen Beruf auszuüben, trieb sich vor meinem Haus herum. Also war ich trotz meiner Glücklosigkeit irgendwie wichtig. Eher verblüfft als ängstlich stand ich auf und ging in die Wohnung, schloss die Balkontür, zog den Vorhang zu. Durch einen Spalt beobachtete ich Deuerling. Er telefonierte, vertrat sich die Beine. Wollte er mit mir sprechen, war sich jedoch zu fein, zu klingeln?

Deuerling, der den Verdacht hatte, Faber könne Feinde in den Medien haben, die ihn letzten Endes in diese sogenannte Affäre getrieben hatten?

Glaubte er sogar, *ich* könnte eine Figur in dem Spiel sein?

Hektisch überschlug ich, was ich über Deuerling wusste. Er war Journalist und glaubte an Fabers

Unschuld. In seinen Artikeln schrieb er genau das. Er setzte das Mosaik der Fakten so zusammen, dass eine Intrige daraus wurde. Nun waren sowohl Faber als auch Eriksen, Fabers Mentor, tot.

Was folgte daraus für Deuerling? Zunächst nur, dass aus dem geplanten Ghostwriting-Projekt für Faber nichts mehr werden konnte. Allenfalls eine Biografie könnte Deuerling verfassen, auf der dann als Autor sein eigener Name stehen würde.

Würde er damit nicht deutlich mehr Geld verdienen, als wenn er als Geist Fabers Autobiografie textete? Jetzt, wo die Affäre noch warm war und landesweit Erschütterung über das Blutbad in der Politikervilla artikuliert wurde.

Ich war drauf und dran, Lusya anzurufen, aber dann tat ich es doch nicht. Zu früh. Lusya arbeitete meist bis tief in die Nacht, sie vor zehn zu stören, kam nicht infrage.

Woher wusste Deuerling, wo ich wohnte?

Ich stand in keinem Telefonbuch, ich besaß keine Webseite, auf der ein Impressum mich verraten hätte.

Schließlich rief ich meinen Vater an. Ich hatte das Gefühl, er sollte wissen, dass ich auf Fabers Party gewesen, aber nach Hause gefahren war, bevor die Schüsse fielen. Zwar fürchtete ich sein Urteil: Typisch, ausgerechnet, wenn es interessant wird, bist du nicht mehr vor Ort. Doch ich wollte auf alle Fälle, dass er es von mir hörte und nicht von irgendeinem Kollegen aus dem Kreis der Schmierfinken, der zufällig auch bei Faber gewesen war und meinem Vater beiläufig steckte, dass seine Tochter rechtzeitig die Flatter gemacht hatte.

Diesmal täuschte ich mich. Er schien ausnehmend erleichtert, als ich ihm meinen Abend und das unvermittelte Auftreten der Grippe schilderte.

»Ach, mach dir nichts draus, Trisha, das ist so ein Magen-Darm-Virus, den haben jetzt viele. Unsere halbe Redaktion liegt flach.«

»Kennst du Julius Deuerling?«

»Wenn du den Journalisten meinst – natürlich. Wir haben erst gestern telefoniert.«

»Ihr habt gestern telefoniert?« Das haute mich nun doch um.

»Warum denn nicht?«

»Ach …«

»Deuerling hat sich vorgestern ganz nahe bei dem Raum befunden, in dem Eriksen um sich schoss.«

»Du machst Witze!«

»Er sah die sterbende Kellnerin in der Tür liegen. Rief die Polizei.«

»Deuerling wählte den Notruf?« Ich schielte durch den Spalt im Vorhang. Eben jener Mann trat dort unten von einem Bein auf das andere.

»Er berichtete mir, er wäre auf der Suche nach Faber gewesen, eine Kellnerin hätte ihm gesagt, Faber sei in einem Zimmer im oberen Stock. Tja, und diese Kellnerin lag tot oder sterbend in der halb geöffneten Tür. Grauenvoll.« Mein Vater räusperte sich. »Trisha, ich bin ehrlich gesagt froh, dass du früher zu Hause warst. Wirklich.«

In seiner Stimme klang Sorge. Betroffenheit. Ein echtes Gefühl, nicht nur die übliche Höflichkeit, auf die wir uns in unserer Kommunikation geeinigt hatten, um nicht noch mehr Wunden aufzureißen.

»So etwas sollte niemand erleben müssen«, fügte er hinzu.

In meinem Kopf tobte ein Kampf. Ich war dankbar, dass mein Vater mir keine Vorwürfe machte – und wütend auf mich selbst, dass ich so empfand. Ich hatte gar keine Wahl gehabt. Es war mir so lausig gegangen – ich musste heimfahren.

»Woher kennst du Deuerling eigentlich?«

Mein Vater lachte. »Über Lusya. Deine Freundin.«

»Über Lusya?«

»Genau! Sie war in Nürnberg. Im Sommer. Hatte hier irgendeine Geschichte zu verfolgen. Hing mit dem Christkindlesmarkt zusammen.«

Ich erinnerte mich dunkel. Sie recherchierte, welche Aktivitäten in der Stadt Nürnberg während des Jahres abliefen, bevor das Megaereignis im Advent an den Start ging.

»Da meldete sie sich bei mir. Zufällig hatte ich Zeit. Wir gingen ein Bier trinken. Deuerling stieß dazu.«

Etwas würgte mich. »Deuerling stieß dazu?«

»Ich dachte, du wüsstest, na ja, du ahntest, dass die beiden ein Verhältnis haben?«

Der Schlag saß. »Unmöglich!« Ich lachte laut auf. »Lusya und dieser Knabe?«

»Frauen fühlen sich mitunter zu älteren Männern hingezogen, Trisha, das soll vorkommen.« Er lachte leise. »Hast du dich nie gefragt, warum Lusya keinen Freund hat? Sie ist attraktiv, intelligent, humorvoll, hat Temperament und Stil – nach so einer Frau lecken die Männer sich die Finger.«

Auf mich trifft das alles nicht zu, oder?, dachte ich. Wut und Resignation stritten in mir. Letztere siegte. Ich hatte keine Kraft mehr, meinem Vater irgendwas vorzuwerfen. Mich zu missachten, zu beurteilen schon gleich dreimal nicht.

»Deuerling ist ihr Mentor«, warf ich ein.

Mein Vater gab ein Knurren von sich. »So kann man es auch nennen. Weißt du, Trisha, Lusya hat es nicht leicht gehabt. Als Aussiedlermädchen ohne ein Wort Deutsch. In einer nach Kraut von vorgestern müffelnden Wohnung mit Taugenichtsen als Brüder, wo alle Familienmitglieder sich benachteiligt fühlen und Trübsal blasen. Nichts unternehmen, um ihre Situation zu verbessern. Ein Haufen schwermütiger Unglücksraben.«

Das klang sehr nach einem Lusya-Zitat.

»Lusya ist kein Verlierertyp.«

»Eben. Sie hat sich rausmanövriert.«

Ich beendete das Gespräch. Woher kannte mein Vater diese Dinge aus Lusyas Leben? Hatte er im Biergarten davon erfahren? Sie sprach kaum mit mir darüber, beließ es bei Andeutungen. Sie hatte es schwer gehabt und wollte raus aus ihrem Milieu. Das hatte sie geschafft, damit war das Thema abgehakt. So vermittelte sie mir ihr Innenleben.

Ratlos ließ ich das Telefon auf den Tisch fallen und sah auf die Straße hinunter. Deuerling war weg.

36

»Wer sind die?«, presst Lars zwischen zusammengebissenen Zähnen hervor.

Er fährt wie ein Wahnsinniger. Brettert um enge, steile Kurven, durch Waldstücke, über Anhöhen. Ich verliere die Orientierung.

»Ich weiß es nicht.«

»Ist eine lange Geschichte?«

»Ist es. Sie sind gefährlich.«

»Habe ich mir gedacht. In der Seitenablage ist eine Thermoskanne mit Kaffee.«

»Ohne verlassen Sie wohl nie das Haus?«

Er lacht. Ich gieße mir Kaffee ein. Ganz wenig, um bei den rabiaten Bewegungen des Wagens nichts von der wertvollen heißen Flüssigkeit zu verschütten. Ich zwinge meine taube Hand, die Kanne festzuhalten. Mit Willenskraft funktioniert es.

Ich trinke. Wir schweigen. Die Heizung bullert. Ich schäle mich aus meinem nassen Mantel. Halte meine Hände vor die Lüftung.

»Sie sind verletzt«, bemerkt Lars.

»Ja. Ich habe mir die Haut aufgeschlitzt. Kann nicht sehen, wie tief. Es hat ziemlich geblutet.«

»Der Verbandskasten muss irgendwo hinten im Fußraum rumliegen.«

Ich taste danach, finde ihn, öffne ihn. Lars reicht mir

eine Taschenlampe. »Jod ist drin und Verbandsmaterial auch.«

Eine Weile halte ich die Furcht in Schach, denn ich bin damit beschäftigt, im Schein der Lampe den Schnitt zu betrachten. Das Schilf muss ziemlich scharfkantig gewesen sein. Ich tröpfle Jod auf die Wunde. Das Brennen fällt weniger heftig aus als erwartet. Unbeholfen wickle ich Mull um die Hand. Daraufhin inspiziere ich mithilfe des Spiegels in der Sonnenblende den Schaden in meinem Gesicht. Nur ein tiefer Kratzer. Nichts, worüber es nachzudenken lohnt.

»Können wir ohne Licht fahren?«, frage ich.

»Ohne Licht?«

»Damit sie uns nicht so schnell finden.«

»Ich würde halt gern selber was sehen.«

»Das ist echt nicht witzig hier!«, blaffe ich ihn an, während ich den Verbandskasten schließe und hinter meinen Sitz fallen lasse.

»Habe ich gemerkt. Immerhin hat irgendein Irrer auf uns geschossen, Himmel noch mal!«

»Achten Sie auf einen X5. Weiß.«

»Spielt die Farbe eine Rolle?« Er drückt aufs Gas.

»Sie war alles, was ich erkennen konnte. Das Nummernschild war schneeverkrustet.«

Der Wagen schlingert. Lars lenkt dagegen. Ich halte den Atem an. Ich will jetzt nicht sterben. Nicht jetzt, wo ich so weit gekommen bin. Nicht auf einer von diesen verschneiten Mittelgebirgsstraßen.

Unversehens schaltet er auf Standlicht.

»Wir fahren zu mir!«, bestimmt er.

»Wie weit ist das?«

»Dauert nicht allzu lange.«

Na klasse. Ich begebe mich in die Gewalt eines Mannes, den ich gestern um diese Zeit noch nicht kannte. Aber habe ich eine Wahl? In so einer Lage fallen Entscheidungen leicht.

»Wohnen Sie in einer Stadt?«

»Auf dem Dorf. Weshalb fragen Sie?«

»Fahren wir besser auf eine Autobahn«, schlage ich vor. »In Bewegung bleiben, bis es Tag wird.«

»Das ist bald der Fall.« Er weist auf die Uhr am Armaturenbrett. 04.30 Uhr.

Ich staune. Die Nacht hat mein Zeitgefühl außer Kraft gesetzt.

Während wir durch die Einsamkeit rasen, ständig den Blick auf den Rückspiegel gerichtet, fasse ich so gut es geht zusammen, was ich erlebt habe.

»Kinderpornografie«, murmelt Lars, »das Wort allein ist doch schon missbräuchlich! Es vermittelt den Eindruck, die Kinder wären damit einverstanden gewesen, in diversen Posen abgelichtet zu werden. Und es geht nicht nur um Posen. Auch um sexuelle Handlungen, um absolut brutale, wenn's drauf ankommt! Wussten Sie, dass es regelrechte Snuff-Videos gibt? Kinder, die derart gewalttätig missbraucht werden, dass sie schließlich sterben? Was natürlich ebenfalls auf Film festgehalten wird? Wer zahlt, bestimmt die Musik. Es wird gedreht, was der Markt will!«

»He, Sie haben recherchiert!« Ich schlüpfe aus meinen Stiefeln, ziehe die Beine an. Meine Socken sind klatschnass.

»Habe ich. Nachdem ich gestern nach Hause kam. Unser Gespräch im Café hat mich nicht mehr losgelassen. Ich habe alles über den Fall Faber gegoogelt.«

Im Rückspiegel tauchen Scheinwerfer auf.

»Wo sind wir?«, flüstere ich.

Er beugt sich vor, blinzelt.

»Dauert noch.«

Nervös starre ich in den Seitenspiegel.

»Das Auto holt auf.«

»Verdammt! Mein Wagen ist natürlich nicht mehr der neueste! Aber ganz gut ausgerüstet für den Winter.«

Ich habe in Erinnerung, dass er ein Wintersportfreak ist. Auf solche Leute ist Verlass. Außerdem fährt er ein stabiles schwedisches Modell. Er gibt Gas, wir schlittern um die nächste Kurve. Konzentriert und ruhig hält er das Lenkrad.

»Wissen Sie, was seltsam ist?«, fragt er nach einer Weile. »Dass es überhaupt rauskam. Das mit den Filmen auf dem Rechner. Neun von zehn Konsumenten werden überhaupt nie strafrechtlich verfolgt. Niemand wird auf die Täter aufmerksam! Stattdessen gibt es Nachschub ohne Ende. Pornografisches Material wird in solchen Massen produziert – den Pädophilen geht der Stoff nie aus!«

»Aber in Fabers Partei und auch bei den Landesbehörden werden die Logdateien ständig überprüft. Wenn ein Nutzer verbotene Seiten anklickt, ruft das die Aufsicht auf den Plan. So kamen die Internetaktivitäten in Fabers Büro in die Öffentlichkeit.«

»Verstehe.«

»In Fabers Fall ging es sowieso nicht um das Strafmaß. Eine Haftstrafe wäre nie infrage gekommen! So sind die Gesetze. Es ging vielmehr darum, dass Faber für immer weg vom Fenster gewesen wäre, wenn die Sache auf ihn gefallen wäre. Dadurch, dass ein anderer die Schuld bekannte, bestand für ihn zumindest eine zarte Chance, in ferner Zukunft in die Politik zurückzukehren.«

»Die *Sache*?« Lars schnaubt empört. »Es geht um den Missbrauch von Kindern, das meinen Sie doch mit ›*Sache*‹! Die Vernichtung von Leben, von Seelen, Psychen, Körpern!«

Ich lehne mich zurück. »Drücke ich mich tatsächlich so harmlos aus?«

Er lacht. »Nein. Tun Sie nicht. Ich glaube, Sie haben heute Nacht mildernde Umstände.«

»Danke.« Mein Kopf schmerzt. Die Wärme im Wagen tut meinen Händen gut. Die Wunde unter dem Verband pocht schwach. Mein Hirn schaltet sich bei den betäubenden Temperaturen anscheinend gerade auf Stand-by. Lars' Worte erreichen mich nicht mehr so richtig. Wahrscheinlich bin ich bloß müde. Todmüde.

»Kam eigentlich niemand auf die Idee, nachzufragen, ob Faber selbst den Fensterputzer vorgeschoben hat?« Lars Hampstedts Frage reißt mich aus dem Halbschlaf.

»Während der Ermittlungen konnte nichts festgestellt werden, was für Faber als Konsument sprach«, leiere ich herunter, was ich mir an Informationen beschafft habe. »Logisch wäre es: Er lädt die Filme runter, es kommt raus, er sucht sich einen Deppen, der die Schuld auf sich nimmt. Aber da waren niemals kinderpornografische Materialien auf seinem privaten Rechner, niemals Netzbewegungen, die auf Konsum hätten hinweisen können, keine Kontobewegungen. Schließlich hätte er Marcus K. bezahlen müssen! Es gibt keine Beweise, dass Faber selbst den Kontakt zu ihm hergestellt hat.«

»Also hat das jemand anderes für ihn getan.«

»Darum ging es im Prozess. Man hat niemanden ausfindig gemacht. Der Fensterputzer hat alles zugegeben. Ein Geständnis ist genau das: ein Geständnis. Es sei denn, jemand geht in die nächste Instanz.«

Wir schweigen.

Bis ich hochschrecke. Warum auch immer. Ich muss für Sekunden eingeschlafen sein. Werfe einen kurzen Blick in den Spiegel. Die Scheinwerfer sind wieder da.

»Da stimmt was nicht, Lars!« Ich zeige auf den Seitenspiegel. »Derselbe Wagen ist schon die ganze Zeit hinter uns. Hält Abstand, taucht aber immer wieder auf!«

»Fuck!«

»Kannst du nicht schneller?«

»Wenn der Wagen da hinten so ein starkes Modell ist, wie du vermutest, fürchte ich, werden wir den Kürzeren ziehen.«

Mein Herz setzt einen Takt aus.

»Scheiße.«

»Wir schaffen das.«

Es klingt nach zusammengebissenen Zähnen und Zweifeln.

»Wo ist die dämliche Autobahn?«

»Die würde uns auch nicht viel helfen.«

»Aber … da erschießen sie uns nicht einfach.«

»Wer sind die, Trisha? Wer hat die dir auf den Hals gehetzt?«

»Ich habe keinen Schimmer.«

»Du hast gesagt, du hättest den Fall abgegeben.«

Wir schlingern um eine Kurve. Das Heck des Volvo bricht aus. Es geht abwärts.

Der Wagen hinter uns holt auf. Angestrengt spähe ich in den Seitenspiegel. Es könnte der X5 sein. Könnte.

»Schneller!«

Lars tritt aufs Gas. »Hast du den Fall abgegeben oder nicht?«

»Habe ich! Ich habe nichts mehr damit zu tun. Und ich bin garantiert keine Gefahr für irgendjemanden. Immerhin habe ich nichts anderes geschrieben als alle anderen auch! Ich weiß nichts, was nicht jeder Zeitungsleser weiß!«

Lars lacht auf.

»Nein, wirklich.«

»Schon okay. Allerdings scheint jemand zu glauben, dass du etwas weißt, womit du noch nicht rausgerückt bist.«

Wieder eine Kurve. Die Straße ist steil, die Kurve haarnadelartig. Rot-weiße Warnschilder weisen auf die Gefahr hin.

Der Wagen gerät ins Schleudern.

»Wenigstens habe ich Winterreifen!« Lars schaltet runter. Der Wagen bäumt sich auf, schießt voran. »Aber der Kerl holt trotzdem auf!«

Ich schlinge die Arme um die Knie. Wir sind im Wald. Die Bäume stehen dicht. Seit einigen Kilometern glitzern Katzenaugen rechts und links in den Bäumen. Offenbar sollen sie das Wild davon abhalten, die Straßenseite zu wechseln.

Der Verfolger rückt heran. Kurve. Die Scheinwerfer des Wagens hinter uns sind für 10, 20 Sekunden nicht zu sehen, bis sie erneut Schneisen in die Nacht fräsen.

»Der Mistkerl blendet auf!« Lars dreht am Rückspiegel.

Kurve.

Wieder ist der andere Wagen weg. Ich starre auf die Uhr am Armaturenbrett. Eine knappe Minute, dann taucht er auf.

»Gas!«, rufe ich. Meine Stimme ist so schrill, dass sie meinen eigenen Kopf zersägt.

Lars beschleunigt. Kurve.

»Da ist ein Forstweg! Da rein, rechts!«, schreie ich.

Lars bremst, wir schleudern auf die Gegenfahrbahn, der Wagen fängt sich. Ich greife über das Lenkrad, schalte das Licht aus. So ein altes Auto kennt noch keine Lichtautomatik, Gott sei Dank! Lars lenkt den Wagen in den Wald. In völliger Schwärze rumpeln wir über Schneehaufen, Eisklumpen schlagen an den Unterboden. Das Heck bricht aus.

»Fahren, fahren, fahren«, flüstere ich. Wir ahnen den schmalen Waldweg, der vor uns liegt, mehr, als dass wir ihn sehen. Zweige fegen gegen Windschutzscheibe und Seitenfenster. Wir werden durchgeschüttelt wie Socken in einer Waschmaschine. »Nicht bremsen.«

Das Bremslicht würde uns verraten. Wir rollen. 20 Meter. 50. Stehen. Lars schaltet die Zündung aus. Es ist ganz still. Wir drehen uns beide zugleich um, starren durch die verschmierte Heckscheibe. Gute 100 Meter sind wir von der Straße entfernt. Das könnte reichen.

Scheinwerfer. Sie sensen den Weg durch die Nacht frei. Der Wagen braust vorbei.

Ich höre, wie Lars langsam ausatmet. Mit einem kleinen Geräusch, als bliese er eine Kerze aus.

»Prima«, sagt er. »Das hätten wir fürs Erste.«

Ich kann gar nichts sagen, nicke nur, was er in der Dunkelheit nicht sehen kann. Mein Herz rast.

»Übrigens, vorhin haben sie es in den Spätnachrichten gebracht. Kurz vor Mitternacht«, fügt er hinzu.

»Was?« Ich wüsste nicht, was so wichtig sein könnte, dass es mich jetzt besonders interessiert. Jetzt, wo wir auf diesem Forstweg stehen.

»Es gibt neue Ermittlungsergebnisse in Bezug auf die Morde in Fabers Villa. An Hanno Eriksens Händen wurden keine Schmauchspuren gefunden.«

37

Ich traf mich mit Lusya. Eine knappe Woche nach den Morden. Ich wollte ihr meine sämtlichen Unterlagen zur

Causa Faber bringen. Der E-Mail traute ich nicht besonders, zudem besaß ich eine Reihe von handschriftlichen Notizen, die ich nicht extra zu digitalisieren gedachte.

Lusya öffnete mir in zerrissenen Jeans und einem Shirt, auf dem das grüne Krokodil prangte. Küsschen hier, Küsschen da. Der zarte Geruch von Parfum wehte mich an.

In ihrer Wohnung hinter der Thomaskirche herrschte das übliche Chaos. Papiere, Ausdrucke, Zeitungen, Magazine. Ihr Tablet, ihr Laptop. Ein digitales Diktiergerät. Im Hintergrund tobte Musik. Irgendwas Weltmusikmäßiges, das Lusya über alles mochte.

»Mensch, Lusya!« Ich zeigte grinsend auf das Tohuwabohu: »Das heißt also, du arbeitest wie wild?«

»Kannst du laut sagen.« Gierig sah sie auf die Mappe unter meinem Arm. »Und?«

»Alles für dich. Sieh die Sachen durch. Wenn du Fragen hast, melde dich.« Ich schlüpfte aus meinem Mantel, warf ihn auf einen Sessel.

»Und du bist wirklich sicher, dass du aufhören willst? Du hast dir die Birne weichrecherchiert, geschrieben, geforscht, Kontakte angezapft.«

»Du kaufst mir den Rückzug nicht ab, oder?«

»Stimmt. Tue ich nicht.«

»Zu schön, um wahr zu sein?«

Lusya zog eine Grimasse. Ich erschrak selbst über meinen zynischen Tonfall.

»Quatsch nicht.« Sie kämpfte einen kurzen Kampf mit sich, bevor sie fragte: »Ist es wegen dem, was auf Fabers Party passiert ist?«

Drei Morde und ein Selbstmord … und ich bin zu zart besaitet. Ich verkrafte das nicht. Nicht nur den Tod von Menschen, die ich zumindest recherchemäßig kennengelernt habe. Sondern diese ganze Bissigkeit der Politik, dieses Sich-und-alles-Opfern für eine Funktion in einer Partei, einem Staat! Was konnte daran so wunderbar sein, dass man sein Leben wegwarf, seine Familie vernachlässigte, an allen Fronten für seine Ehre kämpfen musste? Möglich, dass diese gemeine Welt nicht meine war. Aber die Welt der Medien sah definitiv nicht sehr viel anders aus.

»Du liebe Güte, nein!«, erwiderte ich. »Ich glaube, ich steige komplett aus dem Business aus.«

»Spinnst du? Du schreibst hervorragend.«

»Stil ist nicht alles.«

»Was willst du denn sonst machen?«, fragte sie neugierig, während sie ihr dickes Haar im Nacken zusammenfasste und zu einem Knoten drehte, den sie mit einem Bleistift feststeckte.

»Ja, nicht? Schlimm, wenn man nichts anderes gelernt hat.« Diese Häme! Ich verabscheute mich selbst, wenn ich zynisch war.

»Das ist Unsinn, Trisha, und das weißt du.«

»Stimmt. Ich kann tausend andere Sachen machen. Ich kann einen Blog schreiben, über Kochen oder über Musik oder irgendwas. Vielleicht sogar über Autos. Wir Journalisten können alles.«

Lusya sah mich einen Moment fassungslos an. Reflexartig fragte sie: »Kaffee?«

»Warum nicht.«

Ich ging ihr nach in die Küche.

»Lusya?«

»Hm?«

»Was würdest du als Nächstes tun, wenn du die journalistische Arbeit hinschmeißen würdest?«

»Du schmeißt nicht hin.«

»Woher willst du das wissen?«

»Du kommst zurück. Ich kenne dich! Du lässt dich nicht ausbooten. Bist ein harter Knochen, obwohl du auf Weichei machst.«

»Ich *mache* auf Weichei?« Ich dachte an meinen Zusammenbruch auf der Party. »Ich *bin* ein Weichei, Lusya! Kennst du eine andere Journalistin, die genau dann, wenn etwas Entscheidendes passiert, aufs Klo rennt und kotzt?«

»Eine Grippe kriegt jeder mal, und dazu gehört, dass die Viren urplötzlich zuschlagen, wie aus dem Nichts.« Lusya hantierte mit der Kaffeemaschine.

»Es ging mir nicht um die Grippe.«

»Hast du mit deinem Vater telefoniert?« Sie gab Kaffeepulver in den Filter.

»Wie kommst du darauf?«

»Weil du immer, wenn du dich von deinem Altvorderen hast einschüchtern lassen, so resigniert daherkommst.«

Ich bin nicht resigniert, will ich ihr entgegenschreien. Ich habe meine Lebensplanung geändert. Ein für alle Mal! Ich hasse es, mich zerreiben zu lassen zwischen meinen eigenen Ansprüchen, denen der anderen, den Erwartungen meines Vaters, denen

Lusyas, den Erfordernissen des Journalistenberufs. Kapier das endlich!

Stattdessen presste ich heraus: »Du hast was mit Deuerling.«

Lusya ließ den Löffel fallen, mit dem sie soeben noch großzügig Pulver in den Filter geschaufelt hatte.

»Spinnst du?«

»Du warst vergangenen Sommer in Nürnberg, hast mit meinem Vater ein Bier getrunken und deinen Lover gleich mitgebracht.«

»Ich habe deinen Vater getroffen, das ist wahr. Deuerling war zufällig auch in Nürnberg, er stieß einfach dazu!« Sie lachte leise, als hielte sie mich für heillos minderbemittelt.

»Erzähl mir doch keine Märchen, Lusya!« Zorn kochte in mir hoch. Ich sah zu, wie sie mechanisch das Wasser in die Maschine füllte und den Ein-Schalter drückte.

Lusya kam immer durch. Schon im Studium war das so! Sie konnte arbeiten wie ein Tier, sie war fleißig, aber sie verabscheute es, für Fächer zu lernen, die ihres Erachtens völlig sinnlos für unser späteres Berufsleben waren. Irgendwie manövrierte sie sich an den Anforderungen vorbei. Wie sie das geschafft hatte, darüber dachte ich damals nicht nach. Natürlich hatte ich die schlichte Erkenntnis nicht zugelassen. Lusya hatte sich Schützenhilfe durch sexuelle Leistungen erarbeitet! Warum fiel mir erst jetzt auf, dass Lusya außer mir keine Freundin hatte, indessen ständig mit verschiedenen Männern unterwegs war?

»Du kennst die Geheimnisse von vielen Leuten, Lusya. Bloß über dich selbst hast du so gut wie nie etwas preisgegeben. Obwohl du es vortrefflich verstehst, die intimen Dinge aus dem Leben der anderen zu sezieren. Wie oft haben wir über meine Familie gesprochen. Über meine Mutter, wie ich sie vermisse, und dass sie mir nie geholfen hat, wenn mein Vater oder mein Großvater über mich herfielen! Mich zerlegten, analysierten, mich abschätzten wie ein Stück Fleisch, das man für den Weihnachtsbraten haben möchte! Aber von dir war nie die Rede!«

»Es tut mir leid mit deiner Mutter.« Lusya schob die Hände in die Taschen, starrte zu Boden.

»Über dich selbst hast du allenfalls mal drei Silben verloren. Nur das, was man zu kennen glaubt, hast du rausgelassen: die 14-jährige Russlanddeutsche, die aus dem Plattenbaugefängnis und den Krallen ihrer betulich-resignierten Großfamilie rauswill. Nichts als ein Stereotyp, angereichert mit ein bisschen Gewalt und Multikulti!«

Lusyas eisblaue Augen färbten sich eine Spur dunkler. Ich konnte nicht mehr aufhören zu reden. War richtig in Fahrt.

»Du richtest dein Leben an deinen Plänen für deine berufliche Zukunft aus. Zeigst niemals schwache Seiten. Weil du damit rechnest, dass man die im entscheidenden Fall gegen dich verwenden könnte. Du verteilst Vertrauen wie andere Menschen Almosen! Suchst dir einen Fettkloß wie Deuerling als Geliebten aus, weil er dir beruflich weiterhelfen kann. Hast du überhaupt einen Krümel Würde im Leib?«

»Moralische Vorwürfe?« Sie ging zum Angriff über. »Für so uncool hätte ich dich nicht gehalten!«

Im Vergleich zu ihr war ich nicht nur uncool, sondern eine Niete.

»Warum redest du nie über dich? Damit keiner was gegen dich in der Hand hat, oder? Nicht mal deine beste Freundin!«

»Ich rede nicht über mich, weil ich nicht erinnert werden will an diese Pechvögel, die nie was auf die Reihe kriegen und anderen dafür die Schuld in die Schuhe schieben. Die Sozialleistungen abkassieren, warten, dass der Staat noch mehr für sie tut und noch mehr. Die den Schwanz einziehen und überhaupt nicht auf die Idee kommen, selber ihr Hirn einzuschalten und sich was auszudenken. Ich bin lange genug in diesem verschlammten Tümpel herumgeschwommen, ich darf das sagen.« Sie strich über ihr Shirt. »Komm mir nicht mit Stereotypen. In bestimmten Medien funktionieren die gut. Aber ich bin kein Freund von ihnen, und das weißt du.«

Meine Wut war verflogen. Ich wusste nicht einmal, warum ich so ausgerastet war. Leid tat es mir nicht. Ich fühlte mich nur lädiert, als hätte ich ein Auto gegen eine Mauer gesetzt und verspürte den dringenden Wunsch, auszusteigen und davonzugehen.

»Mach's gut, Lusya!«, sagte ich heiser.

»Jetzt warte doch!« Sie kam mir nach in den Flur. Ich hörte die Kaffeemaschine fauchen. Eine rote Strähne stahl sich aus ihrem Haarknoten und ringelte sich an ihrem Ohr. Sie sah wunderschön aus. »Was ist denn auf einmal los?«

Ich fuhr herum.

»Nichts. Nur dass *deine* Affäre vor Kurzem vor *mei-*

ner Wohnung herumgelungert ist. Warum eigentlich? *Was* weiß ich, das ich nicht, blöd wie ich bin, längst ausposaunt habe? Du wirst es in den Unterlagen hier finden.« Ich ruderte mit dem Arm Richtung Wohnzimmer, wo ich die Mappe abgelegt hatte. Die Mappe mit meinem Leben der letzten zehn Monate, seit der Skandal um Ron Faber zum alles beherrschenden Thema meines Daseins geworden war.

»Behalte deine Geheimnisse! Aber kümmere dich ab jetzt nicht mehr um meine.«

»Ich habe keine Geheimnisse!«

»Na, dann habe ich eben ein paar!« Ich griff mir meinen Mantel, riss die Wohnungstür auf, polterte die Stufen hinunter.

»Trisha! Warte bitte!«

Ich hörte ihre Stimme durchs Treppenhaus hallen, doch ich drehte mich nicht um.

38

Lars legt den Rückwärtsgang ein. »Und jetzt? Den ganzen Weg zurück? Wohin sollen wir?«

Ich denke angestrengt nach. Das Ergebnis liegt exakt bei 0,0.

Der Wagen bewegt sich schwerfällig.

»Irgendwas stimmt nicht.« Er schüttelt den Kopf. »Merkst du das? Die Lenkung reagiert nicht mehr.« Er reißt am Steuerrad herum.

»Gibt's doch nicht! Bis vor ein paar Minuten lief das Auto wie geschmiert.«

»Vor ein paar Minuten ist nicht jetzt.«

Er kramt eine Taschenlampe aus dem Handschuhfach und steigt aus. Ich bleibe sitzen. Nichts und niemand kann mich dazu bringen, jetzt aus dem Wagen zu steigen. Meine Füße in die durchweichten Stiefel zu zwängen und in den Schnee zu stellen.

Er kommt zurück, lässt sich auf den Fahrersitz fallen und macht ein sorgenvolles Gesicht, und nun wird klar, wir sitzen fest. Er erklärt mir irgendwas über die Lenkung. Ich höre nicht hin.

»Und jetzt?«, murmele ich. Die Erkenntnis, aufs Neue in der Schneehölle gefangen zu sein, dämmert mir erst nach und nach.

»Ich bin Automobilclubmitglied. Die holen mich ab. Premiumbehandlung. Aus gutem Grund bei meiner alten Kiste.« Er greift nach seinem Handy. Wählt eine Nummer.

»Lars?«

»Hm?«

»Lars, hast du …«

»Moment!« Er hebt die Hand. Spricht mit jemandem. Gibt unsere Position durch. Nennt ein paar Ziffernfolgen. Ich berge mein Gesicht zwischen den Knien.

»Gut. Danke.« Er legt auf. »Es wird eine Weile dauern, bis der Abschleppdienst kommt. Auf eine Stunde oder so müssen wir uns wohl einrichten.«

»Lars, hast du mich angerufen?«, frage ich ihn. »Vorhin?«

»Natürlich.« Er lacht auf. »Mehrmals. Ich konnte dich in dem verfluchten Dürrnberg nicht finden, deshalb …«

»Nimm den Akku aus dem Handy.«

»Was?«

»Ach, ist auch schon egal. Ist bestimmt zu spät.«

»Was denn!« Er sieht mich an, ein wilder Ausdruck liegt im fahlen Licht des Handydisplays auf seinem Gesicht. Es wird kalt im Wagen. Ich schlüpfe in meinen Mantel.

»Weil es sein kann, dass die Typen eine Schadsoftware auf dein Smartphone gespielt haben!« Ich schüttle den Kopf. »Ich habe mein Handy einfach fallen lassen, als ich gemerkt habe, dass sie mich orten können. Shit!« Mir dämmert, was mir schon die ganze Zeit hätte dämmern sollen. Nur *eine* Person kann das gemacht haben. Eine einzige. Mit Leichtigkeit. Ganz ohne Schadprogramme. Mein Vertrauen zu Lusya ist so groß, dass ich ihr das Passwort zu meinem E-Mail-Konto diktiert habe, und damit hat sie Zugang zu meinem Handy. Ich versuche, es Lars zu erklären.

Ungeduldig hört er zu. »Okay, von mir aus, schön dumm von dir, aber meine Passwörter hat niemand, dafür garantiere ich.«

Ich würde am liebsten lachen, so würdevoll spricht er. Im dunklen Auto. Auf einem verschneiten Forstweg. In einem verdammten Wald.

»Nimm lieber doch den Akku raus. Vielleicht haben die dir längst eine Schadsoftware aufgespielt.«

»So einfach wird das nicht gehen.«

»O doch! Das geht supereinfach. Die Software kannst du dir aus dem Internet saugen, inklusive Anleitung. Habe ich vor einem knappen Jahr drüber geschrieben.«

Unentschlossen betrachtet Lars sein Handy.

Scheinwerfer tasten sich die Straße entlang. Beide fahren wir herum, starren ängstlich durch die Heckscheibe.

»Die kommen zurück!« Ich bin schon in den Stiefeln. »Wir müssen hier weg!«

Der Wagen fährt vorbei. Im Schritttempo.

»Bist du sicher?«, wispert Lars.

»Wir müssen weg, Lars, die bringen uns um!« Meine Stimme ist wieder im Panikmodus.

Seine Finger fummeln am Handy herum. Endlich kriegt er die Abdeckung auf und zittert den Akku raus.

»Zu spät«, flüstere ich.

Er steckt beide Teile in seinen Anorak. »Komm!«

»Wohin?«

»Los, los! Noch suchen sie. Aber es dauert nicht mehr lange und sie finden die Einfahrt zum Forstweg.«

Er springt aus dem Wagen, reißt den Kofferraumdeckel auf, zieht etwas Schweres raus. Ich höre ihn atmen, schnell, hektisch, wie nach einem Lauf. Er wirft etwas in den Schnee.

Ich steige aus.

»Was tust du da?«

»Magst du Wintersport?«

»Nicht besonders.«

»Probiere die Schuhe da!« Er hält mir ein Paar hin. »Langlauf. Schon mal gemacht?«

»Als Schülerin. Ist gute zehn Jahre her.«

»Besser als nichts.« Lars schlüpft bereits in seine Schuhe. Legt Langlaufski an. »Ich habe die Ausrüstung immer im Skisack. Berufsethos. Passen die Boots?«

»Bisschen groß, aber ganz passabel.«

Er geht in die Knie. »Weißt du, wie du mit den Bindungen umgehen musst?«

»Ich glaube nicht.« Ich wanke auf den Skiern, während er im Dunkeln mit geübten Griffen meine Boots an den Brettern festschnallt.

»Hier sind Stöcke.«

»Ich habe keine Handschuhe.«

Ich höre einen Wagen näher kommen. Sehr langsam.

»Abhilfe.« Er wühlt im Kofferraum, reicht mir ein Paar Fäustlinge. Wirft einen Rucksack über seine Schulter. »Auf geht's.«

Er drückt den Kofferraumdeckel zu, ganz leise, und tastet sich am Wagen vorbei den Forstweg entlang. »Wir finden bestimmt eine gute Loipe!«

Lautlos fluchend kämpfe ich mit der ungewohnten Ausrüstung. Der Wagen hält. Die Scheinwerfer blenden auf. Sie haben uns geortet. Sie sind schnell und effektiv. Ich habe nur diese eine Chance. Diese verdammten Ski. Früher mochte ich Langlauf. Da waren die Loipen jedoch ausgeleuchtet und gespurt. Und niemand mit einer Pistole hinter mir her.

Lusya.

Ich will es nicht glauben.

Warum tut sie das?

Ich habe ihr meine ganzen Unterlagen übergeben.

Okay, ich war wütend, bin verbal ziemlich über die Stränge geschlagen, aber das ist kein Grund, mich zu verfolgen und auf mich zu schießen. Und woher sollte Lusya mit einem Mal eine Waffe haben? Ist sie mit Deuerling hinter mir her? Kann der dicke Teddybär die ganze Nacht durch den Wald laufen? Oder wer sonst?

Ich folge Lars, der von Zeit zu Zeit seine Taschenlampe aufblitzen lässt. Um den Weg einschätzen zu können und für mich zur Orientierung.

Ich höre Stimmen hinter mir, dann nehme ich Fahrt auf, der Forstweg führt leicht nach unten, ich gehe in die Knie, beuge mich vor. In meinen Ohren rauscht es. Die eisige Luft bringt die Wunde unter dem Auge zum Brennen, egal, ich denke nicht mehr, bin im Fluchtmodus, und ich schaffe das, beschließe ich, ich schaffe das! Zum ersten Mal in dieser grässlichen Nacht bin ich überzeugt, dass ich überlebe.

39

Einen Tag, nachdem Deuerling sich vor meiner Tür die Füße platt gestanden hatte, erschien die Polizei bei mir.

»Sind Sie Trisha Seling?«

Zwei Männer, einer blond, der andere mit Halbglatze. Beide ausgesucht höflich. Fragten, ob sie die Schuhe ausziehen sollten. Ich schüttelte den Kopf und führte sie in mein Wohn-Arbeits-Schlafzimmer.

»Wir haben die Gästeliste der Familie Faber eingesehen. Es geht um die Feier am 4. Dezember«, begann der Blonde, während er sich auf das Sofa fallen ließ. »Sie sind recht spät draufgesetzt worden, stimmt das?«

»Ja, eine Freundin, Lusya Griebler, ebenfalls Journalistin, hat mir eine Einladung besorgt.« Ich überlegte, ob die beiden Herren wohl meinen Presseausweis sehen wollten.

»Sie waren aber zum Zeitpunkt der Morde nicht mehr im Haus?« Wieder der Blonde. Der mit der Halbglatze guckte sich derweil in meiner Einzimmerwohnung um. Alles aufgeräumt, Glück gehabt.

»Nein. Ich hatte mir eine Grippe oder so was eingefangen. Es ging mir total schlecht. Ich habe mich mehrmals übergeben. Meine Freundin Lusya hat ein Taxi gerufen und mich heimgebracht.« In dem Augenblick schoss mir durch den Kopf, dass ich bisher davon ausgegangen war, in Lusyas Wagen nach Hause gefahren zu sein. Mit Lusya am Steuer. In einem Taxi? Natürlich, sie hatte den Taxidienst angerufen … Zum Teufel, was war nur mit meinem Kopf los!

»Waren Sie wegen der Grippe beim Arzt?«

»War ich nicht. Lusya hat mir bei der Nachtapotheke ein Medikament gekauft. Und am Tag danach ging es mir schon besser.«

»Magen-Darm«, bemerkte der mit der Halbglatze. »Haben jetzt viele.«

»Wir haben einen Anruf von Frau Grieblers Handy auf das Handy von Ewald Thomä. Ein Single-Taxi-

Unternehmen. Warum hat Frau Griebler ausgerechnet dort angerufen?«

»Ich habe keine Ahnung.« Das war die Wahrheit. »Womöglich kennt sie ihn von irgendwoher.«

Meine Hände krampften sich ineinander. Ich wollte das nicht, säße lieber ganz entspannt da. Bestimmt analysierten sie meine blockierte Körpersprache. Aber es ging nicht. All die panischen Gedanken der letzten Wochen tobten sich ausgerechnet in meinen Fingern aus.

»Frau Griebler setzte den Anruf eine halbe Stunde vor den Morden ab.« Der Blonde beugte sich vor.

Ich zuckte die Achseln. »Ich erinnere mich nicht an Uhrzeiten. Es ging mir wirklich grauenvoll. Ich war auf der Fahrt nach Hause nicht richtig bei mir.«

»Warum hat Frau Griebler Sie nicht in ihrem eigenen Wagen heimgebracht?«

»Sie hatte was getrunken.« Klar. Sonst hätte sie mich mit Stolz in ihrem neuen Auto kutschiert.

Die Halbglatze nickte frenetisch. »Mein Sohn hatte vor Kurzem auch Magen-Darm.«

»Warum ist Frau Griebler mit Ihnen gefahren?« Der Blonde knibbelte an seinem Daumen. »Warum blieb sie nicht auf dem Fest?«

»Sie wollte mich nicht allein lassen, nehme ich an«, erwiderte ich und hoffte von ganzem Herzen, dass es so war.

»Der Taxifahrer gibt an, um 23.10 Uhr vor dem Hause Faber vorgefahren zu sein, das war eine Viertelstunde vor den Morden. Sie und Frau Griebler warteten bereits vor der Tür.« Der Blonde checkte sein Notizbuch. »Einige Besucher erinnern sich an das Taxi, wollen es vom Fenster eines der Partyräume aus abfahren gesehen haben. Etwa um diese Zeit.«

Ich erinnerte mich nur, dass ich schlotternd vor Kälte in Lusyas Armen hing, meinen Mantel über mein dünnes Kleid gelegt, weil ich nicht mehr imstande war, in die Ärmel zu schlüpfen.

»Kann sein. Ich weiß nicht, wie spät es war, tut mir leid. Es ging mir wirklich beschissen.«

»Ja, das sagen auch andere Gäste aus, dass es Ihnen ausnehmend schlecht ging«, mischte sich die Halbglatze ein. »Unser Anliegen ist, herauszufinden, ob Ihnen etwas aufgefallen ist, bevor Sie das Haus verließen. Irgendetwas, das in Zusammenhang mit den Morden stehen könnte.«

Ich dachte an Mara und Babs auf dem Klo.

»Nein, eigentlich nicht. Ich hörte nur …«

»Ja?« Der Blonde war ganz Ohr, während die Halbglatze an meinen Bücherregalen entlangging und die Titel las, als würde meine Antwort ihn gar nicht interessieren.

»Nun, Babs Kent wollte mit ihrer Schwägerin sprechen. Beide schienen sich nicht besonders grün zu sein. Worum es im Einzelnen ging, bekam ich nicht mit.« Peinlich berührt schilderte ich die Szene auf der Toilette. Babs hatte Mara in der Hand, womit auch immer.

Die Polizisten tauschten einen Blick, und der Blonde notierte etwas in seinem Büchlein.

»In Ordnung, Frau Seling. Sollte noch etwas sein, wie können wir Sie erreichen?«

Ich gab den beiden meine Handynummer. Sie meldeten sich nicht mehr. Ich war irrelevant.

40

Der Weg wird sehr schnell steil. Äste und Zweige und altes Laub häufen sich, ich sehe fast nichts, ich fahre in einen Haufen Gestrüpp, falle, rapple mich auf. Rutsche, falle. Rufe leise nach Lars.

»Komm weiter, Trisha!«

Ha, ja klar, ich täte nichts lieber. Leider stand ich seit zehn Jahren nicht mehr auf Langlaufski, ich sehe nichts in der Finsternis, die Boots sind mir zu groß, mir ist verdammt kalt, und ich habe eine verfluchte, grauenvolle Angst, die mein Innerstes nach außen kehrt. Genau, und hinter mir sind Bewaffnete unterwegs.

»Los, du schaffst das.« Er kämpft sich ein Stück zu mir zurück. »Die holen uns nicht ein, wenn wir schnell sind. Und auf Ski ist man schneller als zu Fuß!«

»Wenn man's kann. Das mit dem Skifahren.«

Er ist jetzt hinter mir, dirigiert mich über den steil abfallenden Forstweg, seine Ski um meine, hält mich um die Hüfte fest. Mir wird ein klein wenig warm.

»Kennst du dich hier aus?«, frage ich.

»Nicht wirklich. Obwohl ich viel im Thüringer Wald unterwegs bin.«

Ich stöhne. Doch viel Zeit zum Nachdenken habe ich nicht. Ich muss Zweigen ausweichen, die tief über dem Weg hängen, die Strecke vor mir im Auge behalten, obwohl ich nur wenige Meter weit sehe, die Balance halten, Lars' Anweisungen befolgen. »Geh mehr in die Knie. Nicht so verkrampft. Pflug. Mach den Pflug!«

Habe ich gelernt, was das ist, den Pflug machen. Die Skispitzen zueinanderhalten, damit man langsamer wird. Zum Glück läuft der Pfad aus, endet auf einer Freifläche, die im glitzernden Mondlicht, das durch Spalten in der Wolkendecke fällt, wie ein fremder Planet aussieht.

»Die vom Automobilclub werden sich schön wundern, wenn du nicht mehr bei deinem Wagen bist.«

»Fürchte ich auch.« Er hält mich fest, wir bremsen, stehen. »Wie orientiert man sich im Dunkeln? Hast du gelernt, wie man sich in der freien Natur zurechtfindet?«

»Stand der Sterne?«, schlage ich vor. Gänsehaut läuft über meinen Rücken. Ich könnte mich verfluchen, dass ich die Thermoskanne mit dem rettenden Kaffee nicht mitgenommen habe.

»Leider haben wir ziemlich viele Wolken.« Er betrachtet den Himmel. Ich gucke ihn an. Er gefällt mir. Die Strähnen, die unter der Mütze rausgucken. »Aber ich habe ein GPS-Gerät. Damit wissen wir gleich, wo wir uns befinden.«

Ich muss lächeln. Ein erschöpftes, mattes Lächeln. Er ist ein Freak. Ein echter. »Eigentlich hätte ich jetzt gedacht, du würdest anhand von Flechten an den Baumrinden oder so die Himmelsrichtungen bestimmen.«

»Das haben wir in Finnland wirklich gemacht. Aber GPS geht schneller und ist mir lieber.«

Er macht sich an einem kleinen Apparat zu schaffen, bevor er mich nach links lotst. Wir überqueren die freie Fläche in einem weiten Bogen, ab und zu beleuchtet von Mondstrahlen, die frech genug sind, sich durch die Wolkendecke zu stehlen. Nichts ist zu hören als das Schnurren der Ski im Schnee. Es könnte eine romantische Skitour sein. Für Sekunden kommt es mir so vor, als habe sich die Gefahr aufgelöst. Doch dann schlägt die Erschöpfung zu. Ich bin die ganze Nacht auf den Beinen. In einer Extremsituation. Mein Körper kann nicht mehr. Ich bin todmüde. Unterschwellig nagt immer noch die Todesangst an mir. Da sind nicht mehr viele Reserven in mir. Wenn ich versuche, zuversichtlich zu sein, schleicht sich sofort der Argwohn ein. Wo sind die Verfolger? Wo steckt Lusya? Ist Lusya der Initiator dieser ganzen Machenschaften? Unmöglich. Sie fährt zudem keinen X5. Kann sie sich gar nicht leisten. Ab und zu drehe ich mich um und sehe zum Wald zurück. Klar, weder mit dem Auto noch zu Fuß können sie uns schnell genug nachkommen. Hier helfen die Ski. Aber sie werden einen Plan ausarbeiten. Sie werden ahnen, wo wir hinwollen. Zu Lars. Ich muss durchhalten. Ein, zwei Stunden.

»Können die deine Adresse herausgefunden haben?«, frage ich.

»Unmöglich. Wie denn? Über einen Virus im Handy? Ich bitte dich!«

Ich sage nichts mehr. Wie schnell Schadsoftware auf fremden Handys installiert ist, glauben die wenigsten. Es ist ganz simpel, wenn man die nötigen Tricks beherrscht und vor allem unverfroren genug ist. Und damit ist nicht allein der Standort des Handys abzugreifen, sondern etliche andere Informationen liegen genauso offen vor dem Angreifer. Womöglich auch die Adresse des Handybesitzers. Schließlich verraten die meisten Handys die eigene Nummer.

Aber ich habe keine andere Chance, als zu vertrauen.

41

Ich habe all mein Zeitgefühl verloren. Meine Beine bewegen sich mechanisch. Meine Kehle schmerzt vom kalten Wind. Angestrengt starren meine Augen in die Nacht, folgen Lars' Silhouette. Nachdem wir uns eine unendliche Weile durch tiefen Schnee gekämpft haben, hat Lars uns nun auf einen Weg geführt, auf dem schwere Landmaschinen den Schnee festgedrückt haben. Wir kommen mit weniger Kraftanstrengung vorwärts, zumal ich in der Spur bleiben kann, die Lars vor mir hinterlässt.

Längst habe ich aufgehört nachzudenken. Lusya ist nur noch ein Schatten in meinem Kopf, zumindest für den Moment. Weiterhin klammere ich mich an dem Gedanken fest, dass ich mich täusche. Warum sollte Lusya mich umbringen wollen? Doch nicht etwa wegen diesem unsäglich dummen Streit neulich? Das wäre mehr als absurd! Lusya und ich, wir raufen uns schon wieder zusammen.

Mein unterzuckertes, durchgewalktes Gehirn spielt mir ein Spektakel vor.

Aber es hat keinen Sinn, die Augen davor zu verschließen, dass nur Lusya genug über mich weiß, um diesen grässlichen Text geschrieben zu haben. Nur sie kannte meine Passwörter. Ich habe sie quasi auf meine Fährte gelockt! Rief sie an, als ich in dem Café bei Eisenberg saß. Sie wusste die ganze Zeit, wo ich mich befand.

Trotzdem, da ist eine oppositionelle Fraktion in mir, die nicht glauben will, was offensichtlich ist. Lusya ist meine Freundin! Welchen Grund hätte sie, mir etwas anzutun? Weil ich sie neulich angepöbelt habe? Das macht wirklich überhaupt keinen Sinn!

Aber wenn mich diese Nacht eines lehrt, dann das: Ob etwas Sinn macht oder nicht, das ist nicht der Punkt. Entscheidend ist, dass es Menschen gibt, die handeln, und man muss dagegenhalten, solange es geht.

Lars dreht sich zu mir um. »Wir sind bald da. Siehst du?« Er deutet nach vorn. »Noch über diesen Hügel, dahinter liegt mein Dorf.«

»Gut. Wie spät ist es?«

»Fast sechs.«

»Also wird es bald hell!«

»Das dauert noch gut zwei Stunden, leider!«

Ist egal. Ich bin nicht gestorben. Kurz vor sechs, das ist eine Uhrzeit, die nicht mehr zur Nacht gehört; ich lebe. Mein Gefühl für Stunden und Minuten ist ohnehin vollends abhandengekommen. Doch ich habe gewonnen!

Haben Lusya und ich wirklich die Party vor den Morden verlassen? Bis jetzt bin ich immer davon ausgegangen, aber unversehens zweifle ich. Habe ich Lusya nicht von Maras und Babs' Zank berichtet? Unter Garantie hatte sie da ein wenig tiefer schürfen wollen. Nicht vor Ort zu sein, wenn etwas wirklich Interessantes passiert, etwas, das eine Nachricht darstellt, bringt Lusya um den Verstand.

Die beiden Polizisten kommen mir in den Sinn, die neulich bei mir aufschlugen. ›Ewald Thomä. Ein Single-Taxi-Unternehmen. Warum hat Frau Griebler dort angerufen?‹

Was, wenn dieser Thomä eine falsche Uhrzeit angegeben hat? Was, wenn wir noch bei Faber waren, als die Schüsse fielen? Hat Lusya den Mord beobachtet? Weiß sie mehr, als sie zugibt?

»Lars?«

»Was?« Er wendet den Kopf.

»Könnte es sein, dass man etwas gesehen hat, etwas Außergewöhnliches, aber es vergisst?«

»Klar. So was passiert ständig. Keiner von uns merkt sich alles.«

»Ich meine, etwas wirklich Besonderes. Etwas Schockierendes.«

»Die Psychologen behaupten: Wenn ein Mensch Zeuge von etwas extrem Schlimmem wird, kann das Gedächtnis aussteigen. Seliges Vergessen, sozusagen.«

»Wie zum Beispiel ein Mord an mehreren Menschen.«

»Du willst damit sagen …«

»Ich frage mich, ob ich das Blutbad mit angesehen habe und deswegen jemand versucht, mich auszulöschen.«

»Jemand? Du sagtest doch …«

»Lusya. Meine Freundin. Ja. Mir ist bloß schleierhaft, weshalb sie das tun sollte!«

Eine Weile setzen wir schweigend unseren Weg fort. Es kann nicht sein. Darf nicht sein. Solche Dinge geschehen nicht in der Wirklichkeit. Es sind Verwicklungen für Bücher. Für amerikanische Thriller hauptsächlich. In denen immer die Person, die man am wenigsten für verdächtig hält, der Killer ist.

Aber Lusya hat definitiv nicht Babs Kent erschossen! Oder Ron Faber. Oder die Kellnerin. Was hat Lars vorhin gesagt? Er hat in den Nachrichten gehört, dass neue Ermittlungsergebnisse …

»Keine Schmauchspuren an Eriksens Händen!« Ich flüstere es vor mich hin. Die Worte sind kaum mehr als eine Atemwolke vor meinen Lippen. Es bedeutet: Eriksen ist nicht der Mörder. Obwohl definitiv seine Fingerabdrücke auf der Waffe waren. Aber jemand anderes kann seine eigenen abgewischt haben oder, oder, oder. Eriksen jedoch kann nicht der Täter sein. Warum geben die Ermittler das erst jetzt bekannt? Neun Tage danach?

Wir haben die Hügelkuppe erreicht. Unter uns liegt ein winziges Dorf. Eine schmale verschneite Straße führt von der anderen Seite hinein. Eine einzige. Endstation Sehnsucht.

»Nur eine Siedlung. Drei Höfe. Einer ist meiner. Der kleinste, der ein wenig abseits liegt.«

»In den beiden anderen Gebäuden ist Licht.«

»Die Bauern stehen früh auf.«

»Sind die Höfe bewirtschaftet?«

»Sicher. Die haben alle Milchvieh. Riesige Ställe. Ich habe diesen Standort aus Liebe zur Natur gewählt. Für die Landwirte ist der Platz Lebenserhaltung. Bist du bereit für die Abfahrt?«

»Bin ich.« Ich stoße mich mit den Stöcken ab und rutsche hinter Lars den Hang hinunter. Der Wind beißt in meine Haut. Die plötzlich so mühelos erreichte Geschwindigkeit wirbelt ein Hochgefühl in mir auf.

Das Dorf rückt näher, als wenn nicht wir uns bewegen, sondern vielmehr die Ansammlung von Häusern und Ställen. Das warme Licht, das aus den Fenstern sickert, tröstet mich. Ich habe überlebt. Habe die schlimmste Nacht meines Lebens durchgemacht, und trotzdem bin ich noch da. Über mir spannt sich der weite Himmel mit Wolken, die dicht an dicht über den Horizont treiben. Ab und zu sehe ich einen Stern glitzern.

Ich folge Lars in einem Bogen um den einen Hof herum, im Stall höre ich Kühe muhen und stampfen. Wir nähern uns dem etwas entfernt liegenden Haus. Zwei Stallungen befinden sich ein Stück weiter links, davor kommt ein Trafohäuschen mit einer Feuerwehrsirene obendrauf in Sicht. In dieser Ecke des Weilers wirft kein Fenster tröstendes Licht in den Wintermorgen.

Wir laufen auf den dritten, kleinsten Hof zu.

Jäh bremst Lars, ich rutsche fast in ihn hinein, lasse mich in letzter Minute fallen, lache. Direkt vor uns liegt das Haus, über der Tür geht Licht an.

Wir haben es geschafft.

»Willkommen!« Er grinst mich an, streckt die Hand aus, zieht mich hoch. »Gloria Victoria!«

Kichernd lasse ich mir aufhelfen. »Bitte sag mir, dass du Kaffee im Haus hast.«

»Und Kuchen. Eingefroren, aber ich habe eine Mikrowelle.«

Wir lösen die Bindungen und stapfen zur Eingangstür. Lars dreht den Schlüssel. Die Tür quietscht.

Hinter mir knarzen Schritte im Schnee.

»Mit der Kaffeepause wird es so schnell nichts werden!«

Ich fahre herum.

»Lusya!«

Von Lars kommt ein erstaunter kleiner Ausruf.

»Hi, Trisha!« Sie trägt den neuen Mantel, in der Hand hält sie eine Pistole. »Tut mir leid.«

»Ich glaube das nicht.« Taumelnd stütze ich mich an der Hauswand ab. Sehe mich um. Wie kommt sie so schnell hierher?

»Der Wagen parkt dahinten!« Sie wedelt mit der Pistole in Richtung eines der Höfe. »Parkmöglichkeiten gibt es genug in der Einöde.«

Mich schaudert. Kurz suche ich Lars' Blick. Der ist restlos verdutzt. Wir hätten damit rechnen müssen, dass sie hier aufschlägt. Ich hatte recht, sie hat seine Adresse rausgekriegt. Lusya kriegt alles raus, sie knackt alle Nüsse!

»Hast du nie deine High Heels gesucht? Ich habe sie weggeschmissen. Weißt du, warum?« Sie sieht mich lächelnd an. Ihr rotes Haar liegt auf den Schultern ihres Mantels, sieht aus wie das Fell eines Tieres. Wie sie jetzt auf meine verlorenen Schuhe kommt, ist mir ein Rätsel.

»Wir sind über die Wiese hinter Fabers Feld gerannt. Weißt du nicht mehr? Eigentlich habe ich dich mehr geschleppt, als dass du gelaufen bist, aber deine Füße hast du noch bewegt, und da lag dieses Zeug herum, die haben vorher geodelt, pfui Teufel!«

»Was für ein Feld?«

»Wir sind durchs Fenster. Abgehauen. Nach dem Blutbad.«

Ich kann mich nicht erinnern.

»Deine Pumps waren voller Dung, haben das ganze Taxi vollgestunken. Ich habe die Schuhe weggeschmissen. Irgendwo in der Stadt, in einen Mülleimer rein, Deckel zu.«

»Du meinst, wir sind Zeugen der Morde geworden?«

»He, Sie, bleiben Sie mal hübsch stehen!« Lusyas Hand mit der Waffe zuckt. Lars, der unsere kleine Debatte nutzen wollte, um sich ins Haus zu schleichen, hebt die Hände. »Wir haben gesehen, wie Mara Faber … ach, egal. Wollen wir das nicht drinnen besprechen? So eine Nacht in der Kälte ist nicht das, wovon ich träume.«

»Denkst du, mir hat es Spaß gemacht?« Es ist, als wenn wir nur herumflachsen. Mein Hirn weigert sich, die Tatsache zu verarbeiten, dass Lusya mit einer Waffe vor mir steht. Dass sie vielleicht auf mich geschossen hat.

»Gehen wir rein?«, fragt Lars.

»Aber keine Mätzchen. Ich meine es ernst.« Lusya mustert uns aus zusammengekniffenen Lidern.

»Hast du heute Nacht mal auf … auf mich geschossen?« Das ist so bizarr!

»Das war nicht ich, nein. Also: rein ins Haus!«

42

Unter Lusyas strenger Aufsicht macht Lars Kaffee und taut einen Apfelkuchen in der Mikrowelle auf. Entweder ist mir nach der erschöpfenden Flucht alles egal, oder der herrliche Kuchenduft sorgt dafür, dass ich keine Angst mehr empfinde. Lusya beobachtet uns mit Argusaugen, aber sie ist immerhin Lusya, die Freundin, die ich seit dem Tag meiner Einschreibung in den Studiengang Journalistik kenne. Zupackend war sie schon immer und, zugegeben, skrupellos, wenn es ihr darum ging, an ihr Ziel zu kommen. Doch was will sie jetzt tun: uns umbringen?

Offenbar hat sie genau das vor.

»Du bist dabei, mir ein richtig gutes Geschäft kaputtzumachen, Trisha Seling. Das gefällt mir nicht.« Ihre Stimme ist kalt. Ich fröstle.

Lars deckt den Tisch. Seine Küche hat eine niedrige Decke, ein altes Sofa steht da, mit geschnitzten Löwenfüßen, ein wenig ramponiert, das Polster ist abgewetzt. Die anderen Möbel sehen neu aus. Tassen,

Milch, Zucker, Teller landen auf dem Tisch. Die Mikrowelle macht »Pling«.

»Was für ein Geschäft?« Ich sinke auf das Sofa.

Lusyas Augen werden schmal. »Tu nicht so.«

»Himmel, erklär's mir!« Hungrig stürze ich mich auf den Kuchen. Lars lässt sich aufs Sofa fallen, neben mich. Lusya zieht sich einen Stuhl heran, setzt sich. Sie legt die Pistole nicht weg.

»Wir haben gesehen, was passiert ist. Du und ich.«

»Ich – habe – nichts – gesehen, Lusya!«

Lars gießt Kaffee in drei Tassen. Kaffeeklatsch mit Knarre. Grotesker geht's nicht.

»Hast du nicht?« Ihre Augen glitzern. Ihren Kaffee rührt sie nicht an.

Ich gieße mir Milch in die Tasse. Werfe zwei Stück Zucker hinein.

»Nein. Habe ich nicht. Steck die Pistole weg, Lusya, lass uns normal reden. Was ist denn los?«

»Du kannst dich an nichts erinnern? An gar nichts?«

»Du meinst den Abend bei Faber?«

»Was sonst!« Sie schüttelt leicht den Kopf, konsterniert aufgrund von so viel Begriffsstutzigkeit. Obwohl sie angeblich nichts anderes von mir kennt.

Kälte geht von ihr aus, Überheblichkeit. Habe ich Arroganz für Coolness gehalten, Skrupellosigkeit für Professionalität? Ich weiß es nicht mehr. Tief drinnen ist mir klar: Ich werde mich Stück für Stück daran gewöhnen, mich in Lusya getäuscht zu haben. Nicht sofort. Aber im Lauf der Zeit wird das neue Bild von Lusya das altvertraute überdecken. Trotzdem tut es weh. Schon jetzt.

»Ich habe dir doch erzählt, was ich gehört habe. Bei Faber. Auf der Toilette. Mara und Babs verabscheuen einander. Mehr habe ich nicht mitgekriegt. Mensch, Lusya, diese Grippe hat mich so was von ausgeschaltet …«

»Das war nicht die Grippe. Das war Noratricin. Ein starkes Beruhigungsmittel, das, hoch dosiert, in Zusammenhang mit Alkohol Zustände auslöst, wie du sie erlebt hast. Schwächeanfälle, Übelkeit.« Sie senkt den Kopf, sieht mich von unten herauf an. »Der Piccolo!«

Ich schlucke. Starre auf meine Hände. Sie sind rot, rau, an einigen Stellen aufgerissen und blutig. Die Haut spannt, und der Verband an der einen Hand ist grau und verdreckt. Der Piccolo …

»Du hast …« Ich verdaue die Information. Lusya war kein bisschen erstaunt, als es mir so schlecht ging. Sie war effektiv und übernahm das Kommando. Wie immer.

Lusya nickt. »Ich wollte dich auf der Party nicht als Konkurrentin erleben müssen. Die Storys wollte *ich* abgreifen. Ich hatte kein Interesse daran, aus *Freundschaft*«, sie zieht das Wort unnatürlich in die Länge, »auf treffliche Informationen zu verzichten. Oder schlimmer: sie zu teilen.«

»Du spinnst. Ich habe die Geschichte an dich abgetreten!«

»Davon war an *dem* Abend noch keine Rede. Ich habe allerdings damit gerechnet, du würdest nach deinem Zusammenbruch keinen Spaß mehr an dem Fall Faber haben. Ich hatte recht.«

»Langsam.« Lars schenkt mir Kaffee nach. »Wer hat

denn nun auf Ron Faber geschossen? Eriksen war es wohl nicht.«

»Was für ein Gentleman er ist.« Lusya kichert leise. »Dein neuer Freund.«

»Eriksen hat definitiv nicht abgedrückt. Es kam in den Spätnachrichten«, sage ich. »Er hatte keine Schmauchspuren an den Händen.«

Lusyas Gesichtsfarbe wird fahler. Nur ein wenig. Ich kenne sie gut. Das ganze Gesicht ist eine Spur käsiger geworden, und um die Nase herum bilden sich rote Flecken, die nicht mit ihrem Haar harmonieren. Sie ist in Aufruhr. Mit der freien Hand greift sie sich an den Hals.

»Mara hat geschossen.« Lusya nimmt nun doch die Tasse. Ihre Hand zittert ein bisschen, als sie sie zum Mund führt. »Babs hat nämlich rausgefunden, dass der kleine Faber-Sohn, Carl, nicht von Ron ist.«

»Sondern von …«

»Von Eriksen.«

»Wie konnte sie das rausfinden, um Gottes willen!« Ich erinnere mich an die Hochglanzfotos von Fabers Familie, die lange vor dem Skandal in den Medien zu bestaunen waren. Die Merian-Schweden-Familie. Alle blond, bis auf den kleinsten Jungen, dessen Haar mehr in Richtung Kupfer geht. Aber bei Kindern ist die Haarfarbe ja nicht endgültig …

Lusya stellt die Tasse ab. Ein zartes Klirren. »Manchmal rutscht jemandem halt mal was raus.«

Die Beiläufigkeit in ihrem Gehabe reizt mich. Ich will explodieren, auf sie losgehen, so wie neulich nach der Party, als ich bei ihr war, um ihr meine Unterlagen zu bringen. Ich hole tief Luft, unterdrücke den Ärger. Darin bin ich ja gut. Sie redet schon weiter:

»Babs hasst Mara. Hält sich und den Faberclan für was Besseres. Wollte nie, dass Mara in die Familie kommt, aber dann bekam Mara Kinder, und Babs hatte keine, das hat Babs gewurmt. Eins zu null für Mara.«

Lars murmelt irgendwas von ›verstrahlt‹ und ›total plemplem‹.

»Du meinst, Babs wollte ihrem Bruder stecken, dass er ein Kuckuckskind im Haus hat?«

»Genau. Noch dazu eines, das von seinem schlimmsten Feind gezeugt wurde.«

»Du sagtest, der Junge sei Eriksens Sohn. Eriksen war nicht sein schlimmster Feind.«

»Er wäre es bestimmt sofort geworden«, steuert Lars halblaut bei.

Lusya grinst. »Jeder Mentor wird irgendwann ein Feind. Schau mich und Julius an.«

»Deuerling? Aber …«

»Du bist so fantasielos, Trisha!«

Danke, das sitzt. Woher, bitte schön, nimmt jeder Mensch die Kaltschnäuzigkeit, mich mit einem ausgespienen Adjektiv zu verurteilen? Wobei ich besser als andere das Füllhorn meiner Vorstellungskraft kenne!

»Eriksen trug immer eine Pistole mit sich herum. Weißt du, warum?« Lusya sieht mich lauernd an. »Weil er sich verfolgt fühlte. Er hatte Angst, dass Ron die Sache mit der Vaterschaft rausfinden würde. Ron Faber war dafür bekannt, sich ziemlich in Sachen reinsteigern zu können, die ihn persönlich betreffen. Männer leben noch immer den archaischen Überlebenskampf. Bis aufs Blut. Entweder ich oder du. So sehen sie die Welt.«

Damals, auf der Party, als ich auf den Gang taumelte, weil mir schlecht war, höllenschlecht, tuschelte Eriksen mit dem Chefredakteur, und der warnte Eriksen:

Sie sollten mit der Wahrheit herausrücken.

Zu dem Zeitpunkt konnte ich mit dieser Aufforderung nichts anfangen. Bedachte alles, was ich hörte, im Licht der Affäre um Fabers Porno-Downloads.

Ich schiebe meinen Teller weg. Der Appetit ist mir vergangen. Ich denke an Deuerlings Andeutungen an jenem Abend auf dem Parkplatz in Halle.

Eriksen hat Fracksausen.

»Mara wusste das natürlich. Dass Eriksen aus Angst stets eine Waffe bei sich trägt. Sie trafen sich also in dem Salon. Die beiden Frauen, Faber und Eriksen. Babs fing an, Ron zu berichten, was sie wusste. Ron tobte. Mara ging auf Eriksen zu, nahm ihm die Waffe aus dem Sakko. Sie zielte auf Babs, Babs wollte ihr die Pistole aus der Hand nehmen, nahm Mara nicht ernst, doch Mara schoss, traf Babs aber nur am Hals. Babs stürzte. Ron eilte zu ihr, Mara drückte ab. Die Kellnerin kam zur Tür rein. Mara schoss wieder.«

Ich schlucke. »Und Eriksen?«

»Ihr viertes Opfer. Er war vollkommen durch den Wind, flehte sie an, aufzuhören. Sie brachte ihn kaltblütig aus nächster Nähe um und drückte ihm anschließend die Waffe in die Hand, damit es aussah wie Suizid.«

Das kann alles nicht stimmen. Eine solch geballte Mordlust! »Lusya, ich weiß nicht, ob du Zeugin gewesen bist oder nicht. Ich habe das nicht gesehen.«

»Doch. Hast du. Du hast mir erzählt, dass Babs und Mara in der Toilette dieses Treffen im ersten Stock verabredeten. Kurz darauf gingen wir dorthin. Der Raum hatte hohe Glastüren und einen Balkon. Du und ich, wir stellten uns auf den Balkon und behielten das Zimmer durch die Fensterscheiben unter Beobachtung. Niemand entdeckte uns, wir standen im Dunkeln, drinnen war Licht, außerdem hatten sie die Stores vorgezogen. Wir sahen, wie Mara schoss.«

»Quatsch! Ich habe nichts gesehen. Mein Gedächtnis gibt nichts her.« Mir schwant, dass meine Erinnerungslücken der Knackpunkt sind.

»Ich hab's auf dem Handy. Und sicher in der Cloud sowie auf USB-Stick in einem Schließfach bei der Bank.«

»Du hast die Morde gefilmt?«

»Ich hoffte eigentlich, dass der Zank in dem Zimmer Aufschluss über Mara und Babs geben würde. War neugierig, worüber sie streiten würden. Es wäre sogar ein Volltreffer gewesen, nur die Information abzugreifen, dass der kleinste Faber-Junge einem Kuckucksei entschlüpft ist.«

Klar, denke ich geknickt. Immer im Dreck wühlen.

»Julius stürzte in den Raum. Kurz nach dem letzten Schuss. Er muss auf der Suche nach mir durchs Haus getigert sein. Ich ahnte, er würde schnell merken, dass die Balkontür angelehnt war. Deshalb kletterten wir, derweil er den Notruf wählte und der Polizei alles erklärte, über die Brüstung und sprangen in den Schnee runter.«

Der Schmerz in meinem Knöchel …

»Und rannten über die Wiese? Wo der Mist an unseren Schuhen hängen blieb?«

»Exakt. Wobei: Gerannt bist du nicht. Ich musste dich halb tragen, verdammt! Taxi-Thomä wartete schon. Ich hatte was gut bei dem Typen. Er hat der Polizei gesagt, dass wir eine Viertelstunde vor den Morden losgefahren wären.«

»Sie erpressen Mara Faber.« Lars' Stimme steht klar im Raum. Sie klingt wie Glas.

43

Lusya erpresst …? In meinem Kopf tanzen die Fragezeichen. Worum geht es hier überhaupt? Ich muss etwas essen, mir ist ganz flau im Magen. Mechanisch greife ich zu meiner Tortengabel und fange an, den Apfelkuchen in mich hineinzuschaufeln. Innendrin ist er zwar nicht ganz aufgetaut, doch ich brauche jede Kalorie, die ich bekommen kann, damit mein Denkapparat volle Leistung bringt.

»Deswegen sehen Sie Trisha als Gefahr«, höre ich Lars sagen.

»Cleveres Bürschchen.« Lusya nimmt die Pistole in die andere Hand. »Die Finger werden ganz schön steif von dem schweren Ding. Ich glaube dir nicht, Trisha. Du machst immer auf harmlos. Auf unbeholfen. Tolle Fassade. Zieht bloß bei mir nicht.«

Ich muss lachen. Irgendwas will aus mir rausgluckern. Dass ich mich überfordert fühle – Lusya glaubt, das ist ein Trick? Ich kann kaum an mich halten. Angestrengt schlucke ich den kalten Kuchen.

»Du hast diese ganze verdammte Nacht inszeniert?«, bringe ich heraus. »Um mich auszuschalten?«

»Mara hat mir geholfen. Wenn sie schon zahlt, wäre es ihr lieber, wenn nur *einer* Bescheid weiß. Sagte sie.«

»*Sie* fährt den X5.« Von wegen Testosteronschleuder! Die zierliche, toughe Mara Faber war die ganze Nacht hinter mir her! Zuerst mit dem Schluffi! Wo sie den wohl rekrutiert haben … Und dann mit Lusya …

»Aber – was hättest du gemacht, wenn ich im Stau stehen geblieben wäre? Dein feiner Plan wäre in die Hose gegangen. Du hast total auf Zufälle gesetzt!« Ich will es nicht glauben. Es darf nicht sein.

»Du weißt ja, es gibt keine Zufälle, Süße. Was geschehen muss, geschieht.«

»Hast *du* auf mich geschossen? Oder Mara?«

Lusya schneidet eine Grimasse, die aussagt: Was tut das zur Sache. »Sie ist draußen.«

»Kacke.« Ich lasse mich im Sofa zurücksinken. »Wie hast du das geschafft? Dass mein Wagen liegen bleibt. Das Hotel. Das …« Das Manuskript. Ich kann es nicht aussprechen.

»Das war nicht schwer. Du hast aus diesem Café angerufen, nachdem du den Stau hinter dir gelassen hattest; ein Leichtes, deinen Wagen auf dem Parkplatz zu manipulieren. Ich war nämlich die ganze Zeit knapp hinter dir; musste lediglich ein wenig an der Antriebskette herumrupfen, deine Karre ist wirklich altersschwach! Und schließlich habe ich Brüder, die gut für Tipps dieser Art sind. Mir war klar, dass ich dich am besten auf der Fahrt nach Nürnberg aushebeln kann. Das mit dem Hotel habe ich vor ein paar Tagen eingefädelt. Mara kennt den Besitzer. Tja. Ich musste nur noch das Manuskript schreiben. Das war das Schwerste. Einen Stil zu wählen, der nicht meiner war, damit du nicht gleich eins und eins zusammenzählen konntest. Wobei ich damit gerechnet habe, dass die Drohung dir dermaßen den Rest geben würde, dass du über die Formulierungen gar nicht mehr nachdenkst.«

Ich kann nur den Kopf schütteln. Mir schwant, was Lusya von mir hält: nichts. Sie sieht mich als harmloses Geißeltierchen. Obwohl sie mir immer wortreich genau das Gegenteil einzureden versuchte: Du bist eine gute Journalistin. Haha!

»Eigentlich wollten wir dich nicht durch die Nacht jagen. Dich nur festsetzen, da oben am See. Dich in Panik versetzen und verunsichern.«

»Wie lange? Bis ihr eure Chose durchgezogen habt? Bis Mara dich reich gemacht hätte? Ich glaube dir kein Wort! Lebendig wäre ich immer eine Gefahr für euch. Vielleicht hätte ich mich von selbst an alles erinnert.« Aber ich erinnere mich nicht. Ich habe die Morde nicht gesehen. Glaube ich.

»Bist du. Bist du.« Sie lacht leise.

»Wer war der Typ, der auf der Straße festhing? Der, den ich im Vorbeifahren touchiert habe?«

Sie zuckt die Achseln. »Keine Ahnung.«

Einfach irgendwer, denke ich. Der wie ich eine lausige Nacht hatte. Okay, nicht ganz so lausig. Mir macht so schnell keiner mehr Konkurrenz.

Lars steht auf. »Ich setze neuen Kaffee auf. Keine Angst. Ich habe kein Festnetztelefon, und mein Handy ist außer Gefecht.«

»Bitte. Ich trinke auch noch eine Tasse.« Lusya lächelt ihn an. Mit dem typischen Lusya-Lächeln. Sie fühlt sich sicher.

»Wie hast du hierhergefunden?«, frage ich.

»Wir haben den Wagen entdeckt, Mara und ich. Seinen.« Sie weist mit dem Daumen zu Lars. »Auf diesem Forstweg. Das Peilsignal riss ab, aber wir konnten rekonstruieren, wo wir es verloren hatten. Kaum waren wir bei dem verreckten Auto, sahen wir eure Spuren im Schnee. Ihr wart auf und davon! Zu Fuß kamen wir nicht so schnell hinterher, und das Vehikel von dem da versperrte uns den Weg. Erst wussten wir nicht, was tun, dann tauchte der Abschleppdienst auf. Wir bequatschten die Typen, bis wir dem einen diese Adresse hier aus dem Kreuz leiern konnten. Sie haben die Kiste abgeschleppt, die bekommen Sie repariert zurück. Wird Ihnen aber nicht mehr viel Freude machen, das Auto«, wendet Lusya sich an Lars.

In meinem Kopf schrillen Alarmglocken. Zu spät, zeitversetzt irgendwie. »Wo ist Deuerling?«, flüstere ich.

»Och, dem geht's gut.«

Plötzlich ahne ich, warum er vor meinem Haus herumstand. Deuerling sah, wie die Kellnerin zusammenbrach. Womöglich hatte er bereits Zweifel an der offiziellen Darstellung der Dinge.

»Du hast dich verdächtig verhalten. Wolltest ihn loswerden nach der Party. Hast dich abgeschottet. Da hat er sich den einen oder anderen Gedanken gemacht.« Darum wollte Deuerling über mich den Kontakt zu Lusya herstellen, schlug vor meiner Haustür auf, konnte sich aber nicht entscheiden, mich anzusprechen. Jetzt ist alles klar.

»Julius ist ein Schwachkopf.«

Eher nicht, denk ich und frage: »Hat er mehr gesehen als die tote Kellnerin?«

»Du kannst dich wirklich nicht erinnern, oder?« Sie kneift die Augen zusammen, mustert mich lauernd.

Ich schüttle den Kopf. Die Wunde unter dem Auge beginnt böse zu brennen. Mein ganzer Körper schmerzt. Ich schließe kurz die Lider. Will mich konzentrieren, doch die Erschöpfung der vergangenen Nacht drückt mich nieder. Schlaf. Ich will endlich schlafen.

»Ist sie das?«, höre ich Lars fragen und schrecke hoch. Er steht am Fenster und schaut in den allmählich grauenden Morgen. »Mara Faber?«

Ich drehe den Kopf, sehe hinaus. Eine schmale Frau mit blondem Haar schreitet entschlossen durch den Schnee.

Lusya folgt meinem Blick.

»Das ist sie«, sagen wir beide wie aus einem Mund. Und verziehen die Lippen zu einem traurigen Lächeln.

»Lusya, warum?« Ich sehe sie an. Sehe ihr direkt in die Augen.

»Mara wird zahlen. Natürlich wird sie das. Ich konnte nicht riskieren, dass du dich erinnerst. War mir sowieso nicht so ganz sicher, ob du nur so tust, als hättest du einen Blackout. Bin ich immer noch nicht.« Sie streicht sich das Haar zurück. »Ich habe dieses Kämpfen um Honorare echt satt. Ich will endlich eine vernünftige wirtschaftliche Grundlage.«

Für schwarze geländegängige Fahrzeuge? Für neue Mäntel? Das ist so was von banal, Lusya!, will ich sagen. Ich sage nichts. Ich muss das erst verdauen.

Es klingelt an der Tür. Lars setzt sich in Bewegung.

»Nichts da!« Lusya springt auf. »Los jetzt! Raus mit euch!«

Sie dirigiert uns in den Flur, Lars und mich. Ich spüre die Mündung der Pistole in meinem Rücken.

»Wo ist Deuerling, Lusya?«

»Tut nichts zur Sache.«

»Hast du mich angerufen? Weihnachtslieder abgespielt? Mit unterdrückter Rufnummer? Mir Gehässigkeiten gesimst?«

Sie reagiert nicht. Ich sehe ihr in die Augen. Sie macht eine unwirsche Bewegung mit der Pistole, schiebt mich weiter.

Konfus halte ich mich an der Wand fest. Ich bin sicher: Deuerling steht auch auf Lusyas Abschussliste, und sie macht keine halben Sachen.

»Was hast du mit ihm gemacht?«, flüstere ich.

Sie gibt keine Antwort, aber ich sehe, wie sich ihr

rechter Mundwinkel ein klein wenig hebt. Hohn. Überheblichkeit. Selbstgewissheit.

Da dröhnt auf einmal ein schrecklicher Lärm los. Ein Heulen und Jaulen. Ich zucke zusammen wie Lusya. Lars nutzt das Überraschungsmoment, fährt herum, tritt gegen ihr Handgelenk. Die Waffe fliegt in hohem Bogen durch die Luft, kracht gegen die Wand.

»Schnapp dir die Pistole!«, brüllt er mir zu.

Schon werfe ich mich bäuchlings auf das Schießeisen. Lars hat Lusya auf den Boden gerungen, drückt ihr das Knie in die Wirbelsäule.

»Geh ins Wohnzimmer, Trisha! Da ist eine rote Kiste mit Werkzeug. Hol mir die Kabelbinder.« Seine Stimme droht unter dem ohrenbetäubenden Lärm unterzugehen.

Ich renne, die Pistole in der Hand, wobei ich peinlich darauf achte, die Mündung von mir wegzuhalten. Ich finde die Kabelbinder. Schnappe sie mir alle. Haste zurück. Lars hält die zappelnde, fluchende Lusya in Schach, während draußen das Heulen in langgezogenen Wellen durch den Morgen schwingt und das ungeduldige Schellen an der Haustür übertönt, das endlich abbricht.

»Was ist das?«, keuche ich.

»Die Feuerwehrsirene.« Lars lacht leise. »Der Notschalter ist hier im Flur eingebaut worden. Und er funktioniert nach wie vor. Hätte ich nie gedacht.« Er schlingt die Kabelbinder um Lusyas Hand- und Fußgelenke.

Sie liegt bewegungslos auf dem Boden. Ihr Widerstand ist dahin. Als könnte sie kaum glauben, was ihr da gerade widerfährt.

»Wir sollten uns die andere Dame schnappen!« Lars reißt die Tür auf.

Da ist Mara Faber bereits dabei, zu türmen. Das Gejaule der Sirene hat sie für kurze Zeit paralysiert, mit Verzögerung hat sich der Fluchtinstinkt eingeschaltet. Sie rennt auf hochhackigen Stiefeln durch den Schnee.

»Achtung!«, schreit Lusya, und eine Menge mehr, unflätige Wörter, die ich aus ihrem Mund nie gehört habe. Sie kommen wie ein Reflex, als Druckminderer, ihre Bedeutung scheint zu verblassen, bevor ich sie richtig wahrnehme. Ich achte gar nicht auf sie. Renne hinter Lars her, der bereits die überraschte Mara an den Schultern packt, herumwirbelt und in den Schnee wirft.

»Kabelbinder, Trisha!«

So nehmen wir gemeinsam Mara Faber in Gewahrsam. Sie windet sich wie ein Wurm, der zierliche Körper hat enorm viel Kraft. Eine Minute später liegt sie gefesselt auf der Seite und spuckt Gift und Galle.

Lars und ich richten uns auf. Er grinst schief. »Fürs Erste verduften die nicht mehr.«

Zwei Männer kommen im Laufschritt auf das Haus zu. Die Bauern der beiden anderen Höfe. Muskulöse Typen, wahre Schränke, in dicken Winterstiefeln und Anoraks.

»Braucht ihr Hilfe, Lars?«, ruft einer.

»Jep! Verständigt die Polizei! Und dieses Päckchen Elend transportieren wir ins Haus, würde ich vorschlagen!«

Er zeigt auf Mara.

Einer der Männer zückt ein Handy, der andere

schnappt sich Mara, wirft sie über die Schulter und marschiert Richtung Haustür.

Lars und ich folgen. Plötzlich bricht das Heulen der Sirene ab. Die Stille tut weh, für einen kurzen Moment, so wie wenn ein Schmerz schlagartig nachlässt und einem so erst bewusst macht, dass man ihn die ganze Zeit zu ignorieren versuchte. Der Nachhall verstopft für ein paar Sekunden meine Ohren.

Lars und die Männer betreten das Haus.

Ich bleibe draußen. Es wird hell. Ein Wintertag mit vielen Wolken, die ab und zu aufreißen und bläuliches Licht auf die Erde fallen lassen. Windig. Kalt. Mein Atem bildet Dampf vor meinem Gesicht. Müde streiche ich mir das wirre Haar hinter die Ohren. Es ist der 24.12. Ich bin nicht gestorben.

44

Schnell muss ich feststellen, dass diese Nacht noch nicht zu Ende ist, obwohl die Sonne allmählich über den Horizont kriecht und dabei gelegentlich von anrollenden Wolkenballen verdeckt wird.

Die Polizei rückt mit zwei Streifen und vier Leuten an und nimmt unsere Aussagen auf, was enorm – enorm! – lange dauert, und zeitgleich führt eine Beamtin eine Menge Telefonate mit der Kriminalpolizei in Leipzig, die am Fall Faber arbeitet. Ich denke an den Blonden und die Halbglatze. Ihr Fall ist gelöst. Dafür kriegen sie jetzt einen anderen.

Lusya und Mara werden in einen Streifenwagen verfrachtet. Ich sehe vom Fenster aus auf die bizarre Szenerie. Lusya in Polizeigewahrsam … für sie wird das Ganze einigermaßen glimpflich ausgehen. Anders für Mara. Ihre drei Kinder sind jetzt de facto Vollwaisen.

»Bei der Rothaarigen wird viel von Ihrer Aussage abhängen«, sagt die Polizistin, die zurückbleibt, als ihre Kollegen die mutmaßlichen Täterinnen abtransportieren. Sie weist mit dem Kinn auf den davonfahrenden Streifenwagen.

»Hat Lusya auf mich geschossen heute Nacht?«

»Das finden wir raus.«

Ich seufze. »Mir wäre es lieber, ich müsste nie etwas darüber erfahren.«

»Auch verständlich. Ich heiße übrigens Susanne Even. Und Ihr Lebensgefährte hat mich vorhin gebeten, Sie zu einem Arzt zu bringen. Ich habe soeben telefoniert: Wir werden erwartet.«

Nanu? Habe ich was verpasst? »Er ist nicht mein Lebensgefährte. Wir haben uns vor vielleicht 15 Stunden im Stau kennengelernt.«

Sie starrt mich an. »So was geht?«

Wir müssen beide lachen.

Das Küchensofa lockt mich zwar, aber zugleich habe ich das Bedürfnis, einen gewissen Abstand zwischen mich und die letzte Nacht zu legen. So kommt es mir gerade recht, dass die Beamtin Lars und mich in den zweiten Streifenwagen packt und nach Masserberg fährt, das erstaunlicherweise nicht weit ist – tja, die Orientierung habe ich schön verloren! –, wo eine kernige Ärztin in einer Praxis mit gelb gestrichenen Wänden die Wunde an meiner Hand säubert, desinfiziert und neu verbindet. Der Kratzer unter dem Auge entpuppt sich als Platzwunde und wird ebenfalls versorgt; er muss mit zwei Stichen genäht werden. Ich werde bleibende Erinnerungen an den 24.12.2015 haben. Während ich stillhalte und zulasse, dass man mich weiter verstümmelt, denke ich an jenen trüben, verhangenen Morgen, an dem Deuerling vor meinem Haus stand.

»So, das haben wir. Keine Panik. Von einer Narbe wird kaum etwas zu sehen sein, Frau Seling«, sagt die Ärztin.

Zur Vorsicht bekomme ich eine Tetanus-Impfung. Ich kann es kaum glauben, dass ich so viel Aufmerksamkeit auf mich ziehe.

Vom Vorzimmer der Ärztin aus rufe ich meinen Vater an. Er ist nicht zu Hause – wahrscheinlich kauft er Essen für unsere Heiligabendmahlzeit ein. Ich hinterlasse eine kurze Nachricht. »Wird noch etwas dauern, bis ich in Nürnberg aufschlage. Ein paar interessante Sachen sind passiert. Ich muss am Ball bleiben. Melde mich wieder.«

Lars grinst, als ich den Hörer auflege.

Mit einer Packung Schmerztabletten in der Faust verlasse ich zusammen mit Lars und Susanne Even die Praxis.

Einen kurzen Augenblick bleibe ich auf dem Gehsteig stehen. Die klare Luft erfüllt mich mit ungeheurer Freude. Ich lebe! Dabei spielt es keine Rolle, dass ich in zu großen Langlaufboots herumlaufe. Zeit, den Tatsachen ins Auge zu sehen.

»Wir müssen zum Café am See!«, verkünde ich.

»Was?« Entgeistert starrt Lars mich an. »Wieso das denn?«

»Ich fürchte, Trisha und Mara haben Deuerling dort festgesetzt.«

Die Sonne linst durch ein Loch in der Wolkendecke. Ich bin nicht mehr müde. Für kurze Zeit habe ich meine körperlichen Bedürfnisse neutralisiert.

»Ich sage den Kollegen Bescheid!« Susanne telefoniert.

Lars und ich schlendern ein Stück die Straße auf und ab, betrachten das hektische Treiben, den Verkehr, die Passanten, die prall gefüllte Einkaufstaschen wegtragen, sich gegenseitig Parkplätze streitig machen oder einander frohe Feiertage wünschen. Der unnormalste Tag eines jeden Jahres.

Susanne Even winkt uns zu sich.

»Die Damen verweigern die Aussage. Früher oder später werden wir mehr von ihnen erfahren. Sind Sie sicher, dass in dem Hotel jemand eingesperrt ist?«

»Ich habe gestern Nacht seltsame Geräusche gehört. Und … Lusya hat in Bezug auf Deuerling eigenartige Andeutungen gemacht. Ich habe ein ungutes Gefühl.«

»Wo ist dieses Café am See überhaupt? Willst du dir das wirklich antun?« Lars ist anzumerken, dass weitere Autofahrten nicht seine heutige Lieblingsbeschäftigung darstellen. Ich unterdrücke ein Lächeln. Wann sind wir zum Du übergegangen? Muss schon eine Weile her sein.

»Die Kollegen haben es schon aufgespürt.« Susanne klemmt sich erneut ans Telefon und gibt, wem auch immer, durch, dass wir zum Café am See fahren, weil die Zeugin annimmt, dass dort ein weiterer Zeuge festgehalten werden könnte.

»Verstärkung ist unterwegs. Fahren wir! Die Kripoleute wollten uns zuerst nicht hinlassen, weil die Spurensicherung vorher durch muss, aber ich habe klargemacht, dass Gefahr im Verzug sein könnte.«

Was, wenn ich mich täusche?, denke ich.

Klare Antwort: Dann war es ein Versuch. Mehr nicht.

Susannes Fahrstil ist flott und beherzt, um nicht zu sagen, männlich. Ich hocke neben Lars auf dem Rücksitz. Schließe die Augen. Analgetika sind eine fabelhafte Erfindung der Menschheit … zum ersten Mal seit mehr als zwölf Stunden tut mir nichts weh, und eine traumschöne Entspannung sickert in meine Glieder.

Ich wache erst auf, als Susanne mit Schmackes in den Fahrweg zum Café am See einbiegt.

»Sind wir da?«, murmle ich. Bei Tageslicht erkenne ich die Szenerie kaum wieder.

»Ja. Die Verstärkung kommt gleich. Besteht Grund zur Annahme, dass außer dem vermeintlichen Opfer noch jemand im Haus sein könnte?«

Ich zucke die Achseln. »Allenfalls der Schluffi. Ein junger Mann, circa Anfang 20. Ein Helfershelfer, vermute ich.«

Susanne macht eine Meldung über Funk. Sie zeigt mit der Hand nach vorn: »Das Café am See ist gar kein Hotel. Es sollte mal eins werden, zu DDR-Zeiten, als es möglich wurde, in bescheidenem Maß privat Sachen aufzuziehen. Allerdings wurde nichts draus.«

»Woher wissen Sie das?«

»Ich bin hier in der Gegend aufgewachsen. Man kennt sich. Der Nachbar des Cousins meines Vaters betreibt im Sommer das Café. Liegt traumhaft.«

Klingt plausibel. Dennoch glaube ich nicht, dass ich freiwillig noch einmal herkomme.

Wir halten.

»Sie bleiben im Auto«, ordnet Susanne an. Sie steigt aus, Hand an der Dienstwaffe. Wir sehen sie zur Tür gehen und klingeln.

»Hallo? Polizei! Bitte öffnen Sie!«

Die Tür, durch die der Wind mich gestern geweht hat, wird einen Spaltbreit aufgeschoben. Schon ist die Polizistin drin.

»Komm!« Ich öffne die Wagentür.

Lars folgt mir. Unsere Schritte knirschen im Schnee. Manche Leute lieben so was. Spaziergänge im Schnee. Nichts als ein romantisches Narrativ.

Das Bild, das sich uns drinnen bietet, gefällt mir besser.

»Morgen«, grüße ich den Schluffi. Susanne hat ihn gegen die Theke gedrückt, wo er etwas von einem verknacksten Knöchel jammert und dass er keinen Schimmer hätte, was die Polizei von ihm will. Der Adventskranz ist gefährlich nahe an den Rand des Tresens gerutscht. Ich rücke ihn zurecht.

»Im Haus ist noch jemand!«, bellt Susanne ihn an. »Packen Sie aus! Ziehen Sie Ihren Kopf aus der Schlinge, solange es geht, junger Freund!«

Klar ist noch jemand hier, denke ich mir. Warum sonst würde der Schluffi die Stellung halten?

Ich sehe mich um. Hoffentlich hat niemand das Manuskript entsorgt. Es müsste oben in meinem Zimmer liegen. Dem Schmöker steht eine flammende Karriere als Beweismittel bevor.

»Nee, hier ist keiner außer mir.«

»Okay. Probieren Sie es zur Abwechslung mit der Wahrheit?« Susanne rammt dem Schluffi den Arm so ins Kreuz, dass er gezwungen ist, sein Gewicht auf den schlechten Knöchel zu verlagern.

»Aua!« Er heult auf. »Ich zeige Sie an.«

Susanne nimmt die Handschellen und fesselt den Schluffi an den Heizkörper. »Machen Sie keinen Ärger!«, raunzt sie ihn an.

»Ich habe nichts gemacht! Frau Faber hat mich mit in den Wald genommen, dort habe ich mir den Fuß verletzt, ich musste zurück hierher. Ich habe nichts gemacht!«

»Prima, wenn sich einer gleich um Kopf und Kragen redet«, murmelt Lars.

»Deuerling kann nur oben sein!« Ich öffne die Tür, die zur Treppe führt.

Es ist dämmrig hier. Den Lichtschalter finde ich sofort. Susanne zieht die Waffe und geht voran. Die Treppenstufen knarren genauso wie letzte Nacht. Ich zähle mit. 23.

Auch der Gang oben ist mir vertraut. Durch verschmierte Fensterscheiben dringt nun Tageslicht und bringt noch mehr Staub und Spinnweben zum Vorschein. Der Eberkopf sieht jetzt ziemlich zerzaust aus. Es ist nach wie vor eisig kalt hier.

»Was stinkt denn da so barbarisch!«, meckert Susanne.

»Eine tote Maus unter dem Tischchen mit dem Telefon«, gebe ich bereitwillig Auskunft.

Sie wirft mir einen Blick zu, Lars lacht auf.

Wir finden Deuerling im letzten Zimmer links. Er hängt ziemlich durch. Man hat ihn ans Bett gefesselt, der Mund ist mit Klebeband verschlossen. Er heult auf, als Susanne es wegzieht.

»Scheiße!«, ist das erste Wort, das heiser aus seiner Kehle kommt.

Ich setze mich aufs Bett. »Kann man wohl sagen, Kollege.«

»Es ist Mara! Mara! Sie hat …«

»Wissen wir«, erwidere ich. »Sie müssen Lusya außerdem nicht schützen. Sie hat sich den Rückweg längst selbst versperrt!«

Susanne räuspert sich; ruckzuck hat sie die Fesseln an Deuerlings Hand- und Fußgelenken gelöst. »Wer hat Sie hierhergebracht?«

»Lusya wollte … sie wollte …« Deuerling wälzt seinen massigen Körper auf die Seite, wo er stöhnend liegen bleibt. Wir lassen ihm Zeit, die neue Situation zu begreifen. Die Trauer um Lusya wird viel länger anhalten als das Entsetzen über seine Gefangenschaft, so viel ist sicher.

»Ich kann es mir denken«, sage ich schließlich. Die Naht unter meinem Auge beginnt zu brennen. Vorsichtig taste ich mit dem Finger über das Pflaster. »Wir waren im *Darling* frühstücken, danach ging ich heim, packen, und Lusya versprach Ihnen ein Date in romantischer Atmosphäre, richtig?«

»Das ist mehr als peinlich, Trisha. Frau Seling.«

Soll ich mich freuen, dass er sich an meinen Namen erinnert?

Er schüttelt betrübt den Kopf. »Ich brauche was zu trinken.«

Lars verlässt den Raum.

»Nicht das Leitungswasser! Das ist rostig!«, rufe ich ihm nach.

»Sie hat mich tagelang nicht mehr angerufen, ging nicht ans Telefon, ich dachte, sie will mich am ausgestreckten Arm verhungern lassen!«

Armer Kerl! Weißt du nicht, dass alle Frauen das so machen, wenn sie einen Mann weichkochen wollen?

»Sie ... Ich habe Fehler gemacht. Fehler, wie ich noch nie ... na ja. Trisha, Sie kennen mich.«

Jetzt ja, denke ich.

»Sie haben Lusya gegenüber angedeutet, dass Sie an der offiziellen Version des Blutbades in der Mordnacht zweifeln. Korrekt?«

»Korrekt. Wenn die Dinge scheinbar so klar auf der Hand liegen, werde ich immer argwöhnisch. Berufskrankheit. Aber wem erzähle ich das.«

»Ihre Skepsis rieben Sie Lusya freimütig unter die Nase. Doch hernach kriegten Sie Manschetten. Wieso haben Sie sich vor meiner Haustür herumgedrückt?«

»Ich dachte, Sie könnten für mich bei Lusya ein gutes Wort einlegen.«

»So tief kann man sinken«, bemerkt Susanne Even.

Deuerling setzt sich auf. Es ist eine mühsame Prozedur, seinen malträtierten Körper in die Senkrechte zu bringen. Mit Leichenbittermiene fängt er an, seine geschwollenen Hände zu massieren.

»Ich habe mich so gefreut, als sie mich gestern endlich anrief. Ich dachte, wir könnten wieder ein Paar sein, unberührt von all diesen widerlichen Dingen, die passiert sind, doch die Welt ist voller Unrat, nicht wahr?«

Ich weiß, er benötigt Zeit, um alles sacken zu lassen; so wie ich. Wir vertrauen beide auf ein Später, in dem das Leben in geordneten Bahnen einfach so dahinströmt, ohne uns andauernd toxischen Müll vor die Füße zu kippen.

Lars kommt zurück mit zwei Flaschen Mineralwasser und ein paar Gläsern. Wir gönnen uns was zu trinken. Deuerling schluckt das Wasser so gierig, dass ich mir seine letzten Stunden nicht ausmalen mag.

Stille sinkt in den Raum. Susanne geht raus, um zu telefonieren.

»Ich glaube, sie hat Schulden«, murmelt Deuerling nach einer Weile.

»Wer, Mara Faber?«

»Nein, nein, Lusya. Sie hat in den letzten Monaten über ihre Verhältnisse gelebt. Ein, zwei Mal habe ich ihr eine größere Summe geliehen. Sie schob alles auf ihre Brüder. Nichtsnutze mit Muskeln, die den Hintern nicht hochkriegen.«

»Was verstehen Sie unter einer größeren Summe?«

»10.000 Euro. Und ein paar Wochen später 20.000.«

Ich schlucke. Denke an die teuren Klamotten, die Lusya in letzter Zeit getragen hat, den Wagen, ihre Brüder. Dabei nehme ich an, dass Letztere nur die Spitze des Eisbergs sind. Was gibt es noch in Lusyas Leben, was sie unter Verschluss gehalten hat? Ich jedenfalls kann mich erleichtert zurücklehnen: Mich geht das alles nichts mehr an.

»Glauben Sie immer noch, jemand aus den Medien wollte Faber zu Fall bringen?«, frage ich Deuerling.

Er zuckt die Achseln. »Ich klemme mich dahinter. Das finde ich raus.«

»Haben Sie den Mord beobachtet?« Es erscheint mir nach wie vor unglaublich, dass ich etwas gesehen haben soll, das meinem Bewusstsein mir nichts, dir nichts entglitt. Oder nie dort ankam. Unter dem Einfluss eines Medikaments. Wenn Lusya schlau ist, zieht sie mich mit rein. Sie wird behaupten, ich hätte mit ihr gemeinsame Sache gemacht, wir hätten Mara gemeinsam erpresst … Die Rückstände des Mittels wird man jetzt nicht mehr in meinem Körper finden. Ich muss mich wappnen.

»Nein.« Er trinkt noch ein Glas. »Ich habe gesehen, wie Mara über Eriksen gebückt stand. Zuerst nahm ich an, sie wollte sehen, ob er am Leben war. Aber sie … nun, irgendwas stimmte nicht. Ich kam nicht dahinter, bis mir aufging, dass ihre Hand nicht an seinem Hals oder so lag, wo sie seinen Puls hätte suchen können, sondern an seinen Fingern. Sie hielt ein Taschentuch in der Hand. Anscheinend hat sie ihre Fingerabdrücke abgewischt und daraufhin Eriksens Finger um den Griff der Waffe gebogen.«

Klar. Es sollte nach Selbstmord aussehen.

Susanne Even kommt zurück. Hält einen Packen Papier hoch, den ich gut kenne.

»Ist es das? Das Konvolut?«

Ich nicke. Stehe auf, trete ans Fenster. Sonnenstrahlen tänzeln auf dem Schnee. White Christmas.

45

Später rufe ich aus dem Streifenwagen noch einmal meinen Vater an. Jetzt ist er zu Hause. »Ich kann erst morgen kommen«, sage ich. »Ich habe jemanden kennengelernt.«

Später hält Susanne Even wie ein Chauffeur alter Schule Lars und mir die Tür zum Streifenwagen auf, direkt vor seinem Haus, und wir steigen gemeinsam aus.

Später nehme ich bei Lars ein heißes Bad. Danach schlafe ich auf dem Küchensofa, während Lars Teig knetet. Erst der Duft von frisch gebackener Pizza weckt mich. Draußen ist es längst dunkel. In der Ecke neben der Tür steht ein kleiner Weihnachtsbaum, über und über voller Strohsterne.

Später trinken wir Wein und essen Pizza und plauschen über die Weihnachten unserer Kindheit. Die Nacht bricht herein. Wir ziehen unsere Mäntel an und bewundern den Sternenhimmel, den die Natur uns freimütig schenkt, indem sie die Wolkenwände zurückhält und mit ihnen sämtliche Mörder, Erpresser und Bestien, die Grausames im Schilde führen. In diesen Minuten im Schnee ist tatsächlich Ruh' über allen Gipfeln.

Eine ganze Weile später werde ich Tina Stubnagel anrufen und ihr eine Geschichte vorschlagen. Eine lange, verworrene Story mit vielen losen Enden, die auf mehrere Ausgaben ihres Magazins verteilt werden kann.

Sehr viel später muss ich mir eine Verteidigungsstrategie ausdenken, falls Lusya hinterhältig genug ist, mich in den Sumpf mit hineinzuziehen.

Später, noch viel später, werde ich nicht mehr traurig sein über die verlorene Freundschaft mit Lusya.

Später.

ENDE

FRIEDERIKE SCHMÖE
Zuträger

978-3-8392-1685-9 (Paperback)
978-3-8392-4647-4 (pdf)
978-3-8392-4646-7 (epub)

»Privatdetektivin Katinka Palfy ermittelt in einem Fall von atemberaubender Aktualität. Wer seine Mitarbeiter bespitzelt, schreckt auch vor Mord nicht zurück.«

Jana, die neue Klientin von Privatdetektivin Katinka Palfy, hat gerade eine Stelle beim Bamberger Ableger des IT-Unternehmens Kvintu bekommen. Ihr Traumjob! Sie trainiert sogar mit dem Kvintu-Team für den Weltkulturerbelauf. Doch sehr bald erweist sich die Stelle als Albtraum. Hanne, die sie in ihre Arbeit einweist, verschwindet spurlos aus der Firma, Jana wird massiv gemobbt. Und eines Tages treibt ein totes Mädchen in der Regnitz. Sie war Praktikantin bei Kvintu …

FRIEDERIKE SCHMÖE
Wer mordet schon in Franken?

978-3-8392-1507-4 (Paperback)
978-3-8392-4309-1 (pdf)
978-3-8392-4308-4 (epub)

»Franken ist friedlich und idyllisch? Von wegen!«

Wie kam es zu dem Dreifachmord im Paradiestal, bei dem zwei Jungen und ein Mädchen ihr Leben verloren? Und was hat die Tramperin, die tragischerweise an einem Nacho erstickt, so Wertvolles in ihrem Rucksack, dass ihr ein Motorradfahrer durch die ganze Fränkische Schweiz folgt? Es geht blutig zur Sache, auch in anderen Ecken des wald- und burgenreichen Frankenlandes wird gelyncht und gemordet. Suspense und Sightseeing zwischen Nürnberg, Würzburg und Hof.

Das Neueste aus der Gmeiner-Bibliothek

Unsere Lesermagazine

Bestellen Sie das kostenlose KrimiJournal in Ihrer Buchhandlung oder unter www.gmeiner-verlag.de

Informieren Sie sich …

www … auf unserer Homepage:
www.gmeiner-verlag.de

@ … über unseren Newsletter:
Melden Sie sich für unseren Newsletter an unter www.gmeiner-verlag.de/newsletter

f … werden Sie Fan auf Facebook:
www.facebook.com/gmeiner.verlag

Mitmachen und gewinnen!

Schicken Sie uns Ihre Meinung zu unseren Büchern per Mail an gewinnspiel@gmeiner-verlag.de und nehmen Sie automatisch an unserem Jahresgewinnspiel mit »mörderisch guten« Preisen teil!